Damokleszeit

Ruinenstadtzyklus Band 1

Gelbpest

Ein Roman von Pelle Gernot

1. Auflage

2022

Impressum

1. Auflage - 2022

Kontakt über:
Gerald Pelchen
Samuel-Lampel-Straße 2b
04357 Leipzig

www.pelle-gernot.de
post@pelle-gernot.de
https://www.facebook.com/Pelle.Gernot.Autor

Erweitertes Korrektorat: Birgit Böckli

Covergestaltung: Dream Design

Inhaltsverzeichnis

Es gibt ein altes Buch, das nur noch wenige Menschen kennen,
Und viele von ihnen sagen, dass es das Buch der Lügen ist.
Doch zumindest eine Wahrheit habe ich in ihm gefunden,
Es steht geschrieben, dass sich die Zeiten unterscheiden.
So gibt es eine Zeit für das Pflanzen und eine Zeit für das Ernten,
Eine Zeit für Liebe und eine Zeit für den Hass,
Eine Zeit für den Frieden und eine Zeit für den Streit,
Und nun ist sie gekommen – die Zeit … des Sterbens.

Gedanke Pythias
an dem Tag, an dem sich ihre Geburt
zum siebten Mal jährte.

1. Kapitel

Zeron presste sich an die Wand und verharrte reglos. Er kannte die Geräusche der Ruinenstadt ganz genau, dass unheimliche Fauchen des Windes, wie es klang, wenn herabbröckelnder Mauerputz auf den Betonboden eines eingefallenen Hauses rieselte oder das Knarren loser Fenster und Türen. Das Knirschen zersplitternden Glases war jedoch ein Signal, das er keinesfalls ignorieren durfte. Fensterscheiben und Spiegel gingen nie ohne Grund zu Bruch, genauso wenig wie Flaschen oder Geschirr.

Es musste sich jemand in der Nähe befinden, jemand der auf herumliegende Glassplitter getreten war. Im Neutralen Gürtel konnte dies nur bedeuten, dass er sich in Gefahr befand.

Nicht einmal den Händlern war es gestattet, den Gürtel außerhalb der Schlippen zu betreten. Nur diese durften zur Passage genutzt werden, um anschließend in die Jagdgründe der freien Jäger zu gelangen, die ihrerseits das Asylum umschlossen.

Erneut nahm Zeron ein verdächtiges Geräusch wahr. Ein Schaben, dem gleich darauf ein lautes metallenes Knacken folgte. Vorsichtig schob er sich an der Wand entlang, bis er das nächstgelegene Fenster erreichte. Er war es gewohnt, in aller Ruhe auf Beute zu warten. Wer überhastet reagierte, wer sich gar von Angst und Schrecken treiben ließ, der machte Fehler und war schon so gut wie verloren.

Ein leises Scharren mahnte Zeron zu noch größerer Wachsamkeit. Vielleicht war es doch keine so gute Idee gewesen, in den Gürtel zu kommen. Wer auch immer sich hier herumtrieb, galt als vogelfrei.

Vorsichtig lehnte er das Blasrohr an die Wand, ging in die Knie und kroch bis unter das verstaubte Fensterbrett. Ein dumpfes Knarren erklang. Langsam hob er den Kopf und lugte über das Mauerwerk. Außer einer Ratte, die fiepsend an der Bordsteinkante des Fußweges entlang huschte und unter einem Geröllhaufen verschwand, war auf der Straße niemand zu sehen. Zeron tastete mit seinem Blick die Umgebung ab. Ein allzu friedlicher Eindruck täuschte oft. Der Tod konnte überall lauern. In dem Gewirr von Mauerspalten, hohlen Kellerfenstern und umgekippten Mülltonnen, gab es zahllose Verstecke, in denen ein Plünderer einem unachtsamen Opfer auflauern konnte.

Obwohl ihn die Knie zunehmend schmerzten, verharrte er weiter unter dem Fenstersims und konzentrierte sich auf die gegenüberliegende Ruine. Da ein beträchtlicher Teil der Hausmauer eingestürzt war, konnte er ungehindert in die große Halle sehen, die im hellen Licht des Tages einem einzigen Trümmerfeld glich. Der Schutt des eingebrochenen Daches hatte sich über den ganzen Boden verteilt. Vereinzelt ragten Balken aus den Gesteinshaufen, die wie mahnende Zeigefinger zum Himmel wiesen.

Ein blechernes Scheppern erklang. Das Geräusch kam aus dem gegenüberliegenden Haus und Zeron beschloss, vorerst in seiner unbequemen Position auszuharren. Das

Fenster war ein idealer Beobachtungsposten, der ihm zudem ausreichend Deckung bot. Er musste auch nicht lange warten, bis ein Mann hinter einer der zahlreichen Säulen hervortrat. Der Fremde trug einen riesigen Rucksack, der jedoch schlaff umher baumelte. Den Hut hatte er nach hinten geschoben, so dass die Kopfbedeckung nur von der Schnur gehalten wurde, die um seinen Hals lag. In der Hand hielt er ein dickes Brecheisen, während er die bessere Waffe, ein kurzläufiges Gewehr, geschultert hatte.

Zeron zog den Kopf ein und ging wieder in Deckung. Ein Sucher. Ein verdammt unvorsichtiger Sucher. Entweder glaubte der Mann, im Neutralen Gürtel und abseits der Händlerwege, allein zu sein, oder er hatte so viel Bovistgummi gekaut, dass er das Gefühl für die Wirklichkeit verloren hatte. Der getrocknete Pilz war bei den Bewohnern der Ruinenstadt beliebt. Wer die zähe Masse lang genug kaute, verspürte weder Hunger noch Müdigkeit. Nur gegen die Strahlung vermochte der Bovistgummi nichts auszurichten.

Zeron hob den Kopf und spähte erneut über den Mauerrand. Der Sucher zog in aller Ruhe durch die Halle und blieb schließlich neben einem umgekippten Schrank stehen, dessen blecherne Wände völlig verbeult waren. Die zahlreichen Fächer waren noch verschlossen, was darauf hinwies, dass er bisher der Aufmerksamkeit der Plünderer entgangen war. Mit einer weitausholenden Armbewegung setzte der Sucher das Brecheisen an und ließ mit einem lauten Knall das erste Schubfach aufspringen. Offensichtlich hoffte der Sucher, in dem Schrank etwas zu finden, dass er den Gesichtslosen verkaufen konnte. Für einen kurzen Augenblick beneidete Zeron den Mann um dessen Freiheit. Sucher durften sich in den Kolonien frei bewegen. Der Moloch gestattete ihnen sogar, Waffen zu tragen und da sie nicht an einen Ort gebunden waren, verloren sie auch nicht ihr Anrecht auf ARAS, wenn sie durch das weite Land zogen. Doch ihre Freiheit mussten sie sich teuer erkaufen. Die gesichtslosen Söldner des Molochs verlangten von den Suchern die Übergabe der gesamten Beute. Dafür erhielten sie aber wertvolleres Antistrahlungsmittel, ARAS-Tabletten, die mit besseren Wirkstoffen.

Für die Jäger waren die Sucher hingegen nur eine unliebsame Konkurrenz. In der Ruinenstadt gab es nach all den Jahren nur noch wenig Beute zu finden. Zeron hätte es daher besser gefunden, wenn die Sucher die Kolonien ausplündern würden. Er hatte gehört, dass es dort eine Menge verlassener Dörfer geben sollte, in denen noch wahre Schätze auf ihre Entdeckung warteten.

Gespannt verfolgte er, wie der Mann weitere Fächer aufbrach, sie auf ihren Inhalt kontrollierte und sich ab und an etwas in die Tasche steckte. Der Sucher schien sich sehr sicher zu fühlen und gab in seiner Sorglosigkeit ein hervorragendes Ziel ab. Zeron überlegte, dass es ihm nicht schwerfallen würde, sich an den Mann heranzuschleichen. Bliebe er dabei unentdeckt, würde der erste Schuss ihm gehören. Mit diesem müsste er den Sucher dann aber auch ausschalten. Das Risiko war nicht zu unterschätzen, denn wenn er den Mann verfehlte, würde schon bald er der Gejagte sein. Der Sucher besaß wesentlich mehr Feuerkraft und litt mit Sicherheit nicht an Munitionsmangel.

Andererseits konnte er bei einem erfolgreichen Angriff ein Gewehr erbeuten. Dafür würden ihm die Gesichtslosen einen höheren Preis bezahlen als irgendein Händler. Um an die Feuerwaffen zu gelangen, war der Moloch bereit, viele ARAS zu zahlen.

Zeron sah zu seinem Blasrohr. Er war keiner der Todbringer, die sich anwerben ließen, um gegen Bezahlung für jemanden unliebsame Feinde auszuschalten. Jäger wie er lebten vom Wegegeld und jagten nur jene, die sich um dessen Entrichtung drücken wollten.

Kalo freilich hätte an seiner Stelle kein Problem damit gehabt, den Sucher einfach umzulegen. Der Glatzkopf war dafür bekannt, die Totenträger regelmäßig mit Leichen zu versorgen. Doch Zeron dachte weiter. Von einem Toten hatte er noch nie Wegegeld erhalten. Jemanden umzubringen, würde auf lange Sicht seinen Gewinn schmälern.

Allerdings gab es da eine Sache, die er mit dem Sucher gemeinsam hatte. Auch er war in den Gürtel gekommen, um etwas zu finden, dass sich gewinnbringend verkaufen ließ und er konnte es sich kaum leisten, mit leeren Händen abzuziehen. Er musste Jelanda unterstützen, die sich um ihre drei jüngeren Geschwister kümmerte.

Dennoch konnte er sich nicht dazu aufzuraffen, sein Blasrohr zu nehmen und sich an den Sucher heranzuschleichen. Der Mann war mit dem gleichen Recht oder Unrecht in den Gürtel gekommen wie er. Ob der Sucher das auch so sah, stand …

Zeron spürte, wie sich seine Nackenmuskulatur versteifte. Er hatte zwei Männer bemerkt, die jede Deckung ausnutzend die Gasse entlang schlichen und dabei beobachteten, was in der Ruine vor sich ging. Der Sucher war nach wie vor damit beschäftigt, die Fächer des Schranks zu öffnen, und ahnte nicht, dass er bereits gejagt wurde.

Atemlos verfolgte er, wie sich die fremden Männer an die Maueröffnung heranarbeiteten und in die Ruine eindrangen. Mit nur wenigen Gesten gaben sie einander zu verstehen, auf welchem Weg sie sich dem Sucher nähern wollten.

Einen Moment überlegte Zeron, ob es sich lohnen könnte, die Seiten zu wechseln. Die Männer befanden sich noch in Schussweite und wären leicht zu treffen. Einen Sucher zum Freund zu haben, konnte viele Vorteile mit sich bringen. Die Ortskenntnisse dieser Leute waren legendär und mancher Koloniebewohner wog gute Informationen mit ARAS auf.

Im Hintergrund der Halle entdeckte Zeron drei weitere Männer, die sich ebenfalls dem Sucher näherten. Enttäuscht ließ er das Blasrohr sinken. Es mit fünf Angreifern aufnehmen zu wollen, war ein aussichtsloses Unterfangen.

Er musste vielmehr darauf achten, dass sich in den umliegenden Ruinen nicht noch weitere Männer versteckt hielten.

Der Kreis um den Sucher zog sich immer enger. Nachdem sich seine Jäger bis auf wenige Meter an ihn herangepirscht hatten, erhob sich einer der Männer und gab sich zu erkennen.

Der Sucher riss sich das Gewehr von der Schulter und ein metallisches Knacken verriet Zeron, dass er die Waffe entsicherte. »Stehen bleiben!«

Der Jäger hob zum Zeichen seiner Friedfertigkeit die leeren Hände. »Nicht schießen, ich will nur reden.«

»Das kannst du auch, wenn du zehn Schritte zurückgehst.« Der Sucher legte das Gewehr an und machte keinen Hehl daraus, dass er kurz davorstand, den Abzug zu betätigen.

»Bitte, nicht schießen!«

Die Männer sprachen so laut miteinander, dass Zeron jedes Wort verstehen konnte.

»Was willst du hier?«

»Ich bin zum ersten Mal in dieser Gegend und von der Trasse abgekommen.« Der Mann zog sich einige Schritte zurück, sprach dabei aber unentwegt weiter. »Kannst du mir sagen, wie ich ins Asylum komme?«

Hinter dem Sucher tauchten jene Männer auf, die Zeron zuerst entdeckt hatte. Geduckt und mit Messern bewaffnet schlichen sie sich zwischen den Trümmern entlang und kamen ihrem Ziel immer näher.

»Du bist von der Trasse abgekommen?« Der Stimme des Suchers war anzuhören, wie sehr er dem Fremden misstraute. »Kaum zu glauben. Die ist fast eine Stunde Fußmarsch entfernt.«

»Ich irre auch schon ziemlich lange umher«, beteuerte der Fremde. »Irgendwie habe ich das Gefühl, im Kreis zu laufen.«

Die anderen Männer hatten sich unterdessen ihrem Opfer so weit genähert, dass sie nicht länger unbemerkt blieben. Der Sucher erkannte die Falle und versuchte sich mit einem Sprung zur Seite, in Sicherheit zu bringen. Zu spät. Die beiden Männer packten seine Arme, warfen ihn zu Boden und knieten sich auf seinen Rücken. Verzweifelt bäumte sich der Sucher auf, erhielt aber so kräftige Schläge auf den Hinterkopf, dass sein Gesicht mehrmals auf den Boden schlug.

Der Mann, der den Sucher abgelenkt hatte, eilte mit großen Schritten zu Hilfe und entriss dem Gefangenen das Gewehr. Auch seine beiden Kumpane kamen aus der Deckung.

Obwohl Zeron fast alle Jäger zu kennen glaubte, waren ihm die Gesichter der Männer fremd. Im Asylum waren sie ihm noch nie über den Weg gelaufen. Wieder einmal, schienen sich einzelne Bander nicht an die Abmachung halten zu wollen, den Neutralen Gürtel nicht zu betreten.

Zeron fuhr sich mit der Hand über den Kopf. Den Regelverstoß der Banden, musste er unbedingt für sich behalten. Der Gürtel war verbotenes Gebiet, für jedermann und damit auch für ihn.

Aus dem Hintergrund der gegenüberliegenden Ruine tauchte derweil ein weiterer Mann auf. Er war groß gewachsen, von kräftiger Statur und hatte sich das lange, blonde Haar zu einem Zopf zusammengebunden und um den Hals gelegt.

Zeron duckte sich noch tiefer. Falls ihn die Männer entdeckten, würde er die Flucht ergreifen müssen. Ein Jäger, der den Bandern in die Hände fiel, konnte froh sein, wenn er mit dem Leben davonkam und nur an die Fischer verkauft wurde.

Blondzopf hatte derweil einen Schutthaufen umschritten und Zeron bekam ihn erstmals in voller Größe zu sehen. Der Mann zog bei jedem Schritt das linke Bein nach, ganz so, als hätte ihm jemand einen schweren Mauerbrocken an den Fuß gebunden.

Zeron tippte auf eine Verletzung, die sich der Mann entweder im Kampf oder bei einem Unfall zugezogen hatte. Umso erstaunlicher war es, dass er sich in den Neutralen Gürtel wagte. Selbst die besten Jäger vermieden es, auf Beutezug zu gehen, wenn sie nicht im Vollbesitz ihrer Kräfte waren.

Blondzopf blieb vor dem Sucher stehen und streckte den Arm in Richtung des Mannes aus, der das Gewehr an sich genommen hatte. Anstandslos wurde ihm die Waffe übergeben, die er aber kaum eines Blickes würdigte. Dafür gab er den anderen Männern ein Zeichen, die daraufhin den Sucher zwangen, sich auf den Boden zu knien. Mit einem brutalen Griff wurde ihm der Kopf zurückgerissen.

Mit offenem Mund starrte er zu dem blonden Mann, der ihn jedoch nur kurz musterte, ehe er sich mit einer wegwerfenden Handbewegung abwandte. »Wir müssen uns beeilen Leute. Legt ihn um und nehmt, was ihr gebrauchen könnt. Aber dann holt ihr die Kisten.«

Der Mann, der den Haarschopf des Suchers gepackt hielt, zog ein Messer aus seinem Gürtel und führte die Klinge am Hals des Gefangenen entlang.

Zeron duckte sich wieder hinter die Mauer und schob einen Pfeil in das Blasrohr. Sollten ihn die Männer entdecken und zum Kampf stellen, würde er sich nicht kampflos ergeben.

»Wird es bald?«

Zeron duckte sich noch tiefer. Blondzopfs Stimme war so deutlich zu vernehmen, als würde er neben ihm stehen. Schon das leiseste Geräusch konnte ihn das Leben kosten.

Blondzopf und seine Männer glaubten wohl, dass sie in der Einsamkeit des Neutralen Gürtels ungehemmt auf Beutejagd gehen und jeden umbringen konnten, der ihren Weg kreuzte. Sie hätten den Sucher auch nur ausrauben und anschließend laufen lassen können. Vor einem entwaffneten Mann mussten sie sich nicht fürchten, zumal sie sich in der Überzahl befanden.

Zeron wagte nicht, sich zu bewegen. Seitdem Blondzopf seine Männer aufgefordert hatte, mehr Eile an den Tag zu legen, war eine geradezu unheimliche Stille eingetreten. Obwohl er zu vermuten begann, dass die Männer weitergezogen waren, fasste Zeron sich noch einige Zeit in Geduld.

Dann aber hob er den Kopf an und spähte über den Fenstersims auf die Gasse. Zu seiner Überraschung war Blondzopf nicht weitergegangen und stand, nur wenige Schritte von ihm entfernt, in einer Mauernische.

Erschrocken fuhr Zeron zusammen. Es konnte auch gut sein, dass die Männer seine Anwesenheit bemerkt hatten und ihn bereits einkreisten. Zum Glück befand er sich nur im ersten Stockwerk, so dass es ihm möglich sein würde, sich durch einen Sprung aus einem der zahlreichen Fenster in Sicherheit zu bringen. Die Gefahr, sich dabei den Fuß zu brechen, war zwar gegeben, aber dieses Risiko einzugehen war immer noch besser, als darauf zu vertrauen, dass Blondzopf einen Zeugen laufen lassen würde.

In fieberhafter Eile überlegte Zeron, ob es nicht doch besser wäre, das Versteck zu verlassen und durch den Hinterausgang des Hauses den Rückzug anzutreten.

Ein leises Geräusch ließ ihn zusammenfahren. Blondzopf stand noch immer in der Nische und kratzte an den Geschwüren, die sein Gesicht verunstalteten. Dabei starte der Mann in die Ruine, wo der entkleidete Sucher in einer zunehmend größer werdenden Blutlache lag. Zeron folgte Blondzopfs Blick und entdeckte endlich auch die anderen Männer. Sie trugen zwei klobige Kisten, deren graugrüne Farbe ihn an den Anstrich eines Panzerwagens erinnerte.

Auch Blondzopf bemerkte die Männer und trat aus seinem Versteck.

Zeron ging wieder in Deckung und versuchte, gleichmäßig und ruhig zu atmen. Der Tod war nur eine Etage von ihm entfernt.

»Halt!« Blondschopfs Tonlage verriet, dass er gewohnt war, Befehle zu erteilen.

Zeron hörte, wie die Kisten abgesetzt wurden und rutschte, obwohl es unnötig war, noch einige Zentimeter tiefer.

»Hier ist der Einstieg. Hebt den Deckel an.«

»Das meinst du nicht ernst«, meldete sich ein Mann mit näselnder Stimme zu Wort. »Die Kisten sind für den Schacht viel zu breit.«

»Erzähl keinen Unsinn. Ihr müsst sie nur hochkant nehmen, dann bleibt ihr in dem Abstieg auch nicht stecken.«

Ein metallischer Klang kündete davon, dass die Männer eine Kanalluke geöffnet hatten und den schweren Deckel zur Seite schoben.

»Los Leute, bringen wir die Beute in Sicherheit.«

»Sicherheit ist das passende Stichwort.« Die Stimme des dritten Sprechers klang so heiser, als hätte er mit Kakiri gegurgelt. »In der Kanalisation sind schon zwei gute Freunde von mir verreckt. Sind reingegangen und nie wieder rausgekommen. Rattenfraß sag ich euch, Rattenfraß sind sie geworden.«

»Die Ratten werden schon gleich dein kleinstes Problem sein, wenn du weiterhin Schauergeschichten erzählst«, unterbrach Blondschopf den Redefluss des Mannes.

»Ich frage mich nur, wieso wir die Kisten ausgerechnet im Gürtel verstecken müssen.«

»Vielleicht weil hier niemand vorbeikommt, du Schlauberger?« Blondzopf klang genervt.

»Du vergisst den Sucher. Den hattest du auch nicht eingeplant.«

»Der ist tot, also halt endlich die Klappe! Wir müssen die Kisten verstecken und ich kenne einen Raum, den nicht einmal die Gesichtslosen finden werden.«

»Ich verstehe immer noch nicht, warum wir so einen Aufwand betreiben«, erhob ein weiterer Mann Einspruch. Er sprach so langsam, wie eine Schnecke kroch. »Wir werden die Kisten nie und nimmer verkaufen können. Sobald sich herumspricht, dass wir sie haben, wird sich die ganze Stadt an unsere Fersen heften. Das Zeug ist so wertlos wie ein Rattenfurz.«

»Wieso wundert es mich nicht, dass auch du noch eine dumme Bemerkung machen musst?« Blondzopf atmete so tief durch, dass sogar Zeron hörte, wie er die Luft ausstieß. »Hast du mir nicht zugehört, als ich erklärt habe, dass wir die Kisten in ein oder zwei Jahren in den Kolonien verkaufen können? Bis dahin müssen wir sie verstecken und dann, wenn niemand mehr an sie denkt, dann holen wir sie wieder heraus. Ihr müsst nur noch zwei Jahre Geduld haben. Zwei Jahre, Männer. Nur zwei Jahre.«

Zeron hörte, wie sich ein leises Gemurmel erhob, was Blondschopf wohl als Zustimmung wertete.

»Also dann los Männer und lasst die Kisten nicht fallen. Ich gebe euch mit dem Gewehr Rückendeckung.«

Zeron warf einen Blick über den Mauersims und sah, wie einer der Männer in den Schacht stieg und ihm die erste Kiste gereicht wurde. Da er aber befürchtete, doch noch entdeckt zu werden, ging er wieder in Deckung und hoffte, dass niemand auf die Idee kommen würde, eine Wache zurückzulassen.

Kurz darauf trat endlich Ruhe ein. Dennoch wagte er erst nach einer gefühlten Ewigkeit, den Kopf zu heben.

Die Männer waren mitsamt den Kisten verschwunden und auch von Blondzopf war nichts mehr zu sehen. Der gusseiserne Kanaldeckel lag zwar über dem Einstieg, verschloss den Schacht jedoch nicht gänzlich. Vermutlich wollten sich die Männer die Anstrengung ersparen, ihn bei ihrer Rückkehr erst wieder aus der Fassung heben zu müssen.

Zeron spielte mit dem Gedanken, den Zugang zu verschließen und den Deckel zusätzlich mit den dicksten Mauerbrocken zu beschweren. Doch dann würde Blondzopf wissen, dass sie von jemandem beobachtet worden waren und sich vermutlich auf seine Spur setzen. Ging es um Beute, war mit niemandem zu spaßen und schon gar nicht mit diesen Männern.

Zeron nahm das Blasrohr und richtete sich auf. Ein wertvoller Fund war ihm zwar verwehrt geblieben, aber zumindest hatte er nicht das Schicksal des Suchers geteilt. Immerhin. Das eigene Leben war ihm mehr wert als alle Beutestöcke der Stadt.

Hastig eilte er die Treppe hinab, ging bis zum türlosen Eingang und spähte auf die Gasse hinaus. Nachdem er sich vergewissert hatte, dass er allein war, kniete er sich neben den Kanaldeckel und lauschte in den Schacht hinein. Nichts, kein Ton, kein Geräusch, nicht einmal eine Ratte war zu hören. Zeron schätzte, dass die Männer noch einige

Zeit damit beschäftigt sein würden, die Kisten zu verstecken.

Überhaupt – die Kisten. Aus dem Gespräch der Männer war er nicht wirklich schlau geworden. Allein die Anmerkung, dass ihr Inhalt zumindest vorläufig unverkäuflich sei, hatte seine Neugier geweckt. Was auch immer in den Kisten steckte, es musste sich um etwas handeln, das einen ungeheuren Wert besaß.

Dennoch ließ ihn die Vorstellung, dass die Banden ihre Reviere verließen, um den Kisten nachzujagen, frösteln.

Der Neutrale Gürtel trennte bereits seit vielen Jahren die verfeindeten Lager und sicherte damit den Frieden zwischen der Freien Zone und dem Rest der Stadt. Sollte es den Banden in den Sinn kommen, die Neutralität zu missachten, würde es zu einem Krieg kommen, wie ihn Zeron bereits in seiner Kindheit erlebt hatte. Der Waffengang war entsetzlich gewesen, mörderisch und grenzenlos in seiner Rücksichtslosigkeit. Damals hatten unzählige Leichen die Straßen gesäumt, ganze Stadtviertel waren von Feuersbrünsten heimgesucht worden und die Händler waren dem Asylum ferngeblieben. Die darauffolgende Hungersnot, hatte die Bewohner der Stadt zu wilden Bestien werden lassen.

Zeron schüttelte sich. Die Ruinenstadt war eine zerbrechliche Welt und schon der kleinste Vorfall, konnte sie aus dem Gleichgewicht bringen. Doch in ihrer Gier waren die Banden unberechenbar und niemand konnte ihre Reaktion vorhersehen, wenn sie erst einmal reiche Beute witterten.

Seufzend erhob er sich und betrat die Ruine. Es war schon bedauerlich, dass er nie erfahren würde, was die Männer in der Kanalisation versteckten. Die unterirdischen Kanäle waren lang, reichten zum Teil einige Stockwerke in die Tiefe und waren viel zu gefährlich, um sie allein zu erkunden. Einmal war sogar eine ganze Gruppe in ihnen verloren gegangen und niemand konnte sagen, warum die Kanalisation die Männer verschlungen hatte.

Dabei war er nur wegen der Beute in den Neutralen Gürtel gekommen. Seine Vorratsstöcke waren fast leer und mussten dringend aufgefüllt werden. Seit die Händler nicht mehr durch sein Revier kamen, waren seine Einnahmen kaum noch der Rede wert. In den letzten Monaten hatte sich nur selten ein Reisender in seinen Jagdgrund verirrt und was dabei abfiel, reichte nicht aus, um Jelanda und ihre Geschwister tatkräftig zu unterstützen. Dass er wenigstens bei der Rattenjagd erfolgreich war, half ihm auf Dauer nicht wirklich. Zum Leben war mehr nötig, als etwas Fleisch und genau deshalb war er in diese Region gekommen. Umso ärgerlicher war die Erkenntnis, dass die Sucher den Gürtel plünderten. Dass ihn die Begegnung mit Blondzopf zum Rückzug zwang, war daher schon fast unerheblich.

Da er noch etwas Zeit zu haben glaubte, beschloss er, einen kleinen Umweg zu machen. Die Männer waren gerade erst in die Kanalisation hinabgestiegen und würden nicht so schnell wieder auftauchen. Sie hatten zwar den Sucher ausgeplündert, aber vielleicht würde sich doch noch etwas finden, für das es sich gelohnt hatte, in den Neutralen Gürtel zu kommen.

Der nackte Leichnam des ermordeten Mannes lag auf dem Boden. Dass seine Mörder die Ausrüstung und die Kleidung mitgenommen hatten, wunderte Zeron nicht. In den Kolonien besaßen selbst löchrige, über viele Wochen getragene Socken noch einen gewissen Wert.

Mit ein wenig Geduld fand man für alles einen Abnehmer, sogar für einen gerissenen Schnürsenkel oder einen Reißverschluss, der schon längst nicht mehr funktionierte. Jede Kleinigkeit konnte helfen, weshalb praktisch nichts weggeworfen wurde.

Niedergeschlagen wandte sich Zeron ab. Auch im Gürtel war ihm das Glück konsequent ausgewichen. Doch dann fiel sein Blick auf den Schrank, den der Sucher aufgebrochen hatten. Neugierig trat er näher, fand aber in den aufgerissenen Schubfächern nur die Überreste einer vertrockneten Maus und den allgegenwärtigen Kakerlakendreck. Es tröstete ihn ein wenig, dass auch den Suchern die Beute nicht einfach in den Schoß fiel.

Zeron wollte sich bereits abwenden, als ihm das Brecheisen des Mannes auffiel. Es steckte in dem letzten, nicht vollständig geöffneten Schubfach des Schrankes. Offenbar war der Sucher nicht mehr dazu gekommen, es genauer in Augenschein zu nehmen. Ohne sich große Hoffnungen zu machen, zog Zeron das Fach heraus. Wie zu erwarten war, bot sich seinen Augen eine gähnende Leere, die ihn an den staubtrockenen Brunnen erinnerte, der sich mitten im Asylum befand. Doch dann entdeckte er ein nicht einmal handtellergroßes Stück Stoff, das an der hinteren Wand des Kastens klebte.

Misstrauisch sah er sich um und lauschte angespannt in die scheinbar unendliche Stille der Ruinenstadt. Er musste aufpassen, denn Blondzopf und seine Männer konnten jederzeit zurückkehren.

Neugierig griff er nach dem Tuch und ertastete einen flachen Gegenstand, der sich aber nicht bewegen ließ. Da es keine Zeit zu verlieren galt, zog er seinen Dolch aus dem Gürtel und setzte die Spitze an den Rand des Tuches. Mit zwei Faustschlägen auf den Griff trieb er die dünne Klinge der Waffe unter den Gegenstand. Doch erst als er den Dolch wie einen Hebel benutzte, löste sich das geheimnisvolle Ding von dem Blech und fiel in die Schublade. Zeron entfuhr ein leiser Fluch. Die feingearbeitete Klinge des Dolchs hatte dem Druck nicht standgehalten und war in der Mitte gebrochen. Er hatte eine seiner besten Waffen verloren und das für eine Beute, deren Wert er noch nicht einmal kannte.

Wütend steckte er den beschädigten Dolch in den Gürtel und wickelte den Gegenstand aus dem Tuch. Zu seiner Überraschung kam ein kleines Metallstück zum Vorschein, das ihn in einem gelblichen Farbton anblinkte. Bisher hatte er so etwas noch nie gesehen, was freilich nichts bedeuten musste. Mit technischen Geräten kannte er sich nur insoweit aus, dass der Moloch sie gern aufkaufte. Er hatte schon sehr oft Bomokhi fragen müssen, wenn es darum ging, den Wert eines Fundes zu beurteilen. Der Erfinder war so ziemlich der Einzige, der sich mit alten Maschinen auskannte und sogar lesen konnte. In Zerons Augen war Bomokhi damit ein Gelehrter, jemand der mehr wusste, als alle anderen zusammen. Nur vom Moloch hieß es, dass es dort noch viel klügere Leute gab.

Die Metallscheibe lag schwer in der Hand und fühlte sich erstaunlich kalt an. Da sich nirgends ein Schalter fand und auch keine Drähte oder Leuchten zu sehen waren, kam Zeron zu dem Schluss, dass sein Fund kaum die große Beute sein konnte, die er sich erhofft hatte. Lediglich drei ihm unbekannte Zeichen waren von jemanden eingeritzt worden. Sie bestanden alle aus einem Kreis und einem kurzen Strich, der an der rechten Seite beginnend abwärts verlief und in einem nach links weisenden, offenen Haken endete.

Zeron atmete tief durch. Er hatte seinen Dolch ruiniert und dafür einen schmalen Metallblock gewonnen, der zwar schön anzusehen war, aber keinerlei Wert besaß.

Vor Enttäuschung war er versucht, den Fund im hohen Bogen wegzuwerfen, besann sich dann aber eines Besseren und ließ den Arm sinken. Für ihn war der schwere Block sicher wertlos, doch vielleicht konnte Bomokhi im Tausch gegen das Metallstück dem abgebrochenen Dolch wieder eine Spitze geben.

Zeron steckte die Metallscheibe in seine Gürteltasche, nahm das Brecheisen und durchquerte die Ruine. Es wurde Zeit, den Neutralen Gürtel zu verlassen. Früher oder später würde Blondzopf wieder auftauchen und mit ihm seine Männer.

Der Gürtel war ein offensichtlich längst ausgeplündertes Gebiet und außer einem einsamen Tod, gab es in ihm nichts zu finden.

Er aber musste weiter, denn da gab es noch sie, Jelanda, eine Frau, die ihm allen Grund gab, auf sein Leben zu achten.

2. *Kapitel*

Zeron setzte das Blasrohr ab und tastete die Mauer vorsichtig ab. In der Dunkelheit benötigte er etwas Zeit, um den Ziegelstein zu finden, der nur lose in der Mauer steckte. Hinter dem Stein lag eine Kerze, die ihm einst jemand als Wegegeld überlassen hatte. Bereits beim ersten Versuch gelang es ihm, den schmalen Docht zu entzünden. Die Flamme knisterte leise und wuchs schließlich so weit an, dass sie ausreichend Licht spendete. Zeron steckte die ihm verbliebenen Streichhölzer ein und griff nach dem Blasrohr. Dann tastete er sich immer tiefer in den Keller hinein. Das Gewölbe war schon zu einer Zeit geplündert worden, als er noch gar nicht geboren war. Außer der Beute, die er in einem Versteck eingelagert hatte, gab es hier nichts mehr zu holen.

Wie es üblich war, besaß Zeron einige Vorratsstöcke, in denen er seinen Besitz lagerte. Das spärliche Eigentum, die Ersatzwaffen und die ARAS an nur einem Ort zu lagern war ihm noch nie in den Sinn gekommen. Es gab eigentlich niemanden, der nicht allzu gern bereit war, fremde Verstecke als willkommene Beute zu betrachten. Wer vom Hunger getrieben wurde, hatte auch kaum eine andere Wahl, als das zu nehmen, was er entdeckte.

Zeron fürchtete vor allem die Sucher. Sie waren dafür bekannt, bei ihren Raubzügen einen schon fast überirdischen Spürsinn zu entwickeln, wenn es darum ging fremde Beutestöcke ausfindig zu machen. Nicht umsonst standen sie im Ruf übler Aasfresser und vermutlich war es auch ein Sucher gewesen, der vor Jahren High Noons gesamten Besitz geraubt hatte. Nur mit Mühe war der Lange damals dem Hungertod entronnen.

Statt jede schlechte Erfahrung selber zu sammeln, zog es Zeron vor, aus den Fehlern anderer zu lernen. Daher hatte er seinen Besitz stets auf verschiedene Beutenester verteilt. Mit der Vorsichtsmaßnahme war es ihm bisher gelungen, einen Totalverlust seiner ohnehin dürftigen Besitztümer zu vermeiden.

Derart umsichtig zu handeln, hatte er sich bereits in der Kindheit angewöhnt. Als ihm in einer wüsten Prügelei von zwei Jungen die Nase gebrochen worden war, hatte er nicht lange gezögert und seinen Kampfstil geändert. Statt auf den Einsatz roher Gewalt setzte er seitdem lieber auf einen klugen Plan oder eine ausgeklügelte List. Passend zu seinem Vorgehen hatte er sich mit dem Blasrohr eine leise Waffe ausgesucht und so lange geübt, bis es ihm möglich war, auch bewegliche Ziele zu treffen. Sich an die Beute anzuschleichen, in gut getarnten Verstecken auszuharren und völlig überraschend zuzuschlagen war ein Vorgehen, das ihn von allen anderen Jägern unterschied. Seine Stärke lag nicht in der Kraft seiner Muskeln. Er gebrauchte vielmehr seinen Kopf und verfügte über einen geradezu unerschöpflichen Vorrat an Geduld. Immerhin gelang es ihm bereits seit zehn Jahren, seinen Jagdgrund zu verteidigen. Im Lauf der Zeit hatte er Jäger kennengelernt, die ihn um einen Kopf überragten und mit bloßen Händen töten konnten. Die meisten dieser Männer hatte er auch deshalb überlebt, weil er sich nicht nur auf seine Waffen verließ. Doch da die Händler, die ins Asylum kamen, seit einigen Monaten Passagen nutzten, die nicht durch sein Revier führten, stand er mittlerweile mit fast leeren Händen da. Sein Jagdgrund drohte zum Ödland zu verkommen, in den sich kaum noch jemand verirrte. Da er seit einem Jahr immer öfter gezwungen gewesen war, auf seine Vorräte zurückzugreifen, hatten sich seine Beutestöcke zusehends geleert. Der Tag, an dem er die letzte zur Seite gelegte ARAS verbraucht haben würde, war nicht mehr fern und wie es dann weitergehen sollte, stand in den dunklen Wassern des Flusses geschrieben, der sich durch die Ruinenstadt schlängelte.

Nachdem Zeron einige Kellernischen passiert hatte, betrat er einen Seitengang, in dem sich schon seit Jahren eindringendes Grundwasser sammelte. Das Licht der Kerze spiegelte sich in dem Wasser, das so dunkel wie der schwarze Regen war, der manchmal über der Stadt niederging. Doch der Eindruck täuschte, denn in dem scheinbar so harmlosen Wasser, lauerten Fußangeln, die Bomokhi für ihn angefertigt hatte. Mindestens ein Dorn der Krähenfüße wies immer nach oben und wer nicht wusste, wo sie sich befanden, lief Gefahr, sich einen Widerhaken in den Fuß zu rammen.

Durch die unsichtbaren Hindernisse war dieses Versteck, zumindest im Sommer, der sicherste seiner Beutestöcke.

Nur er wusste, wo unter der Wasseroberfläche sich die Ziegel befanden, die einen sicheren Weg bildeten. Aber auch für ihn hätte ein Fehltritt fatale Folgen. Verletzte man sich an den rostigen Haken, brauchte man eine gehörige Portion Glück, damit sich die Wunde nicht entzündete. Kam es zum Wundbrand, konnte nur noch der Knochensäger helfen.

Zeron zog die Schuhe aus und balancierte vorsichtig über die Trittsteine. Der Geruch des abgestandenen Wassers stieg ihm in die Nase. Dennoch blieb er voll konzentriert. Zwei Steine rechts, einer links, dann lag ein Ziegel mittig, anschließend verlief der Weg vier Schritte an der rechten Wand entlang und führte wieder zurück in die Mitte. Schließlich musste man sich halb links halten, dann folgten drei Steine in gerader Strecke und zum Schluss ging es den Rest des Weges noch einmal im Zickzack-Kurs weiter.

Nach zwanzig Schritten erreichte Zeron einen Abzweig und folgte diesem bis zum Ende. Im letzten Kellerraum, gleich hinter einem Mauervorsprung, gelangte er endlich zu dem Beutestock. Zeron stellte die Kerze auf eine halb vermoderte Holzpalette und begann das Gerümpel zur Seite zu räumen, mit dem er das Versteck getarnt hatte. Schließlich kam ein rosafarbener Koffer zum Vorschein, an dessen unterem Ende sich zwei kleine Räder befanden. Dem stabilen Plastikteil vermochte die Feuchtigkeit nichts anzuhaben, weshalb er sich überhaupt die Mühe gemacht hatte, das Behältnis in den Keller zu bringen.

Zeron öffnete den Rollkoffer und wusste schon im Voraus, dass er in gähnende Leere blicken würde.

Tatsächlich fanden sich in dem geräumigen Bauch des Koffers nur zwei Streifen ARAS. Die zwanzig Tabletten waren der kümmerliche Rest von einst über einhundert ARAS. Der größte Teil des Antistrahlungsmittels war dabei drauf gegangen, Setzlinge zu kaufen und dann hatte er vor einigen Wochen auch noch Jelanda und deren Geschwister unterstützt.

Wehmütig strich er mit den Fingerspitzen über die Tabletten. Sie waren die kläglichen Überbleibsel einer Reserve, die er in besseren Zeiten angelegt hatte. Auch wenn morgen der Tag war, dem alle entgegenfieberten, weil dann die Söldner des Molochs kommen und ARAS verteilen würden, lagen schwere Monate vor ihm. Die Gesichtslosen brachten zwar neben dem Antistrahlungsmittel auch Spenden in die Stadt, doch diese fielen schon seit Jahren immer geringer aus.

Die zwei kümmerlichen Streifen gaben in dem leeren Koffer ein trauriges Bild ab. Zeron stieß einen Seufzer aus und legte das im Gürtel gefundene Metallstück neben das ARAS. Es musste sich etwas ändern, nur was, das war die Frage. Jelanda versuchte sich neuerdings als Händlerin, doch auch die handelbaren Waren fielen nicht vom Himmel. Der Moloch kaufte schon seit einer halben Ewigkeit alles auf, was ihm von Nutzen sein konnte. Doch die Tauschwaren wuchsen nicht einfach nach und wurden mit jedem Jahr knapper. Zeron glaubte, die heraufziehende Katastrophe bereits riechen zu können. Dennoch wurde alles, was irgendwie verwertbar war, zum Verteilungsplatz geschleppt und gegen zusätzliche ARAS oder andere Spenden eingetauscht.

Im Grunde drehte sich das ganze Leben ausschließlich um das Antistrahlungsmittel. Es war daher nur eine Frage der Zeit, bis sie alle nicht einmal mehr genug besitzen würden, um dafür auch nur einen Riegel Dauernahrung zu erhalten. Vom Eifer geblendet, die nächste Ration ARAS zu kaufen, schien kaum jemand zu begreifen, dass sie ihrem Verderben entgegen taumelten. ARAS war das Zauberwort, das die Ruinenstadt in Atem hielt. Für ARAS konnte man alles erhalten, Mädchen, Bovistgummi und Waffen und sogar Todbringer, die für einige Tabletten bereit waren, ihren besten Freund umzubringen. ARAS war alles in einem, Schmerzmittel, Wundermedizin und es schien auf magische Weise all jene Leiden zu heilen, die durch die Strahlung verursacht wurden.

Doch wer nichts besaß, ging leer aus und Zeron wusste um die Schwindsucht, an der seine Beutestöcke litten. Bei Jelanda sah es sogar noch schlechter aus. Ihre Geschwister wollten auch gern satt werden und als Händlerin war ihr bisher kein großer Erfolg beschieden gewesen. Immerhin hatte sie am Morgen davon gesprochen, einen gewinnbringenden Tausch in die Wege geleitet zu haben. Angeblich war jemand bereit, ihr vier alte Waffenteile abzukaufen, die sie vor zwei Tagen von einer Frau günstig erstanden hatte.

Zeron war davon überzeugt, ein denkbar schlechter Händler zu sein. Es lag ihm nicht, ewig um den Preis zu feilschen. Am ehesten konnte er sich noch vorstellen als Sucher zu arbeiten, doch der mäßige Erfolg, den er im Neutralen Gürtel gehabt hatte, ließ ihn daran zweifeln, ob er für dieses Leben geeignet war. Außerdem musste ein Sucher durch die Kolonien ziehen und die Vorstellung, Jelanda nur noch selten zu sehen gefiel ihm überhaupt nicht. Er mochte seine Gefährtin nicht missen. Sie war es, die ihm die Kraft gab, durchzuhalten und seinen Jagdgrund zu verteidigen. Wer weiß, ohne sie hätte er vielleicht schon längst aufgegeben und wäre dazu verurteilt, ein trostloses Leben im Asylum zu fristen. Zeron zögerte kurz, nahm dann aber einen ARAS-Streifen aus dem Koffer, deckte das Versteck ab und machte sich auf den Rückweg. Bevor er die Treppe erreichte, löschte er die Kerze und deponierte sie zusammen mit den Zündhölzern in der Mauernische. Dann stieg er die Stufen empor und bedeckte den Ausstieg mit einem umgestürzten Plastiktisch, dem bereits zwei Beine fehlten.

Nachdem er sich vergewissert hatte, dass ihn niemand beobachtete, betrat er die Straße, die von unzähligen ausgeschlachteten Autowracks gesäumt wurde. Die toten Fahrzeuge zu durchsuchen, war eine Arbeit, die sich Zeron ersparte. Nach all den Jahren enthielten sie schon längst nichts mehr, dass man bei den Söldnern des Molochs eintauschen konnte. Dafür hatte sich in den vermodernden Polstern der Sitze Ungeziefer eingenistet, das einem blitzschnell in die Kleidung kroch und die Mühen des unvorsichtigen Plünderers mit einem schmerzhaften Ausschlag belohnte.

Einige Kreuzungen weiter bog er in Richtung des Turms ab, der sich in der Ferne wie ein verstümmelter Finger in den Himmel reckte. Der Koloss wirkte leer und ausgestorben und so nah, als könnte man ihn mit einigen Hundert Schritten erreichen. Doch der Eindruck täuschte. Tatsächlich lag der Turm viele Stunden Fußmarsch entfernt. Von den Händlern wusste Zeron, dass sich in dem seltsamen Bau eine Bande eingenistet hatte, die sich die Türmer nannte und mit Informationen handelte. Bisher war es ihm aber noch nie gelungen, bis in diese Gegend vorzudringen. Lediglich im Krieg gegen die Banden war er über das Gebiet hinausgekommen, das heute der neutrale Gürtel war. Ansonsten führten ihn seine weitesten Ausflüge bis zum Verteilungsplatz, wo der Moloch zweimal im Jahr ein Lager aufschlug und all jenen ARAS gab, die unmittelbar nach ihrer Geburt von den Söldnern registriert worden waren.

Die meisten Bewohner der Ruinenstadt verbrachten ihr ganzes Leben in dem Viertel, in dem sie zur Welt gekommen waren, und kannten ansonsten nur den Weg zur ARAS-Verteilung. Lediglich die Sucher besaßen eine fast unbegrenzte Freiheit, für die sie aber auch oftmals mit dem Leben bezahlten. Wer in fremden Revieren wilderte, machte sich damit weder Freunde noch Verbündete. Wirklich frei war niemand, nicht einmal die Banden. Sie besaßen zwar ihren eigenen Machtbereich, doch letztendlich mussten auch sie sich an die Regeln halten, die der Moloch erlassen hatte. Freiheit war eine Illusion, bestenfalls ein Traum, der weder satt machte, noch die Strahlung verschwinden ließ.

Zeron gelangte auf einen kleinen Platz, der wegen der Trümmer eines eingestürzten Hochhauses kaum passierbar war. Da er keine Lust hatte, durch endlose Seitenstraßen zu schleichen, stieg er über die Betonbrocken hinweg und durchquerte eine Ruine, deren Mauern bereits unzählige Risse aufwiesen. Auf der anderen Seite verlief eine vierspurige Straße, die zugleich die Grenze seines Jagdgrunds markierte. Er hatte das Asylum erreicht. Die genaue Bedeutung des Wortes war Zeron nicht bekannt, doch in seinen Ohren klang es anheimelnd und friedlich und war in seinen Augen genau der richtige Name für einen Ort, dem die Sehnsucht eines gehetzten Menschen galt. Im Asylum war jeder willkommen, egal ob Sucher, Händler oder Bander, sogar die alten Jäger, die ihr Revier verloren hatten und vergeblich darauf hofften, dass ein Wunder ihnen die Kräfte ihrer Jugend zurückgeben würde. Im Asylum gab es alles, kleine Geschäfte, versteckte Trinkkeller, Drogen, Glücksspiele, den besten Kakiri und sogar Bomokhi hatte sich hier auf einem alten Fabrikgelände niedergelassen. Über die festgelegten Pfade konnte jeder ins Asylum gelangen, vorausgesetzt natürlich, dass er das geforderte Wegegeld entrichtete. Lediglich die Bander mussten aufpassen, denn falls einer von ihnen vom Weg abkam, durften sie nicht auf Nachsicht hoffen. Streunte jemand durch die Gegend, galt er als Eindringling oder Kundschafter und machte sich damit zum Ziel einer Jagd.

Im Asylum mussten die Besucher nur ein einziges Gesetz beachten und dies besagte, dass niemand eine Waffe ziehen durfte. Gab es Streit, wurde dieser friedlich beigelegt oder mit den Fäusten ausgetragen. Wer auch immer es wagte, einen Stein aufzuheben und damit auf seinen Gegner einzuschlagen, hatte nur noch die Wahl entweder die Ruinenstadt für alle Zeiten zu verlassen oder jeden Tag um sein Leben zu fürchten.

Das Asylum war der legendärste Ort in der gesamten Stadt. Hier war nach dem Krieg zwischen den Banden und den freien Jägern der Frieden ausgehandelt worden, der zwar brüchig war, aber immer noch hielt. Im Asylum fanden selbst die Verrückten und die Entkräfteten einen Platz und natürlich auch die Verfolgten, denen die Todbringer auf den Fersen waren.

Seit etwa einem Jahr verband Zeron das Asylum noch mit einer anderen Erinnerung. In einer der zahlreichen Tränken hatte er Jelanda kennengelernt, die nur einen Tag darauf seine Gefährtin geworden war. Eigentlich hatte er bei ihr nur einige ARAS gegen ein Paar alter Stiefel eintauschen wollen, doch dann hatten sie sich so gut verstanden, dass sie die ganze Nacht durch das Viertel gezogen waren. Jelanda hatte es offensichtlich gefallen, dass er sich dabei nicht sinnlos betrank und keinen Streit suchte. Dennoch hatten sie sich im Morgengrauen klammheimlich aus dem Staub gemacht. Von ihrem spurlosen Verschwinden völlig verwirrt, hatte er zuerst geglaubt, sie würde gleich zurückkehren, doch nach einer Stunde war ihm klar geworden, dass sie ihn sitzen gelassen hatte. Trotzdem war sie ihm den ganzen Tag nicht aus dem Kopf gegangen und schließlich war er aufgebrochen, um sie zu suchen. Das Revier der Jägerin befand sich jenseits des Asylums. Obwohl Zeron bekannt war, welcher Jagdgrund ihr gehörte, hatte er sie erst am frühen Nachmittag gefunden. Er hatte sich damals des Eindrucks nicht erwehren können, dass Jelanda seinen Besuch erwartet hatte. Sie lebte mit ihren drei kleinen Geschwistern zusammen, was in der Ruinenstadt nicht unbedingt üblich war. Er konnte zwar nachvollziehen, dass sie sich nach dem Tod ihrer Mutter noch um den neunjährigen Alui kümmerte, doch Sama und Xirces waren zum damaligen Zeitpunkt bereits zehn und elf Jahre und somit erwachsen. In diesem Alter hatte auch Zeron die Verantwortung für sich übernehmen müssen. Ein Kind zu versorgen, konnte eine Mutter in echte Schwierigkeiten bringen, weshalb es für die meisten Frauen eine große Erleichterung war, wenn der Nachwuchs endlich auf eigenen Beinen stand.

Zeron war viele Jahre lang von seiner Mutter auf ein selbstständiges Leben vorbereitet worden. Nach seinem zehnten Geburtstag hatte sie sich dann von ihm getrennt und er hatte seinen eigenen Weg finden müssen. Von diesem Tag an war nur er dafür verantwortlich gewesen, ob er sich den Bauch vollschlagen konnte oder hungrig schlafen gehen musste. Dennoch hatte er seine Mutter immer besuchen können, zumindest bis zu dem Tag, an dem sie genauso spurlos verschwunden war wie sein Vater, an den er sich nicht einmal mehr erinnern konnte.

Trotz seiner Bemühungen hatte sich Jelanda ihm gegenüber zunächst kühl und abweisend verhalten. Um sie zu beeindrucken, war er schon bald wieder losgezogen, aber nur um am Abend mit fünf ausgewachsenen Ratten und ausreichend Brennholz zurückzukehren. Mit dem Rattenhaken umzugehen, hatte er schon als Kind gelernt. Ohne ein Wort des Dankes zu verlieren, hatte sie die Tiere ausgenommen und im Fell gebraten. Ihre Geschwister waren hingegen wegen des anstehenden Festessens ganz aus dem Häuschen geraten. Die folgende Nacht hatten sie anschließend zusammengesessen, klares Wasser getrunken und einander unzählige Geschichten erzählt. Erst als der Mond hinter den dunklen Silhouetten der Ruinen wieder verschwunden war, hatten sich Alui, Sama und Xirces in ihre Decken gewickelt. Es war jene Nacht gewesen, in der er mit Jelanda zusammengekommen war, und er vermochte sich gar nicht mehr vorzustellen, wie sein Leben ohne sie aussehen würde. Obwohl sie fortan zusammenarbeiteten, hatten sie in der Hoffnung, genug Beute zu machen, ihre jeweiligen Reviere behalten. Doch da sich auch in Jelandas Jagdgrund kaum noch jemand verirrte, hatte sich ihre Lage stetig verschlechtert.

Es ärgerte Zeron, dass er im Neutralen Gürtel leer ausgegangen war. Dennoch freute er sich, die nächste Nacht bei Jelanda verbringen zu können. Morgen würde der Moloch kommen, um das Antistrahlungsmittel zu verteilen und vielleicht würde sich ihm dann das Jagdglück wieder zuwenden.

Nachdem er zwei Häuserblöcke passiert hatte, gelangte er zu einer Straßenbahn, deren Räder schon längst nicht mehr in dem für sie vorgesehenen Gleisbett ruhten. In dem Wagen der Bahn hatte sich Bao eingenistet, ein vom Alter gezeichneter Mann, der gern davon erzählte, was für ein erfolgreicher Jäger er früher einmal gewesen wäre. Er schien aber im Moment nicht zuhause zu sein, denn das alte Wartehäuschen, in dem der Greis sonst immer saß, war bis auf eine einsam herumliegende blau und weiß gestreifte Plastiktüte leer.

Zeron umrundete die Bahn und entdeckte auf der anderen Straßenseite Ventodo, der sich mit einem der Mädchen unterhielt, die in dieser Straße auf Kundschaft warteten.

»Eine halbe Ratte und ich gehe mit dir in die Ruine«, versuchte die Hure den Jäger zu ködern. »Weiter hinten gibt es einen ruhigen Raum, den ich mit einigen Decken ausgelegt habe und der ganz gemütlich ist. Du wirst es nicht bereuen.«

»Hey, wer kommt denn da?« Ventodo hatte Zeron bemerkt und schien die Gelegenheit nutzen zu wollen, den Werbungsversuchen des Mädchens zu entkommen.

»Was gibt es?« Zeron tat dem Jäger den Gefallen und blieb stehen.

»Hast du schon gehört? Wir haben einen seltsamen Besucher im Asylum.« Ventodo erfasste Zerons Oberarm und zog ihn einige Schritte mit sich.

»Nicht so eilig, Jungs.« Das Mädchen folgte ihnen ein Stück. »Was haltet ihr davon, zu dritt in die Ruine zu gehen?«

»Nein danke«, lehnte Zeron das Angebot ab. »Ich bin auf dem Weg zu meiner Gefährtin.«

»Na und? Deshalb kannst du dir doch trotzdem etwas Spaß gönnen.«

Die Männer achteten nicht weiter auf das Mädchen und liefen auf einen ausgetrockneten Brunnen zu.

»Von was für einem Besucher sprichst du?« Wie immer war Zeron an allen Neuigkeiten interessiert.

»Keine Ahnung, ich habe ihn noch nicht gesehen, aber er soll Carta heißen und uralt sein.«

»Alt? Wie alt meinst du? Wie Bao? Der lebt schon seit einer halben Ewigkeit im Asylum.«

»Pah, der ist gerade sechsunddreißig. Carta muss viel älter sein, sag ich dir. Hundert Jahre oder so. Zumindest sagt man das.«

»Du spinnst.« Zeron musste lachen. Er kannte niemanden, der seinen vierzigsten Geburtstag erlebt hatte. In den Kolonien wurde man nicht wirklich alt und daran änderte sich auch nichts, wenn man seine tägliche Ration ARAS einnahm. Sie alle waren bereits krank zur Welt gekommen, gezeichnet von der Strahlung, die niemanden verschonte und überall lauerte. In den ganzen Kolonien gab es keinen Ort, an dem man sich vor ihr verkriechen konnte. Nicht einmal in den Kellergeschossen der Ruinen oder in den verfallenen U-Bahnschächten, die sich wie ein

Spinnennetz unterhalb der Stadt durch das verseuchte Erdreich zogen. Mit dreißig Jahren würden er und Ventodo alte Männer sein, die ihren Jagdgrund längst verloren hatten. Wer vom Pech verfolgt wurde und noch fünf weitere Jahre lebte, war meist so kraftlos, dass er sich zu seiner eigenen Sicherheit ins Asylum begeben musste. Dort konnte man dann, in der Hoffnung ab und an einen Riegel Dauernahrung geschenkt zu bekommen, seine letzten Lebensjahre verbringen. Bao war unter den ehemaligen Jägern ein echter Glückspilz, denn mit der Straßenbahn hatte er ein gutes Los gezogen, das ihm etwas Würde ließ. Er war beliebt und musste nicht in einem der Keller hausen, in denen es vor Ungeziefer wimmelte.

»Doch«, beharrte Ventodo weiter auf der Richtigkeit seiner Geschichte. »Der Mann soll unglaublich alt sein. Sogar Bomokhi will ihn schon gesehen haben und der erzählt selten Unsinn.«

»Denk mal nach.« Zeron hatte sich angewöhnt, nicht leichtgläubig zu sein. »Wäre der Mann nur halb so alt, wie du behauptest, müssten wir ihm doch schon längst einmal begegnet sein, oder? Wo will er sich die ganze Zeit versteckt haben?«

»Es heißt, dass er durch die Kolonien wandert und nirgendwo lange verweilt.«

Zeron schnaubte verächtlich durch die Nase. Ventodos Geschichte wurde immer unglaubwürdiger. »Aha, dann wäre er aber der erste Mensch, der kein ARAS braucht. Wer endlos durch die Kolonien streift, kann unmöglich am Verteilungstag immer am selben Ort sein.«

»Ich kann nur erzählen, was man mir gesagt hat. Wie Carta es schafft, ohne ARAS zurechtzukommen, ist mir auch ein Rätsel.«

»Wer ständig durch die Kolonien zieht, verliert sein Anrecht auf ARAS«, stellte Zeron trocken fest. »Nur die Sucher dürfen sich an jedem Ort bei den Söldnern melden und ihre Beute eintauschen.«

»Vielleicht ist dieser Carta zur Verteilung immer rechtzeitig zurückgekommen?«

»Oder er ist ein Sucher, der zu viel Strahlung abbekommen hat, weshalb er so aussehen mag, als würde er von innen nach außen vertrocknen.« Noch während er sprach, blieb Zeron stehen. Jemand hatte seinen Namen gerufen.

»Du kannst gern Bomokhi fragen, wenn du mir nicht glaubst.« Ventodo schien nichts gehört zu haben. Sein Gesicht glühte vor Eifer.

»Zeron!« Diesmal war der Ruf ganz deutlich zu vernehmen. Einen Augenblick später trat ein kleiner, untersetzter Mann auf die Straße und winkte ihnen aufgeregt zu.

»Ronok.« Zeron hätte seinen Freund fast nicht erkannt, was an der braunen Jacke lag, die er an ihm noch nie gesehen hatte.

»Wie ich sehe, wirst du gerufen«, wurde nun auch Ventodo auf Ronok aufmerksam. »Lass dich von mir nicht aufhalten, ich muss ohnehin zu High Noon. Er hat neuerdings einen Hut im Angebot, der mir angeblich passen soll. Ich vermute zwar, dass es sich um irgendeinen verlausten Speckdeckel handelt, will ihn mir aber trotzdem einmal ansehen.«

»Dann viel Glück.« Zeron winkte Ventodo zum Abschied zu und ging Ronok entgegen, der im Laufschritt auf ihn zugeeilt kam.

»Also hier treibst du dich herum!«, platzte es aus dem Jäger heraus, kaum dass sie sich gegenüberstanden. »Ich habe schon die halbe Stadt nach dir abgesucht.« Ronok lehnte seinen Spieß an die Schulter und atmete mehrmals tief durch.

»Verbreite keine Panik und hol erst mal Luft.«

»Jelanda«, brach es aus dem Jäger trotzdem heraus. »Sie ist krank.«

»Krank?« Das Gesicht seines Freundes verriet Zeron, dass er sich keinen seiner üblichen Scherze erlaubte. »Alui hat schon nach dir gesucht, er konnte dich aber nicht finden. Ich habe ihm versprochen die Augen offen zu halten und ihn wieder zu Jelanda geschickt.« Ronok trat an Zeron heran und musterte ihn misstrauisch.

»Was siehst du mich so blöd an?«

»Ich will nur sichergehen, dass du noch gesund bist.«

Zeron trat einen Schritt zurück und kniff die Augen bis auf einen schmalen Spalt zusammen. »Sprich nicht in Rätseln. Weißt du, was Jelanda hat?«

»Nicht genau.« Ronok kratzte sich am Kopf. Die Verlegenheit war ihm deutlich anzusehen. »Ich habe nur Alui gesprochen.«

»Ja und?« Zeron verlor langsam die Geduld.

»Der Junge meinte, sie habe plötzlich Fieber bekommen, und dann sei sie in Ohnmacht gefallen. Im Gesicht soll sie derweil ganz gelb geworden sein.«

Einen Moment lang glaubte Zeron, in ein unendlich tiefes Loch zu fallen. Jelanda! Nein, nicht Jelanda! Das konnte nicht sein. Das durfte nicht sein! Nicht Jelanda!

Zeron vermochte keinen klaren Gedanken mehr zu fassen. Dafür pulsierte etwas durch seine Adern, dass er schon lange nicht mehr in dieser Deutlichkeit gespürt hatte: Angst. Eine entsetzliche, furchtbare Angst. Eine Angst, die ihn und alles um sich herum erfasste und dazu geeignet war, selbst den sonst so teilnahmslos wirkenden Ruinen, einen Schauer des Grauens über die Mauern laufen zu lassen.

3. *Kapitel*

»Verdammt!« Wie von Sinnen raste Zeron los. Jelanda! Er musste ihr helfen! Jetzt! Gleich! Unbedingt! Mit einem gewaltigen Sprung stürmte er über die Reste einer Mauer hinweg. Die Gelbpest war vor einem Monat zum ersten Mal aufgetreten und hatte sich seitdem, eine Schneise des Todes hinterlassend, durch die Ruinenstadt gefressen. Die Händler hatten Kräuterfrauen aus dem Umland in die Stadt geholt, doch auch ihnen war es nicht gelungen, jemanden von der Seuche zu heilen. Die Gelbpest war ein Totmacher, eine Geißel, ein feiger Feind, der sich unsichtbar an seine Opfer heranschlich und ohne Vorwarnung zuschlug.

Jelanda. Zeron hetzte wie im Fieberwahn durch das Asylum. Atemlos sprang er über eine Grube, wich alten Pfeilern aus und bemerkte nicht einmal, wie er sich an einem Gitterrost das linke Hosenbein zerriss. Der Weg zu Jelandas Jagdgrund fühlte sich plötzlich unendlich lang an. Verzweifelt hetzte er durch eine alte Kirche, überquerte eine breite Kreuzung und folgte schließlich einer dunklen Gasse, die ihn in nordwestliche Richtung führte.

Hinter der Grenze zu Jelandas Revier lag eine Mauer, die ihn um zwei Köpfe überragte. Zeron ließ sich nicht aufhalten, schwang sich über sie hinweg, eilte durch ein verlassenes Haus und sprang auf der anderen Seite durch ein Fenster.

Völlig außer Atem erreichte er endlich das Quartier, das Jelanda und ihre Geschwister vor zwei Wochen bezogen hatten. Es befand sich in einem engen Backsteinbau, dessen Dach bisher noch jedem Regen getrotzt hatte.

Mit geschlossenen Augen lag Jelanda vor dem Eingang auf einer Decke. Ihr Gesicht und die Hände hatten eine unnatürliche Farbe angenommen, die Zeron an das Harz erinnerte, das manchmal an den Holzscheiten haftete, die von den Händlern in den Kolonien aufgekauft und in die Stadt gebracht wurden. Jemand hatte ihr eine zusammengerollte Jacke unter den Kopf geschoben. Auf dieser hatte sich eine Lache aus weißem Schaum gebildet, der bereits einzutrocknen begann. Offensichtlich ging es ihr so schlecht, dass sie sich erbrochen hatte.

Zeron ließ das Blasrohr fallen und kniete sich neben die Frau, die ihm so unendlich viel bedeutete. Ihr Atem ging flach und war kaum wahrnehmbar. Vorsichtig strich er ihr das schweißnasse Haar aus dem Gesicht und begann auf sie einzureden. Doch er vermochte nicht einmal mehr die Bewegung ihrer Augen wahrzunehmen, wie er es so oft bei ihr gesehen hatte, wenn sie im Schlaf träumte.

»Wir müssen doch etwas tun können.« Xirces sprach sehr leise, vermochte aber das Zittern in ihrer Stimme nicht zu unterdrücken. »Irgendetwas.«

Zeron sah zu dem dünnen Mädchen, das etwa einen Kopf größer war als sein Bruder. Nur zu gern hätte er den Kindern und auch sich etwas Hoffnung gemacht. Doch er wusste es besser. Die Gelbpest war ein unerbittlicher Feind und wenn sie sich erst einmal ein Opfer ausgesucht hatte, gab sie es nicht wieder her.

»Vielleicht sollten wir ihr etwas Kakiri einflößen«, schlug Ronok vor und deutete auf eine zerbeulte Feldflasche, die er an seinem Gürtel trug. Erst jetzt bemerkte Zeron, dass ihm der Jäger gefolgt war.

»Ja, vielleicht hilft das wirklich.« Aluis verweinte Augen leuchteten auf. Sama saß indes neben ihm und schien noch gar nicht begriffen zu haben, was mit ihrer großen Schwester geschah.

»Ich weiß nicht.« Obwohl ihm bekannt war, dass Kakiri nicht nur dazu diente, sich zu betrinken, blieb Zeron argwöhnisch. Wer sich eine offene Verletzung zuzog und eine Entzündung vermeiden wollte, war gut beraten, die mit dem Kakerlakenschnaps auszuwaschen. Der brennende Schmerz war zwar kaum auszuhalten, doch wer davor zurückschreckte, riskierte nicht selten den Verlust ganzer Gliedmaßen.

»Bomokhi sagt, dass Krankheiten von winzigen, unsichtbaren Tierchen verursacht werden, die sich in unseren Körper einschleichen.« Ronok zog die Feldflasche aus dem Futteral. »Vielleicht krepieren sie an dem Kakiri.«

»Also gut«, stimmte Zeron dem Vorschlag zu. Sie hatten nichts zu verlieren und es war allemal besser, Ronoks Idee auszuprobieren, als Jelanda tatenlos beim Sterben zuzusehen.

Vorsichtig schob er eine Hand unter den Kopf seiner Gefährtin und hob ihn ein kleines Stück an. Unterdessen hatte Ronok den Korken aus der Feldflasche gezogen und reichte sie Xirces. Das Mädchen kniete sich auf den Boden, setzte die Flasche an die leicht geöffneten Lippen seiner Schwester und hob sie an.

»Trink.« Alui schlug sich mit den Fäusten auf die Schenkel. »Du musst trinken!«

Der Kakiri floss über Jelandas Kinn und durchnässte das ausgeblichene Hemd, das sie so gern trug. Zeron fühlte sich wie in einem Fieberrausch, in dem die Zeit stillzustehen schien. Jelanda hatte aufgehört zu atmen. Einfach so, ohne eine einzige Regung zu zeigen, ohne noch einmal die Augen zu öffnen. Zeron begriff nur langsam die Endgültigkeit des Augenblicks. Schweigend beugte er sich über Jelanda, legte seinen Kopf an ihre Stirn und für einen Moment hoffte er, ihr durch diese Geste etwas von seiner Lebenszeit abgeben zu können. Doch die Gelbpest hatte sie mit sich genommen, schnell und erbarmungslos und ohne ihnen die Gnade eines letzten Blicks zu gewähren.

Mit dem Gefühl, dass ihm jemand den Hals zuschnürte, legte er den Kopf der Geliebten auf dem Boden ab und strich ihr mit beiden Händen über die Wangen.

»Nein! Jelanda, bleib!« Alui stürzte sich auf seine große Schwester und klammerte sich an ihr fest. Sein Körper wurde von einem heftigen Weinkrampf geschüttelt. Auch Xirces weinte und ließ Ronoks Flasche kraftlos sinken. Der Kakiri lief aus der Flasche und bildete auf dem staubigen Boden eine kleine Pfütze, die langsam versickerte. Sama starrte hingegen fortwährend auf Jelandas leblosen Körper und zeigte keine Reaktion. Ihre ausdruckslosen Augen verrieten, dass sie in einer anderen Welt weilte.

Zeron spürte nur noch eine unendliche, eiskalte Leere in sich. Der Tod war in der Ruinenstadt allgegenwärtig und lauerte wie ein hungriges Monster hinter jedem Mauervorsprung. Er war weder wählerisch, noch schien er einem erkennbaren Plan zu folgen. Vielmehr nahm er unterschiedslos alle mit sich, Kinder und Alte, Frauen und Männer, Menschen und Tiere, wer auch immer ihm begegnete.

»Was ist geschehen?«

Die dunkle, aber dennoch weiche Stimme brachte Zeron wieder in die Gegenwart zurück. Mühsam hob er den Blick. Pelopa war gekommen. Wie sie neben Ronok stand, wirkte sie wie eine jener Statuen, die aus grauer Vorzeit stammten. Das dunkle, leichtgelockte Haar fiel ihr ungebändigt bis über die Schultern. Wie immer trug sie hautenge Kleidung, die bei den meisten Jägern unerfüllbare Begehrlichkeiten weckte. Pelopa galt als unnahbar und war die gefährlichste Jägerin der Freien Zone. Zeron wusste, dass Jelanda mit ihr befreundet gewesen war, doch getroffen hatten sich die beiden Frauen meistens, wenn er sich um seinen Jagdgrund gekümmert hatte.

»Die Pest hat Jelanda geholt.« Ronok bückte sich und hob seine Flasche auf.

»Mofertu!«, fluchte die Jägerin und kniete sich neben Zeron. »Ich hatte gehört, dass es ihr schlecht geht, aber nicht, dass sie die Gelbpest hat.«

»Verdammte Seuche.« Ronok verzog sein Gesicht und reichte Pelopa die Flasche. »Wer weiß, wen es noch alles treffen wird.«

Mit zusammengekniffenen Lippen schlug die Jägerin Ronoks Kakiri aus. »Es kann jeden erwischen, dich, mich, die ganze verfluchte Stadt.«

»Wenn wir wenigstens wüssten, wodurch man sich die Pest an den Hals holt.« Ronok setzte die Flasche an die Lippen und trank. »Letzte Woche ist Juphes an der Gelbpest gestorben, ohne dass es jemand gemerkt hat. Er ist am Abend gesund eingeschlafen und am nächsten Morgen war er tot. Einfach so. High Noon hatte sich mit Engelsextrakt zugedröhnt und die ganze Nacht neben ihm geschlafen. Aber krank geworden ist er nicht, obwohl er Juphes sogar noch begraben hat.«

»Diese Beobachtung habe ich auch schon gemacht«, flüsterte Pelopa. »Nur weil man die Toten berührt, bekommt man noch lange nicht die Gelbpest. Die Seuche muss auf einem anderen Weg übertragen werden, sonst wären auch Alui und die Mädchen krank.«

»Was hat Jelanda zuletzt gegessen?« Zeron hob den Kopf. Sie mussten unbedingt herausfinden, wie man sich mit der Gelbpest ansteckte. Andernfalls würde das Sterben weitergehen, über Monate und Jahre vielleicht und bis nur noch die Knochen von ihnen übrigblieben, die der Wind irgendwann mit Staub bedeckte.

»Eine Hand voll Trockenpilze, das war heute früh.« Xirces hob die Schultern. »Vor einer Stunde hat sie dann eine ARAS geschluckt.«

Zeron ließ den Kopf wieder sinken. Er hätte gern etwas gefunden, dass er für Jelandas Tod verantwortlich machen konnte. Doch weder die Pilze noch das Medikament konnten die Ursache für die Gelbpest sein. Wären sie der Auslöser für die Seuche, würden auch Jelandas Geschwister im Sterben liegen.

»Du meinst, es liegt am Essen, ob jemand krank wird?« Ronok wischte sich mit dem Unterarm den Schweiß von der Stirn. »Genauso gut könnte es auch das Wasser sein, oder die Ratten, die wir jagen. Vielleicht sind es diese Viecher, die uns krank machen.«

»Genau, du kannst ja gern auf Essen und Trinken verzichten?« Pelopa winkte ab und kniete sich neben Zeron. Die Gedankenspiele des Jägers schienen ihr nicht zu gefallen. »Es macht keinen großen Unterschied, ob wir verhungern oder von der Pest dahingerafft werden.«

»Was weiß ich«, maulte Ronok. »Vielleicht ist die Seuche tief unten, in den alten Schächten entstanden und kommt jetzt, da sie stark genug ist, aus der Kanalisation gekrochen. Dort sind bereits viele Leute verloren gegangen und das wird schon seinen Grund haben. Vielleicht wissen die Ärzte des Molochs, was man gegen die Gelbpest unternehmen kann.«

»Der Moloch?« Pelopa lachte auf und klang dabei so bitter, wie ein Bovistgummi schmeckte. »Dem wird es völlig egal sein, woran wir krepieren, das kannst du mir glauben. Ich habe gehört, dass die Leute, die im Moloch leben, in ARAS baden. Auf den Verpackungen dort, sollen sich auch Farbstreifen befinden.«

Zeron kannte die Geschichten von den farbig markierten ARAS-Streifen, die es im Moloch geben sollte. ARAS-rot, ARAS-blau und ARAS-grün. Angeblich waren diese Tabletten viel besser, als das Medikament, das die Söldner in den Kolonien verteilten. Es ging sogar das Gerücht um, dass ARAS-rot nicht nur eine heilende Wirkung hätte, sondern jeden vor der Strahlung schützte, der sie einnahm. Von den Suchern hieß es, das sie vom Moloch angeblich ARAS-gelb erhielten. Bisher hatte Zeron aber noch niemanden getroffen, der jemals auch nur eine farbig markierte Packung des Antistrahlungsmittels gesehen hatte.

»An uns verteilt der Moloch sowieso nur minderwertigen Kram«, pflichtete Ronok der Jägerin bei. »Kaputte Schuhe, zerrissene Hosen und Dosen, deren Inhalt längst verdorben ist. Mich würde es wirklich wundern, wenn das beim ARAS anders wäre.« Nachdem er noch einmal getrunken hatte, steckte Ronok die fast leere Flasche in das Futteral an seinem Gürtel. »Wir sollten Jelanda beerdigen. Nicht, dass die Geier kommen und Beutesammler auf uns aufmerksam machen.«

»Besser wäre es, sie zu verbrennen«, schlug Pelopa vor. »Dann rösten wir die Gelbpest gleich mit.«

»Dafür haben wir nicht genügend Brennholz.« Zeron griff nach Jelandas Hand und zog ihr den silbern glänzenden Ring das einzige Schmuckstück vom Daumen, das er jemals an ihr gesehen hatte. Natürlich wäre es besser, die Opfer der Gelbpest zu verbrennen. Die kleinen Tierchen, von denen Ronok gesprochen hatte, würden in den Flammen vermutlich nicht überleben und könnten sich kein neues Opfer suchen. Doch Brennholz war schon seit Jahren kaum noch zu beschaffen und musste für die kalte Jahreszeit aufgespart werden. Die Händler brachten zwar aus dem umliegenden Steppland ganze Baumstämme in die Stadt, doch die Preise für Holz waren in kaum noch bezahlbare Regionen gestiegen. Zeron hatte schon vor einigen Jahren das Problem erkannt und deshalb heimlich und gut versteckt Bäume angepflanzt. Doch diese wuchsen nur langsam und die Nächte waren in den Wintermonaten meist sehr lang.

Gedankenverloren schob er sich das Schmuckstück über den Ringfinger. Es wurde Zeit, sich für immer von Jelanda zu verabschieden und er wollte wenigstens ein kleines Andenken an sie behalten. Der Ring war für ihn schon jetzt unverkäuflich und würde ihn für den Rest seines Lebens begleiten.

»Weiter hinten gibt es eine Grube.« Pelopa wies nach Norden. »Dort würde sie hineinpassen und wir müssten kein Loch ausheben.«

Aluis Schluchzen war verstummt. Xirces hatte ihn in die Arme genommen und redete leise auf ihn ein.

Zeron begann die Taschen von Jelandas Jacke und Hose zu leeren. Ein verrostetes Taschenmesser, ein kurzer Strick, eine dünne Rolle Klebestreifen und eine offene Packung mit drei Pflastern kamen zum Vorschein. Der einzige nennenswerte Fund bestand aus acht Tabletten des

Antistrahlungsmittels. Dass er am Ende des Halbjahres noch so viele ARAS bei ihr fand, verdankte sie wohl dem Tauschgeschäft, von dem sie schon vor Tagen gesprochen hatte.

Zeron wog die weißen Pillen in seiner Hand, hob den Blick und bemerkte, wie Sama näher heranrückte. Sie schien darauf zu hoffen, zumindest eine der begehrten Tabletten zu erhalten. Es war ihr anzusehen, wie schlecht es ihr ging. Das Antistrahlungsmittel half nicht nur gegen die Strahlung und alle möglichen Leiden, es sorgte auch dafür, dass sich die Stimmung verbesserte.

Dem flehenden Blick des Mädchens vermochte Zeron nicht lange zu widerstehen. In den nächsten Wochen würden Jelandas Geschwister lernen müssen, für sich selbst zu sorgen. Die halbjährliche Verteilung des ARAS stand zwar unmittelbar bevor, doch es konnte nicht schaden, wenn sie noch einige Tabletten besaßen, mit denen sie auch Handel treiben oder einen Knochensäger bezahlen konnten.

Zeron gab sich einen Stoß und reichte dem Mädchen zwei ARAS. Sama griff sofort zu, zog sich einige Meter zurück und steckte sich eine der Tabletten in den Mund.

Auch Alui und Xirces gab er jeweils zwei ARAS und ließ den Rest des Antistrahlungsmittels in der Gürteltasche verschwinden. Dann reichte er Ronok das Blasrohr und legte sich Jelandas leblosen Körper über die Schulter.

Pelopa führte sie zielsicher zu der Grube, die eher einer Erdvertiefung glich. Gemeinsam betteten sie den Leichnam in die Senke, die nicht tiefer, als eine Beinlänge war. Alui hielt Sama stumm an der Hand und auch Xirces zog es vor zu schweigen.

Da auch Zeron jedes Wort im Hals stecken blieb, übernahm es Pelopa, einige Abschiedsworte zu sprechen. Sie ließ sich von Ronok die Flasche mit dem Kakiri reichen, schüttete etwas davon in das Grab und trank dann doch einen Schluck. »Sie war eine gute Frau und hatte so ein Ende nicht verdient. Aber wer von uns kann sich schon aussuchen, wie sein letzter Tag aussehen wird? Ich habe keine Ahnung, wie es ist, tot zu sein, ob wir neu geboren werden oder ob wir in ein Land gehen, wo die Worte Hunger und Krankheit keine Bedeutung mehr haben. Wo auch immer sich Jelandas Geist befinden mag, ich hoffe, dass wir sie einst wiedersehen werden, um wieder gemeinsam auf die Jagd gehen zu können.« Die Jägerin ließ die Flasche kreisen und nach Zeron tranken auch die Kinder und Ronok von dem Fusel, der in dem zweifelhaften Ruf stand, zumindest für eine kurze Zeit alle Sorgen vergessen zu machen.

Zeron strich ein letztes Mal über Jelandas Stirn. »Danke«, flüsterte er nur ein einziges Wort und legte den ersten Stein auf den erschlafften Körper, der noch immer nicht restlos ausgekühlt war.

Xirces, Sama und Alui traten an seine Seite. Es war ihre und Zerons Aufgabe, die sterblichen Überreste der Toten zu bedecken. Sie benötigten dafür nicht allzu lange, zumal Ronok und Pelopa unzählige Steine und Ziegel heranschleppten. Am Ende war von der Grube nichts mehr zu sehen und Zeron nahm an, dass es auch den hungrigsten Ratten schwerfallen würde, einen Durchschlupf zu finden.

Pelopa und Ronok zogen sich mit Jelandas Geschwistern zurück. Nur Zeron blieb neben dem Grab sitzen und nahm still von seiner Gefährtin Abschied. Äußerlich zeigte er keine Regung und wirkte wie jemand, der vor Schreck versteinert war. Doch innerlich weinte er heftig und begann Jelanda bereits jetzt zu vermissen. Es war ihre Stärke gewesen, an der er sich aufgerichtet hatte, seit sein Revier immer weniger Wegegeld einbrachte. Ihre Liebe hatte ihm die Kraft gegeben, weiterzumachen, nicht aufzugeben und immer wieder nach Auswegen zu suchen. Und nun, von einer Stunde auf die andere, war sie nicht mehr da.

Zeron hätte verstanden, wenn sie bei einem Überfall getötet worden wäre, so wie es früher oder später den meisten Jägern erging. Doch dass sie einer Seuche zum Opfer gefallen war, erschien ihm falsch und ungerecht. Dem Tod entkommen konnte niemand, aber es sollte zumindest jeder die Chance erhalten, ehrenvoll und aufrecht zu sterben.

Das Leben in der Ruinenstadt glich einem nie enden wollenden Kampf. Man konnte gut sein, die besten Waffen besitzen und sogar über die Kräfte eines Derox verfügen. Doch irgendwann, und dieser Tag kam mit absoluter Gewissheit, würde jemand kommen, der noch besser war und wenn man dann nicht rechtzeitig den Rückzug antrat, schloss sich meistens der Kreis. Auch Jelanda hätte es so ergehen können, doch sie war nicht von einem Feind umgebracht worden, der ihr im Kampf überlegen gewesen war, sondern von einem heimtückischen Attentäter, der auch weiterhin unsichtbar blieb und heimlich durch die Ruinenfelder strich.

Langsam drang in Zerons Bewusstsein, dass ihm die Gelbpest alles genommen hatte, was er zum Leben brauchte, dass Gefühl endloser Liebe, die Gefährtin und mit ihr den einzigen Halt, den er besessen hatte. Die Seuche hatte ihm sogar der Möglichkeit beraubt auf Rache zu sinnen, denn einen Feind, der sich nicht zeigte, konnte man auch nicht bekämpfen. Mit Jelanda war die Hoffnung gestorben, die Hoffnung auf ein Morgen und die Hoffnung auf ein Leben, für das es sich zu kämpfen lohnte.

Die düsteren Gedanken schlichen wie bleischwere Gewichte durch Zerons Kopf. Jelanda hatte ihn verlassen, Kalo lechzte nach seinem Revier und aus dem Neutralen Gürtel war er ohne Beute zurückgekehrt. Die Zukunft sah düster aus und einen Plan, wie es weitergehen sollte, hatte er nicht. Dabei zerbrach er sich schon seit Monaten den Kopf darüber, wie er der stetig wachsenden Not entkommen konnte.

Zeron hob den Blick und starrte zum Himmel. Ein Geier kreiste über der Stadt und schien nach Aas Ausschau zu halten. Wie die verfallenen Häuser, die eingestürzten Brücken und die in sich zusammengefallenen Wolkenkratzer, gehörten auch die Todesboten zum gewohnten Anblick.

Es wurde Zeit, zu Jelandas Lager zurückzukehren.

Nach einem letzten wehmütigen Blick auf das frische Grab machte sich Zeron auf den Weg. Zu seiner Erleichterung saßen Alui und Xirces an der erloschenen Feuerstelle nebeneinander und unterhielten sich mit Pelopa und Ronok. Nur Sama hatte sich zurückgezogen und lag auf einer Decke neben dem Eingang zu ihrer Behausung.

»Sie war euch eine gute Schwester«, riss Ronok das Gespräch an sich, kaum dass Zeron Platz genommen hatte. »Aber was wird jetzt aus dem Revier? Hat Jelanda einmal darüber gesprochen, wie damit verfahren werden soll, wenn sie eines Tages nicht mehr unter uns weilt?«

Xirces schüttelte den Kopf und auch Zeron verneinte die Frage. Er und Jelanda waren davon ausgegangen, dass sie die nächsten Jahre gemeinsam verbringen würden. Der Tod war für sie nie ein Thema gewesen.

»Ich übernehme den Jagdgrund«, meldete Alui umgehend seine Ansprüche an. Es war ihm jedoch anzuhören, wie viel Mühe es ihn kostete, seiner Stimme einen festen Klang zu geben. »Ich bin zehn Jahre alt, also erwachsen und ich wollte schon immer Jäger werden.«

»Und was ist mit mir?« Xirces kniff die Augenlider zusammen und reckte den Kopf in die Höhe. »Ich bin ein Jahr älter.«

»Streitet euch nicht«, versuchte Zeron die zwischen den Geschwistern aufkommende Rivalität schon im Keim zu ersticken. »Bisher habt ihr alles gemeinsam gemacht und wenn ihr zusammenhaltet, wird es euch leichter fallen, das Revier zu verteidigen.«

»Ich kann auch schon fast genauso gut handeln wie Jelanda«, schob das Mädchen noch eine weitere Anmerkung hinterher.

»Das wäre gut, aber Zeron hat recht«, murmelte Ronok. »Ihr müsst euch darauf vorbereiten, euren Jagdgrund zu verteidigen. Es wird sich schnell herumsprechen, dass Jelanda gestorben ist. Ich kenne genügend Leute, die immerzu auf solche Gelegenheiten warten. Ihr seid noch sehr jung und wirklich fürchten, wird sich vor euch niemand.«

»Wir werden das Revier nicht hergeben«, plusterte sich Alui auf, was schon fast lächerlich wirkte. »Wer auch immer kommen mag, der kann etwas erleben.«

»Gib nicht so an, großer Krieger«, erwiderte Pelopa. »Du kannst froh sein, wenn du das nächste Jahr überlebst. Falls du es noch nicht weißt, es gibt gute Gründe, warum die meisten Jungen ausgerechnet in deinem Alter sterben. Du solltest also immer schön vorsichtig bleiben und den offenen Kampf meiden. Ich werde verbreiten, dass ihr unter meinem Schutz steht. Das dürfte vorerst reichen, um die meisten Halunken von euch fernzuhalten.«

»Das erste Anrecht auf den Jagdgrund hätte dennoch Zeron«, stellte Ronok fest. »Er war Jelandas Gefährte und folglich könnte er auch sein Revier gegen ihres tauschen.«

»Nein.« Zeron hob die Hände. »Ich möchte mein Revier behalten.«

Jelandas Jagdgrund warf nicht mehr Beute ab als seiner und dort kannte er sich immer noch am besten aus.

Außerdem hätte er bei einem Tausch die Baumplantagen aufgeben müssen.

»Aber es steht dir auch ihr Besitz zu, einschließlich der Sachen, die sie in den Beutestöcken gelagert hat.« Ronok war dafür bekannt, sich in den unter Jägern geltenden Gesetzen bestens auszukennen. »Was allerdings den Geschwistern gehört, sollte auch bei diesen bleiben.«

»Ich habe mir schon Jelandas Ring genommen«, brummte Zeron. Das Sprechen fiel ihm immer noch schwer. »Mehr will ich nicht.«

»Echt?« Alui riss die Augen auf, verstummte aber sofort, als er von seiner Schwester einen Stoß in die Rippen erhielt.

Zeron bemerkte, wie Pelopa die Lippen spitzte und ihm einen erstaunten Blick zuwarf. Es war nicht üblich, etwas von Wert zu verschenken. Doch er wusste aus eigener Erfahrung, dass Xirces, Sama und Alui eine schwere Zeit bevorstand. Sie konnten jede Hilfe gebrauchen und Jelanda war ohnehin alles andere als reich gewesen.

»Hast du gehört, Sama?«, konnte Alui nicht mehr an sich halten. »Wir dürfen alles behalten und hierbleiben.« Der Junge sprang auf und kniete sich neben seine Schwester, die auf der Seite lag und entweder eingeschlafen war oder still vor sich hindöste. Um ihr die Neuigkeiten zu verkünden, legte er seine Hände auf ihren Oberarm und schüttelte sie leicht. Das Mädchen rollte auf den Rücken, wobei ihr Arm kraftlos zu Boden fiel.

»Sama!«

Aluis weithin gellender Schrei ließ Zeron aufspringen.

Doch erst als er neben dem Jungen stand, sah er, dass Sama mit leblosen Augen zum Himmel starrte, wo der Geier noch immer seine Kreise zog. Auf ihrem Gesicht hatte sich ein gelblicher Farbton ausgebreitet, der ihre Ohren fast gläsern erscheinen ließ.

»Das kann nicht sein.« Pelopa hielt sich die Hand vor den Mund und schien nicht glauben zu können, was sie sah. Sama war gestorben, still und ohne, dass jemand bemerkt hatte, wie krank sie geworden war.

Zeron beugte sich zu dem leblosen Körper hinab und sah, dass sich das Mädchen erbrochen hatte, vermutlich als es bereits das Bewusstsein verloren hatte. Wie bei Jelanda hatte sich neben ihrem Kopf eine feine Lache aus weißem Schaum gebildet, der sich langsam verflüssigte.

»Verdammter Mist«, flüsterte Ronok und legte seine Hände auf Aluis Schultern. »Vielleicht ist die Pest doch ansteckend. Wenn das so weitergeht, und ich für jeden Toten einen Schluck Kakiri trinke, werde ich bald total besoffen sein.«

Zeron hielt unterdessen den Blick unentwegt auf die erbrochene Flüssigkeit gerichtet. Dass sich jemand übergab, war für ihn nichts Ungewöhnliches. Sie aßen alles, was irgendwie verdaulich zu sein schien und am Ende des Tages konnte jeder froh sein, wenn er sich nicht hungrig schlafen legen musste. Aber manchmal gab ihr Körper auch wieder von sich, was sie gegessen hatten, ganz abgesehen von den Brechanfällen, die ihn ohnehin täglich heimsuchten. Weißen Schaum hatte er jedoch bisher noch nie ausgespuckt.

Dass sowohl Jelanda als auch Sama an der Gelbpest gestorben waren und dass beide sich zuvor erbrochen hatten, machte ihn nachdenklich.

»Hat Sama heute auch Trockenpilze gegessen?« Zeron sah zu Alui, der aber kein Wort herausbrachte.

»Nein«, antwortete stattdessen Xirces. »Wir hatten noch etwas Kastanienbrei übrig und den haben wir uns geteilt. Da er aber nicht für alle reichte, hat Jelanda mit den Pilzen vorliebgenommen.«

Zeron kam ins Grübeln. Es wäre schon ein seltsamer Zufall, wenn sowohl der Brei als auch die Pilze die Gelbpest verursachen würden. Die einzige Gemeinsamkeit, die er feststellen konnte, war, dass sowohl Jelanda als auch Sama vor ihrer Erkrankung eine Antistrahlungstablette eingenommen hatten.

Gedankenverloren griff er in die Jackentasche. ARAS vermochte, Übelkeit und Lähmungen zu bekämpfen, Schmerzen zu lindern und die Strahlenkrankheit abzuschwächen. Doch gegen die Gelbpest schien das Wundermittel nicht zu helfen.

Nachdenklich starrte er auf eine der Tabletten, die er bei Jelanda gefunden und für sich behalten hatte. Es konnte natürlich auch sein, dass der Moloch gar nichts von der Gelbpest wusste und die ARAS nicht gegen die Seuche halfen.

Zeron atmete tief durch und wollte die Tablette schon wieder in der Jackentasche verschwinden lassen, als er stutzte und mitten in der Bewegung innehielt. Da war etwas. Etwas Seltsames. Etwas, dass ihm gerade erst aufgefallen war und das sofort sein Interesse weckte. Er hatte schon Tausende von ARAS in der Hand gehalten und wusste genau, wie sie aussahen. Doch der Anblick dieser Tablette machte ihn nachdenklich. Sie war etwa so groß wie der Nagel des kleinen Fingers. Mit den ovalen Enden ließen sich die ARAS leicht schlucken und außer den vier Reliefbuchstaben besaßen sie keine besonderen Merkmale. Der Moloch gab das Antistrahlungsmittel in weißen Plastikstreifen zu je zehn ARAS aus. Auf der flachen Seite waren die Streifen mit einer dünnen Aluminiumfolie bedeckt, die leicht zu öffnen war.

Zeron hob die Hand, um Jelandas Tablette noch besser in Augenschein nehmen zu können. Die vier Zeichen hatte er schon oftmals betrachtet. Der erste Buchstabe bestand aus zwei gleichlangen Linien, die eine nach oben weisende Spitze bildeten. Das untere Ende des rechten Strichs war zugleich der Ausgangspunkt einer dritten Linie, die auf halber Höhe auf den linken Schrägstrich traf. Ein seltsames Zeichen, das man aber im Sand leicht nachzeichnen konnte. Der zweite Buchstabe besaß nur eine senkrechte Linie, an deren oberem Ende ein Dreieck zu kleben schien, das mit der Spitze nach rechts zeigte. An dritter Stelle wiederholte sich das erste Schriftzeichen. Das letzte Zeichen bestand schließlich aus vier Strichen und erinnerte Zeron an ein Sägeblatt, das er vor einiger Zeit in Bomokhis Behausung gesehen hatte.

Angestrengt starrte er auf das Medikament und zog dabei langsam die Stirn kraus. Selbst Bomokhi, und der war immerhin des Lesens kundig, vermochte mit diesem Schriftzug nichts anzufangen. Allerdings behauptete der Erfinder, dass es sich um das Wort ›ARAS‹ handeln müsse, und der Moloch lediglich eine Sprache nutzte, die in den Kolonien niemand kannte.

Zeron schniefte unzufrieden. Eine andere Sprache, als ob es so etwas gäbe! So ein Quatsch! Das ergab überhaupt keinen Sinn. Dann könnte man sich gar nicht unterhalten und schließlich ging es darum Neuigkeiten auszutauschen, Handel zu treiben oder sich Beleidigungen an den Kopf zu werfen.

Zeron stockte in seinen Gedanken. Der mittlere Strich des dritten Buchstabens war anders, als er es gewohnt war. Er verband die zwei schrägen Linien nicht wirklich und verlief auch etwas flacher. Bisher war ihm dieses Detail nie aufgefallen. Hastig holte er den ARAS-Streifen hervor, den er dem Rollkoffer entnommen hatte, öffnet die dünne Folie und betrachtete den Schriftzug auf der freigelegten Tablette. Wie er es in Erinnerung hatte, stimmten der erste und der dritte Buchstabe in jedem Detail überein. Die mittlere Linie verlief von rechts unten schräg nach oben und stieß auf halber Höhe auf den zweiten aufrechten Strich.

Zeron runzelte die Stirn. Er hatte sich nicht getäuscht, als ihm bei Jelandas Tablette der kaum wahrnehmbare Unterschied zwischen den Buchstaben aufgefallen war. Bisher hatte er diesen noch nie bemerkt. Obwohl die kleine Abweichung leicht übersehen werden konnte, war er sich sicher, etwas entdeckt zu haben, dass es zuvor noch nie gegeben hatte.

Die Gedanken, die Zeron plötzlich durch den Kopf zu schießen begannen, waren so wirr, dass er ihnen kaum zu folgen vermochte. Dennoch bahnte sich ein Wort mit unwiderstehlicher Kraft einen Weg in sein Bewusstsein. Ein Wort, das in den gesamten Kolonien Hass und Abscheu hervorrief und ohne dem sie doch nicht überleben konnten.

»Ich überlasse euch alles«, wendete er sich an Xirces. »Jelandas Besitz, die Beutestöcke und das Revier. Ich will nur die ARAS, die wir bei ihr gefunden haben.«

Das Mädchen bekam große Augen.

»Ausgerechnet die ARAS?« Es war Alui, der zuerst seine Sprache wiederfand. »Kannst du dir nicht etwas anderes aussuchen?«

»Nein, ich will die ARAS von Jelanda haben«, blieb Zeron hart. »Ihr sollt sie mir auch nicht schenken. Ich gebe euch dafür den gesamten Streifen.«

»Warum?« Xirces verzog ihre Lippen zu einem Schmollmund und schien sein Angebot noch gar nicht verstanden zu haben.

»Schluss mit dem Streit.« Pelopa hatte die Unterhaltung schweigend verfolgt. »Gebt ihm die ARAS. Er gibt euch dafür andere Tabletten und Jelandas Revier.«

Alui gab seinen Widerstand auf und reichte Zeron die zwei ARAS, die er aus dem Besitz seiner Schwester erhalten hatte. Xirces folgte dem Beispiel ihres Bruders und Zeron überließ ihnen dafür den Streifen, den er aus dem Versteck geholt hatte.

»Das verstehe ich jetzt wirklich nicht.« Ronok verfolgte das Tauschgeschäft mit verständnislosen Blicken. »Da wird eine ARAS gegen eine andere getauscht – wozu eigentlich?«

Zeron bemerkte, wie ihn Pelopa aus zusammengekniffenen Augen beobachtete.

»Keine Ahnung«, rang er sich schließlich zu einer Erklärung durch. »Nur so ein Gefühl, aber ich denke, dass es besser ist, wenn ich Jelandas Tabletten an mich nehme.«

4. *Kapitel*

Benommen stolperte Zeron zwischen den Ruinen entlang. Die Stadt glich einem Teppich, der aus unzähligen Flicken bestand, dem Asylum, der Freien Zone mit den Revieren der Jäger, dem Neutralen Gürtel und dem Untergrund, der geheimnisvoll, verworren und gefährlich zugleich war. Hinzu kamen Regionen, in denen sich Zünfte gebildet hatten. Diese hatten sich auf eine bestimmte Tätigkeit spezialisiert und nannten sich Mader, Türmer, Händlerliga oder Schöpfer.

Den größten Teil des Territoriums nahmen aber die Gebiete der Banden ein, die von Raubzügen und Wegezoll lebten und den Einwohnern Schutzgeld abpressten. Sie waren die mächtigsten Gruppierungen innerhalb der Ruinenstadt und es war das Glück aller anderen, dass die Banden einander misstrauten. Ihren Machtbereich zu betreten war nicht ungefährlich, zumindest so lange man keinen Schutzzoll entrichtet hatte. Die meisten freien Jäger mieden ohnehin die Reviere der Banden und hatten dafür gute Gründe. Wer sich zu tief in unbekanntes Gebiet vorwagte, konnte leicht für immer verschwinden. Nur die Geier, die Mader und Fischer wussten dann, wo der verschwundene Jäger geblieben war.

Der letzte große Waffengang hatte die Ruinenstadt zutiefst erschüttert und lag schon einige Jahre zurück.

Damals hatten vier Banden die Freie Zone angegriffen. Zu ihrer Überraschung waren die Jäger, die ansonsten viel Wert auf ihre Unabhängigkeit legten, ein Bündnis eingegangen. Der heftige Widerstand hatte verhindert, dass die Banden in den Jagdgründen der Freien Zone dauerhaft Fuß fassen konnten. Doch erst als es den Jägern gelungen war, zwei feindliche Anführer gefangen zu nehmen, waren die Angreifer bereit gewesen, sich zurückzuziehen. In den sich anschließenden Verhandlungen hatte man sich dann darauf geeinigt, den Neutralen Gürtel einzurichten. Seitdem trennte dieser die Reviere der Jäger und das Gebiet der Banden.

Zeron war bei Ausbruch des Krieges fast elf Jahre alt gewesen und hatte sich damals seinen Jagdgrund verdient. In der Hoffnung, für seine Hilfe Wasser, Nahrung und ARAS zu erhalten, hatte er sich den Jägern angeschlossen. Doch zu seiner Enttäuschung war er nur mit Botengängen und andere langweiligen Aufgaben betraut worden. Er aber hatte darauf gebrannt, sich zu beweisen und war eines Tages auf eigene Faust losgezogen, um die umkämpften Linien zu erkunden. Dabei hatte er eine weiche Stelle entdeckt, einen Durchschlupf, der kaum bewacht wurde. Zu seiner Überraschung war er hinter den feindlichen Linien auf zwei Anführer der Banden aufmerksam geworden, die sich in völliger Sicherheit wähnten. Noch in derselben Nacht hatte er die Jäger über den Schleichweg an den Feind herangeführt. Wie ein Sturm waren sie unter die völlig überraschten Bander gefahren und hatten die beiden

Anführer überwältigt. Danach war der Krieg zunehmend erlahmt und schließlich hatten die völlig erschöpften Banden, einem Friedensabkommen zugestimmt.

Die Kämpfe hatten aber unter den Jägern einen hohen Blutzoll gefordert. Viele Reviere lagen brach, da ihre Besitzer gefallen waren. Zeron hatte nicht gezögert und seinen Anspruch auf einen Jagdgrund angemeldet. Eigentlich konnte nur derjenige ein Revier für sich beanspruchen, der es auch erobert hatte. Doch nach dem Krieg hatte niemand ein Interesse daran, noch mehr Blut zu vergießen. So hatte ihm das frisch erworbene Ansehen zu einem Jagdgrund verholfen, den er seitdem erfolgreich behauptet hatte.

Zu Anfang war sein Revier noch sehr einträglich, zumal sich durch die Einrichtung des Neutralen Gürtels, eine Schutzregion um die Freie Zone zog. Doch die Zeiten hatten sich geändert und das lag nicht nur an der Gelbpest oder den Händlern, die neuerdings die Pfade bevorzugten, die durch Kalos Jagdgrund führten. Obendrein waren die Handelsgüter knapp geworden, und die Preise hatten mächtig angezogen.

Zeron wagte sich nicht vorzustellen, was aus der Stadt und ihren Bewohnern werden würde, wenn eine Hungersnot ausbrechen sollte. Früher hatte er durch das Wegegeld, das ihm die Händler zahlten, die meisten Einnahmen erzielt. Die Jagd auf die Läufer, auf Passanten, die seinen Jagdgrund heimlich durchqueren wollten, war nur ein Nebenerwerb gewesen. Doch die Vorzeichen hatten sich gewandelt. Die Händler blieben bereits seit Monaten seinem Revier fern und die wenigen Läufer brachten ihm nicht genug Beute ein, um davon leben zu können.

Derox, Kalo, oder auch Pelopa fackelten nicht lange, wenn jemand versuchte, ihren Jagdgrund heimlich zu passieren. Doch Zeron hatte es bisher vorgezogen, die Läufer nur auszuplündern und anschließend ihres Weges ziehen zu lassen. Sie umzubringen machte keinen Sinn, da Leichen die unangenehme Eigenschaft besaßen nie wieder Wegegeld zu entrichten.

In den Kolonien, die sich rings um die Stadt erstreckten, sollte es nicht besser aussehen. Anders war es jedenfalls nicht zu erklären, dass die Sucher neuerdings in die Stadt einfielen und die Ruinen durchstöberten. Seit sie auch in der Freien Zone auf Plündertour gingen, waren die meisten Jäger darauf aus, sie zur Strecke zu bringen.

Doch auch die Banden hatten wohl feststellen müssen, dass es in den Ruinen ihrer Reviere nicht mehr viel zu holen gab. Daher war die Zahl der Raubzüge in den letzten Jahren rasant gestiegen. Dass angesichts der zunehmenden Not die Banden auch nach dem Neutralen Gürtel schielten, war wenig verwunderlich.

Die größten Begehrlichkeiten weckte natürlich das Asylum. In dieser Region konnte man alles erhalten, was das Herz begehrte, ARAS, Drogen wie Hexensaft und Zwergenblut und auch jene Waffen, die es einem erst ermöglichten, in der Ruinenstadt zu überleben. Neben den Knochensägern und vielen anderen hatte sich auch

Bomokhi sein Refugium im Asylum eingerichtet. Zu ihm kamen die Leute aus der gesamten Stadt gepilgert, ging ihm doch der Ruf voraus, die außergewöhnlichsten Waffen bauen zu können.

Sogar die Todbringer gaben sich im Asylum gern ein Stelldichein, und wo sich so viele Menschen einfanden, waren die Händler natürlich nicht weit. Um ihre Waren anzubieten, mussten sie zunächst die Freie Zone passieren, was den Jägern die Möglichkeit gab, ein Wegegeld zu verlangen. Da aber neuerdings die Handelswege durch immer weniger Jagdgründe führten, glich die Zukunft in Zerons Augen einem Tunnel, von dem er nicht wusste, ob er auch einen Ausgang besaß.

Dass die Banden nur zu gern das Asylum besetzen würden, war ein offenes Geheimnis. Wer das Zentrum der Stadt kontrollierte, würde auch den Handel beherrschen und allen anderen Gruppierungen überlegen sein. Doch dem standen seit jeher die freien Jäger entgegen, die wiederum von den Bewohnern des Asylum unterstützt wurden. Zusammen mit den Jagdgründen war der Stadtkern die einzige Region, die sich ihre Unabhängigkeit bewahrt hatte.

Zeron hatte schon in vielen schlaflosen Nächten darüber nachgedacht, wie er seine Einnahmen wieder steigern konnte. Doch eine wirklich zündende Idee war ihm bisher noch nicht gekommen. Wie High Noon, der sich an tausend Sachen versuchte und dabei ständig scheiterte, wollte er nicht leben und sich auch keiner der Zünfte anschließen, von denen es hieß, dass bei ihnen genauso strenge Regeln galten wie bei den Banden. Er liebte seine Freiheit, besaß aber leider er auch keine besonderen Fähigkeiten, wie etwa Bomokhi, der ständig am Herumbasteln war und seine Erfindungen gewinnbringend verkaufte. Einen weiteren Trinkkeller benötigte das Asylum auch nicht, und so war er in seiner Verzweiflung auf die Idee gekommen, zwei Baumplantagen anzulegen. Ein Händler hatte ihm vor einigen Jahren die Setzlinge von Akazien, Spitzahorn, Sicheltannen und Waldkiefern angeboten und behauptet, dass diese Bäume schnell wachsen würden. Die Idee, schon bald mit Holz handeln zu können, war so verlockend gewesen, dass Zeron auf den Handel eingegangen war und dafür seine besten Beutestöcke aufgelöst hatte. Doch wie es im Moment aussah, war am Ende der Händler der einzige Nutznießer ihres Geschäfts gewesen. Sicher, die Bäume wuchsen schnell, aber dennoch viel zu langsam, um mit dem Holz in einem annehmbaren Zeitraum Gewinn zu erzielen. Wie Zeron erst später erfahren hatte, benötigte die Akazie etwa sieben Jahre, um so groß zu werden, dass es sich lohnen würde, sie zu fällen. Sieben Jahren waren für einen Bewohner der Ruinenstadt der fünfte Teil seines Lebens. So lange konnte er kaum warten, wenn er mit den beiden Baumplantagen Gewinn erzielen wollte.

Zeron hatte Mühe, seine Gedanken zu ordnen. Kaum, dass sie Sama beerdigt hatten, war er aufgebrochen, einfach nur aus dem Bedürfnis heraus, endlich allein zu sein, mit sich, seiner Trauer und der leisen Verzweiflung, die ihn zunehmend lähmte.

Noch bevor er seinen Jagdgrund erreicht hatte, wurde ihm bewusst, wie sinnlos seine Flucht war. Die Erinnerungen an seine Gefährtin und daran, wie sie gestorben war, ließ sich nicht so leicht abschütteln. Dafür hätte er der Ruinenstadt den Rücken kehren müssen, jenem Ort, in dem er sich in Jelanda unendlich verliebt hatte.

Völlig frustriert blieb Zeron stehen. Die Liebe hatte ihm einen festen Halt gegeben. Doch mit Jelandas Tod war genau der Anker aus dem Boden gerissen worden, der ihn in der Ruinenstadt gehalten hatte.

Langsam setzte sich Zeron wieder in Bewegung und versuchte, einen klaren Kopf zu bekommen. Doch so lange er auch über die Situation nachdachte, sie war grauenvoll und einen gangbaren Ausweg schien es nicht zu geben. Die Stadt lag im Sterben und ihr Ende war absehbar. Schon bald würden die ersten Verteilungskämpfe entbrennen und das vollenden, was die Gelbpest begonnen hatte.

Um dem Wahnsinn zu entgehen, war ein Neuanfang nötig, weit weg, irgendwo, fern der Trümmerwüste, aus der sich der Gestank des Todes erhob.

Doch leider war es nicht möglich, einfach aufzubrechen und aus der Stadt zu spazieren. Wer die Ruinenstadt für immer verließ, verlor auch sein Anrecht auf ARAS und ohne das Antistrahlungsmittel, war an ein Überleben nicht zu denken.

Der Moloch! Der verdammte Moloch mit seinen noch verdammteren Gesetzen und Regeln. Er war es, der ihn daran hinderte, alles hinter sich zu lassen. Dem Zwang, sein ganzes Leben an einem Ort zu verweilen, konnte niemand entkommen, es sei denn man entschloss sich …

Zeron wagte es nicht, den Gedanken weiterzuverfolgen. Diesen einen Schritt zu gehen, diese eine bestehende Möglichkeit in Betracht zu ziehen, war einfach zu ungeheuerlich.

Erneut blieb er stehen und sah sich um. Er hatte sein Revier erreicht und stand vor einem Laternenpfahl, den jemand schon vor Jahren umgeknickt hatte. Obwohl sich die Frage aufdrängte, ob es sich lohnen könnte, die anderen Laternen zu plündern, kreisten seine Gedanken immer noch um den Moloch, der als Einziger die Fähigkeit besaß, ARAS herzustellen. Nur der Moloch …

Zeron tat einen tiefen Atemzug und hielt die Luft an. Die gesamte Umgebung schien plötzlich in einem blendend weißen Licht zu versinken.

Die Gelbpest! Der Moloch! Die ARAS! Das Antistrahlungsmittel mit dem seltsamen Zeichen. Er hatte die Tabletten eingesammelt, weil er befürchtete, dass es zwischen ihnen und der Seuche einen Zusammenhang gab. Angenommen sein Verdacht stimmte und die ARAS waren tatsächlich vergiftet, kam dafür nur ein Täter infrage, …

»Hey, Mann! Nun bleib doch endlich einmal stehen. Du hast ein Tempo drauf, als wäre die Pulas-Bande hinter dir her.« Ohne dass Zeron es bemerkt hatte, war ihm Ronok gefolgt. »Wo zum Moloch willst du hin?«

Zeron zuckte nur mit den Schultern. Ihm war nicht nach einer Unterhaltung zumute. Ronok war einer seiner wenigen Freunde und durfte seinen Jagdgrund jederzeit betreten, doch im Moment wollte er eigentlich nur seine Ruhe haben.

»Es war sehr großzügig von dir, Xirces und Alui das Revier und Jelandas Besitz zu überlassen. Wäre ich an deiner Stelle gewesen – also ich weiß nicht.«

»Das ist doch egal«, brummte Zeron.

»Egal?« Ronok schnappte hörbar nach Luft. »Du scheinst in den letzten Tagen reich geworden zu sein, wenn du es dir leisten kannst, andere zu beschenken.«

»Es ist trotzdem egal.«

»Mann, ich verstehe durchaus, dass du gerade nicht gut drauf bist, aber ich wette zwei Rattenschenkel gegen einen verbogenen Blasrohrpfeil, dass du morgen schon bereuen wirst, so spendabel gewesen zu sein.«

Zeron antwortete nicht und steuerte auf eine klobige Ruine zu, an deren Fassade eine längst erloschene Leuchtreklame an eine andere, wohl buntere Zeit erinnerte.

»Hör mal«, ignorierte Ronok sein Schweigen. »Was hältst du davon, wenn wir ins ›Schleimige Monster‹ gehen und uns mit Kakiri volllaufen lassen?«

»Kannst du gern machen«, entgegnete Zeron knapp, betrat die Ruine und steuerte auf den gegenüberliegenden Ausgang zu.

»Ja, aber nur mit dir.« Ronok hing wie eine Klette an ihm. »Du bist es, der sich betrinken sollte und zwar bis zur totalen Gesichtslähmung. Ansonsten … Halt! Moment mal!«

Sie hatten die Ruine verlassen und einen schmalen, rechteckigen Hinterhof betreten, der sich zwischen den Häuserblöcken erstreckte. »Was ist das? Sind hier einmal Bäume gewachsen?«

Zeron war stehen geblieben und starrte auf die vielen Baumstümpfe, die aus der Erde ragten. Er hatte die Pflanzung ganz bewusst in einem Hinterhof angelegt, um die Bäume vor fremden Blicken zu verbergen. Dennoch musste sie jemand entdeckt haben und hatte sie sich geholt, lange noch, bevor sie groß genug geworden waren, um aus ihnen einen satten Gewinn herausschlagen zu können.

Der trostlose Anblick der Baumstrünke verschlug Zeron die Sprache. Er hatte vier Jahre Arbeit in die kleine Pflanzung gesteckt und nun blieben ihm nur die mickrigen Stümpfe, die wie bleiche Knochen aus dem Boden ragten.

»Hier sind einmal Bäume gewachsen«, japste Ronok und schien nicht fassen zu können, was er sah. »Das muss ein richtiger kleiner Wald gewesen sein. Hast du davon gewusst?«

»Ich habe sie angepflanzt«, würgte Zeron eine Antwort hervor und hatte dabei das Gefühl, dass ihm etwas den Hals verstopfte.

»Echt? Und das hast du ganz allein gemacht?«

»Ja, und für die kleinen Bäume habe ich verdammt viel bezahlt. Von der Mühe, den Schutt wegzuräumen und den Boden aufzubrechen, einmal abgesehen.«

»Nicht schlecht, nicht schlecht.« Ronok schob seinen Hut in den Nacken. »Was für eine abgefahrene Idee. Darauf muss man erst mal kommen. Alle Achtung.«

Zeron kniete sich neben einen der Baumstümpfe und verkniff sich eine Antwort. Ronok musste nicht wissen, dass er einige Straßen weiter ein zweites Gehölz angelegt hatte. Vermutlich war aber auch das den Holzdieben zum Opfer gefallen.

»Ich hoffe, du hast für das Holz einen anständigen Preis verlangt.«

»Das hätte ich gern.« Zeron schlug mit der Hand auf den schmalen Stummel.

»Wie? Was?« Ronok blieb erneut der Mund offenstehen.

»Das siehst du doch! Irgendwelche Diebe haben sich die Bäume geholt.«

»Mofertu! Ich dachte, du hast das Holz geerntet.«

Zeron presste die Zähne so heftig aufeinander, dass sie zu schmerzen begannen. Die Erkenntnis, dass in seinen Jagdgrund Diebe eingedrungen waren und ihn bestohlen hatten, traf ihn genauso hart, wie der Verlust, der Plantage. Die Reihe der Schicksalsschläge schien kein Ende nehmen zu wollen.

»Verdammt, aber manchmal muss man den Jagdgrund auch einmal verlassen. Ein unbewachtes Revier wird eben gern geplündert. Also ich an deiner Stelle würde mir diese Dreistigkeit nicht gefallen lassen. Das ist nicht das Werk eines Einzelnen. Unglaublich, da bleibt mir glatt die Spucke weg.«

»Davon kommen die Bäume auch nicht zurück.« Zeron ließ den Kopf hängen und betrachtete die helle Schnittfläche des Baumstumpfes. Um keinen Lärm zu machen, hatten die Eindringlinge auf den Einsatz von Äxten verzichtet und mit Sägen gearbeitet.

Zeron erhob sich und verließ mit dröhnendem Kopf den Hinterhof. Was er in letzter Zeit auch unternahm, endete in einer Katastrophe. Das Schicksal, soweit es das überhaupt gab, verfolgte wohl die Absicht, ihm den Boden unter den Füßen wegzuziehen.

»Nun sag schon, kommst du mit ins ›Schleimige Monster‹?« Ronok war ihm aus der Ruine gefolgt und blieb auch bei ihm, als sie einen Platz erreichten, um den eine breite, kaum passierbare Straße führte. Zwischen den Überresten der vor sich hin rostenden Autowracks lagen neben unzähligen Glassplittern auch herabgestürzte Mauerbrocken, ganz so, als hätte ein Erdbeben die Stadt verwüstet.

»Nein, du wirst allein gehen müssen.«

»Verdammt, Zeron!« Ronok blieb stehen und hielt ihn am Arm fest. »Dir geht es mies, das kann sogar jemand sehen, dem man die Augen ausgestochen hat. In diesem Zustand werde ich dich heute Nacht nicht allein lassen. Der Abend bricht bereits an und dann kommen meist die dunkelsten Gedanken. Ich weiß, wovon ich spreche, und du kannst mir glauben, wenn ich sage, dass sich das Leben bei einer Flasche Kakiri viel leichter ertragen lässt.«

»Scht!« Zeron legte eine Hand auf die Schulter seines Freundes und ging hinter den Resten einer alten Mauer in Deckung.

»Was ist denn jetzt schon wieder?«, begehrte Ronok auf, kauerte sich aber neben ihn.

»Da kommt jemand.« Zeron zog einen Pfeil aus der ledernen Armmanschette und schob ihn in das Blasrohr.

»Mofertu, das ist mir gar nicht aufgefallen. Da kannst du mal sehen, wie mich dein Verhalten aufregt. Teilen wir die Beute?« Ronok sah fragend zu Zeron, der aber nicht antwortete. »Also gut, es ist nicht mein Revier. Ich helfe und bekomme dafür den vierten Teil. Einverstanden?«

»Meinetwegen.« Eigentlich stand Zeron der Sinn eher danach, über den Moloch und das seltsame Schriftzeichen nachzudenken. Doch die Gelegenheit, fette Beute zu machen, konnte er sich unmöglich entgehen lassen. Ein gutes Stück alte Technik würden ihm die Söldner des Molochs bestimmt gern abkaufen.

Vorsichtig hob er den Kopf und spähte über die Mauer. Am anderen Ende des Platzes hatte er eine Gestalt entdeckt, die sich auch jetzt nicht die geringste Mühe gab, unbemerkt zu bleiben. Der Mann war groß und so dürr wie einer der alten Laternenpfähle, und sogar aus dieser Ferne konnte Zeron sehen, dass ihm die Hosen viel zu kurz waren. Die Jacke schlabberte bei jedem Schritt um den abgemagerten Körper und hätte mit Sicherheit auch Derox gepasst, der die Figur eines Hünen besaß. Die seltsame Erscheinung des Mannes wurde noch durch seinen staksigen Gang verstärkt, der den Anschein erweckte, als würde er durch knietiefes Wasser waten.

Zeron richtete sich auf und stellte das Blasrohr auf den Boden.

»Was machst du?«, raunte Ronok. »Du verdirbst uns den Beutezug.«

»Bovist, Zeron! Bovist!« Der staksige Kerl hob seine Arme und fuchtelte unbeholfen in der Luft herum. »Nicht schießen, ich bin's.«

»Verdammt, das ist High Noon«, stellte Ronok fest und kam ebenfalls aus der Deckung. »Was will der denn hier?«

»Das wird er uns sicher gleich erzählen.« Zeron ließ den Pfeil aus dem Blasrohr in seine Hand gleiten und steckte ihn wieder in die Manschette, die er über dem Unterarm trug.

»Grüßt euch.« Außer Atem blieb High Noon vor ihnen stehen und grinste sie an. »Ich hoffe, ich störe nicht. Hab das von Jelanda gehört und dachte, ich sehe mal nach dir. Verdammte Gelbpest. Breitet sich in der Stadt aus, als würde sie es darauf anlegen, uns alle umzubringen.« Die Atemnot konnte den Langen nicht daran hindern, wie ein Wasserfall zu reden. »Tut mir leid für dich, Mann. Ihr habt euch echt gemocht, das konnte jeder sehen.«

»Schon gut.« Zeron winkte ab. Das Letzte was er im Moment brauchte, waren ein beständiger Druck auf die Tränendrüsen.

»Mal ehrlich, High Noon, du bist doch nicht gekommen, nur um zu sagen, dass es dir um Jelanda leidtut.« Ronok zog die Augenbrauen zusammen.

»Nun ja, ich kann Zeron gut leiden«, begann High Noon herumzudrucksen. »Aber ich habe auch was mitgebracht, sieh mal.« Noch während er sprach, streifte er sich einen Stoffbeutel von seinen Schultern und begann darin herumzuwühlen. »Ich dachte, wir könnten uns ein Feuer machen, ein paar alte Geschichten erzählen und nebenbei in Ruhe essen. Die Dose reicht sicher für drei hungrige Mäuler.«

Misstrauisch kniff Zeron die Augen zusammen. High Noon bestand zwar nur aus Haut und Knochen, war aber dafür bekannt riesige Mengen an Futter verdrücken zu können und dabei nicht besonders wählerisch zu sein. Dass der Lange bereit war, etwas Essbares zu teilen, musste einen gewichtigen Grund haben.

»Sieht aus wie eine Suppe.« Ronok hatte High Noon die Dose aus der Hand genommen und betrachtete das vergilbte Etikett. »Ich glaube, da sind die Früchte drin, die man im Moloch Erbsen nennt. Also wenn ihr mich fragt, ich würde gern wissen, wie das Zeug schmeckt.«

»Prima.« High Noon nahm die Dose wieder an sich und sah fragend auf. »Du weißt doch sicher, wo wir in deinem Revier etwas Holz finden können.«

»Also gut, machen wir ein Feuer.« Zeron fühlte sich überstimmt und zeigte zu einer Ruine, die sich auf der anderen Seite des Platzes befand.

Die Männer setzten sich in Bewegung und betraten das Gebäude durch den ehemaligen Eingang. Bis auf das unbrauchbare Gerümpel waren die unteren Räume leer und wurden höchstens noch von Ratten und Kakerlaken besucht. Zeron steuerte sofort auf das Treppenhaus zu und führte seine Begleiter bis in das dritte Stockwerk hinauf. Dort fanden sie einen alten Stuhl, in dessen Polster sich ein Schimmelpilz eingenistet hatte. Nachdem Ronok die morschen Holzbeine in fußlange Stücke zerbrochen hatte, zogen sie sich in einen Raum zurück, dessen glaslose Fenster einen Blick auf die umliegenden Ruinen gewährten. Ohne viel Aufsehens darum zu machen, opferte High Noon ein wertvolles Zündholz und entfachte ein Feuer, das den Raum schon bald in ein sanftes Licht tauchte.

»Wer weiß, ob die Suppe noch genießbar ist?«, unkte Ronok. Wie Zeron hatte er sich auf dem Betonboden niedergelassen. »Woher hast du die Dose? Gefunden oder eingetauscht?«

»Sie stammt noch aus dem Spendenpaket der letzten ARAS-Verteilung.« Auch High Noon nahm endlich Platz und stellte die Dose neben das Feuer.

Zeron sah, wie Ronok die Nase rümpfte. »Das macht die Suppe nicht besser. Bomokhi hat mir einmal erzählt, dass der Moloch uns nur Dosen gibt, deren Inhalt schon längst verdorben ist, und er muss es wissen. Immerhin kann er lesen, was da so alles auf dem Etikett steht.«

»Wir werden sehen.« Da er keine Lust hatte, sich auf eine Diskussion einzulassen, griff Zeron nach der Dose und rammte die abgebrochene Klinge seines Dolches durch den Deckel. Kurz darauf hatte er die Konserve geöffnet und reichte sie High Noon, der sie unter seine Nase hielt.

»Riecht etwas modrig, aber nicht schlecht«, urteilte der Lange, schob zwei Ziegelsteine zwischen das Brennholz und stellte die Dose darauf. Dann zückte er einen verbogenen Löffel und rührte die Suppe vorsichtig um. Zeron blieb ruhig sitzen und wartete geduldig darauf, dass

High Noon endlich sagen würde, weshalb er in sein Revier gekommen war.

»Übrigens habe ich etwas dabei, was dich vielleicht interessieren könnte.«

Ronok warf Zeron einen vielsagenden Blick zu. Dass High Noon ständig reden musste, war allgemein bekannt.

Der Lange legte den Löffel zu Seite, griff wieder in den Stoffbeutel und zog einen braunen, fleckigen Hut hervor. »Sieh mal, fast wie neu. Fühlt sich wie Filz an und hält zumindest so lange den Regen ab, bis du einen Unterstand gefunden hast.«

Zeron schüttelte den Kopf. »Wolltest du den nicht an Ventodo verkaufen?«

»Woher weißt du das?« High Noon riss die Augen erstaunt auf und strich mit der Hand mehrmals über den Hut. »Der Einfaltspinsel will ihn nicht mehr haben. Stell dir vor, wegen der Krempe. Sie wäre ihm nicht breit genug. Hast du so was schon mal gehört? Dabei weiß doch jeder, dass man mit einem auffälligen Hut nur schwerlich unbemerkt bleibt.«

»Kann sein«, murmelte Ronok und setzte seinen Hut ab.

»Dabei habe ich Ventodo einen ausgesprochen guten Preis gemacht. Leider hat er es sich aber anders überlegt und da dachte ich, dass du ihn vielleicht haben möchtest.«

Unterdessen hatte Ronok seinen Hut abgenommen und zog die zur Hälfte nach innen gefaltete Krempe heraus. »So viel zu den großen Hüten, die man leicht entdecken kann.«

»Ja, ja, schon verstanden.« High Noon steckte den Hut wieder in den Beutel und sah zu Zeron. »Ich dachte nur, dass wir vielleicht ins Geschäft kommen können, jetzt wo du Jelandas Besitz bekommen hast. Da ist doch sicher viel Kram dabei, den du nicht gebrauchen kannst. Ich könnte das Zeug für dich weiterverkaufen. Du weißt, mich kennt die halbe Stadt und wenn jemand sogar einen verrosteten Nagel verscheuern kann, dann bin ich das und kein anderer.«

Zeron gab ein leises Knurren von sich. High Noon stand tatsächlich im Ruf, alles besorgen zu können, sogar Munition oder ein altes Arztbesteck. Seinen Bekanntheitsgrad überschätzte er dennoch und den echten Halunken unter den Händlern war er nicht gewachsen.

»Da bist du bei Zeron, aber an der falschen Adresse«, meldete sich Ronok zu Wort. »Du musst dich an Xirces und Alui wenden. Sie haben Jelandas Besitz erhalten.«

»Wieso das?«

»Was fragst du mich? Er ist es, der sein Erbe verschenkt hat.« Ronok zeigte mit ausgestrecktem Zeigefinger auf Zeron.

»Waaas?« High Noon blieb der Mund offenstehen. »Nein! Echt? Das hast du wirklich getan?«

»Warum nicht?« Zeron sah nicht ein, wieso er sich rechtfertigen sollte.

»Also ehrlich.« Der Lange schien kurz davor zu stehen, seinen letzten Atemzug auszuhauchen. »Das ist ja mal ein Ding. So was hat die Stadt noch nie gesehen, das schwöre ich dir. Du musst wahnsinnig geworden sein.«

»Wenn du mich fragst,«, pflichtete Ronok dem verhinderten Geschäftemacher bei, »ich denke auch, dass man völlig durchgeknallt sein muss, um auf ein Erbe zu verzichten. Aber was willst du machen? Er hat einen eigenen Kopf, auch wenn er den nicht gerade zum Nachdenken benutzt. Wenigstens haben sich Alui und Xirces gefreut.«

»Dann werde ich gleich morgen einmal bei den beiden vorbeisehen.«

»Du wirst sie nicht übervorteilen.« Zeron warf dem Langen einen strengen Blick zu.

»Nein, natürlich nicht. Du kannst gern dabei sein, wenn ich mit ihnen rede.«

»Ich verlass mich auf dich.« Zeron glaubte nicht, weiter auf High Noon einwirken zu müssen. Der Lange war ein gutmütiger Kerl, manchmal beinahe zu gut für diese Welt. Doch er hatte sich in den Kopf gesetzt unbedingt reich zu werden. Ein Vorhaben, das er schon lange, aber auch vergeblich verfolgte.

»Es wird gleich Branderbsen geben.« Ronok zeigte auf die Konservendose, an der die Flammen in die Höhe züngelten.

Erschrocken griff High Noon zu dem Löffel und rührte die Suppe vorsichtig um. Sogleich breitete sich in dem Raum ein leicht säuerlicher Geruch aus. »Lecker.« Trotz der Flammen hatte sich der Lange über die Büchse gebeugt und wedelte sich mit der flachen Hand den aufsteigenden Dampf zu.

»Hey, pass auf!« Ronok prallte zurück und zeigte auf High Noons Jackentasche, aus der eine Ratte ihren Kopf hervorstreckte.

»Was hast du?« Der Lange sah überrascht auf, musste dann aber lachen und griff nach dem Tier. »Immer mit der Ruhe, das ist nur Otho.« Fast liebevoll setzte er die Ratte auf seine Schulter, wo diese sofort sein Ohr zu beschnüffeln begann.

»Was soll das denn, bitteschön?« Ronok richtete sich wieder gerade auf.

»Keine Panik, er ist – nein, Otho, du wirst mir nicht deine Nase ins Ohr stecken.« High Noon umfasste das Tier mit einer Hand, so dass nur der Kopf zwischen den Fingern herausschaute. »Stell dir vor, er ist mir zugelaufen und hatte eine ziemlich große Wunde am Hinterbein. Da er sehr zutraulich war, habe ich ihn gesundgepflegt und nun will mich das brave Tier gar nicht mehr verlassen.«

»Womit du immer eine lebende Nahrungsreserve bei dir hast.« Ronok zog die Stirn missbilligend kraus.

»Otho, hast du das gehört?« High Noon drehte den Kopf zur Seite, spitzte die Lippen und deutete in Richtung des Tieres einen Kuss an. »Dieser Kerl würde dich am liebsten über dem Feuer braten.«

»Nein, ich würde mir aus ihm eine Suppe kochen«, stellte Ronok fest und verdrehte die Augen. »Aber mal ernsthaft, du fütterst das Vieh durch?«

»Warum nicht? Otho ist ganz in Ordnung und hat mich noch nie gebissen.«

»Das Vieh frisst dir dein Essen weg, Mann. Ratten sind keine Freunde, Ratten sind Nahrung.«

»Untersteh dich. Wer Otho ans Fell will, muss erst an mir vorbei.«

»Nicht zu fassen.« Ronok deutete auf High Noon und tippte sich mit dem Zeigefinger der anderen Hand, an die Stirn. »Mir scheint, dass ich heute nur von Durchgedrehten und Gestörten umgeben bin. Zeron verschenkt sein Erbe und du freundest dich mit einer Ratte an. Also echt Leute, falls ich eines Tages auf ähnliche Gedanken kommen sollte, hoffe ich, dass ihr mich erschießt und zwar sofort und bitte ohne vorher zu fragen.«

»Otho wird nicht geschlachtet«, protestierte High Noon nochmals. »Er ist eine ganz besondere Ratte.«

»Aha«, merkte Ronok so gedehnt an, dass der Hohn in seiner Stimme nicht zu überhören war. »Sie ist wahrscheinlich so klug, dass sie besser rechnen kann als Bomokhi.«

»Das nicht, aber ich habe Otho gut erzogen und er lernt erstaunlich schnell. Pass auf und staune, du Feind aller vernunftbegabten Ratten.« High Noon griff in die Brusttasche seiner Jacke und brachte eine der begehrten ovalen Tabletten zum Vorschein. »Hier habe ich eine ARAS und nun stell dir einmal vor, sie würde mir zufällig aus der Tasche fallen.« Der Lange warf das Medikament fast zwei Meter von sich.

»Du bist der erste Kerl, der es sich leisten kann, ARAS wegzuwerfen.« Ronok war anzusehen, dass er gern aufgesprungen wäre, um nach der Tablette zu suchen.

»Warte ab.« High Noon setzte die Ratte auf dem Boden ab. Neugierig begann das Tier herumzuschnüffeln, doch als der Lange mit der Zunge schnalzte, hob es den Kopf.

»Sara!«

Kaum hatte High Noon das Wort ausgesprochen, flitzte die Ratte davon und verschwand in der Dunkelheit.

»Jetzt ist sie weg.« Ronok kicherte belustigt.

»Warte ab, du wirst noch staunen.« High Noon grinste Zeron so breit an, dass seine Ohren Besuch bekamen.

»Da wäre ich mir nicht sooooo ...« Ronok verstummte, noch bevor er den Satz zu Ende gesprochen hatte.

Wie von High Noon angekündigt, kam die Ratte zurück und hielt die Tablette im Maul.

»Brav Otho«, lobte der Lange das Tier, griff in den Beutel, holte eine getrocknete Made heraus und tauschte sie gegen das ARAS ein.

»Verdammt Zeron! Hast du das gesehen?« Ronok schürzte anerkennend die Lippen. »Wieso bringt sie dir die ARAS zurück?«

»Weil Otho die klügste Ratte der Welt ist. Natürlich musste ich ihm das kleine Kunststück erst beibringen, aber da ich ihm immer eine Belohnung gebe, wenn er mir etwas bringt, hat er schnell begriffen, was ich von ihm will.«

»Das kostet dich aber mit Sicherheit eine Menge Vorräte.« Damit war Ronok wieder bei seiner alten Argumentation angelangt.

»Im Gegenteil, ich mache Gewinn«, behauptete High Noon. »Stellt euch vor, letztens war ich im ›Asselkeller‹. Dort spielten sie wieder wie verrückt und standen kurz davor, völlig durchzudrehen. Der Einsatz pro Spiel war eine ARAS und vor lauter Eifer, sich gegenseitig zu überwachen, ist ihnen glatt entgangen, dass Otho herumlief. Der kleine Schlawiner hat mir fünf Tabletten gebracht. Fünf ARAS. Das nenn ich mal eine satte Beute.«

»Unglaublich«, raunte Ronok. »Die Ratte ist ein Dieb.«.

»Ich würde eher sagen, dass sie ein echter Helfer ist.« High Noon nahm das Tier auf und steckte es wieder in die Seitentasche seiner Jacke. »Otho steigert meinen Gewinn und vielleicht werde ich dank seiner Hilfe eines Tages tatsächlich der reichste Mann der Ruinenstadt sein.«

»Dann kannst du den Banden ihre Gebiete abkaufen und wir haben endlich unsere Ruhe«, schlug Ronok vor. »Aber um ehrlich zu sein, ich kann mir nur schwerlich vorstellen, dass du einmal echte Reichtümer anhäufen wirst. Dazu bedürfte es eines mächtigen Zauberspruchs oder eines völlig unerklärlichen Wunders.«

»Weil du es gerade erwähnst«, griff der Lange Ronoks Bemerkung gleichmütig auf. »Habt ihr schon von Carta gehört?«

»Meinst du die Geschichte von dem alten Mann, der angeblich hundert Jahre alt sein soll?« Zeron schniefte verächtlich. »Das Märchen hat mir schon Ventodo unterjubeln wollen.«

»Wieso sollte sich ein vernunftbegabter Mensch solche Geschichten ausdenken?« High Noon hob den Kopf. »Ich habe Carta mit eigenen Augen gesehen.«

»Du willst uns verarschen!« Ronok verzog das Gesicht zu einer Grimasse. »Niemand wird hundert Jahre alt. Nicht mal mit dem besten ARAS – selbst, wenn er im Moloch lebt.«

»Das dachte ich zuerst auch, doch ich schwöre bei Otho, geht es nach dem Aussehen, muss Carta sogar noch viel älter sein.«

»Jaja.« Zeron machte eine wegwerfende Geste. Im Moment stand ihm nicht der Sinn nach aberwitzigen Geschichten. »Gleich wirst du uns noch erzählen, dass er seit vielen Jahren durch die Kolonien zieht.«

»Was? Habe ich das richtig verstanden?« Ronok schlug sich vor Vergnügen auf die Schenkel. »Er streift durch das Land, ganz so, als hätte er keine Heimat? Also wirklich, das ist total irre und kann nie und nimmer stimmen. Dieser Carta muss entweder in der Stadt oder in der näheren Umgebung wohnen. Ansonsten würde er die ARAS-Verteilung verpassen und was das bedeutet, muss ich dir bestimmt nicht erklären.«

Zeron stimmte Ronok im Stillen zu. Ohne ARAS war man verloren. Die verdammte Strahlung machte sie alle krank, todkrank sogar. Er musste sich, so lange er zurückdenken konnte, jeden Tag mindestens einmal übergeben, High Noon besaß eitrige Pickel, die sich manchmal öffneten und fürchterlich stanken und Bomokhi klagte oft über Krämpfe, die ihn überfallartig heimsuchten. Anderen fielen die Haare aus oder sie kamen schon mit Missbildungen auf die Welt. Sie alle litten zudem an Geschwüren, die ein Leben lang wuchsen, und ohne ARAS würde vermutlich niemand älter als fünf oder sechs Jahre werden. Das Antistrahlungsmittel war für das Leben in den Kolonien unentbehrlich.

Zeron kannte einige Jäger, denen das ARAS gestohlen worden war und bereits nach wenigen Wochen die

Beschwerden nicht mehr ertragen hatten. Für diese Leute waren jene Hochhäuser ein Segen, die nach wie vor bis in die höchsten Stockwerke begehbar waren. Ein Sprung in die Tiefe war immer noch der einfachste Weg, um den unerträglichen Schmerzen zu entkommen.

ARAS war die Zauberformel, die sie alle auf den Beinen hielt. Um ARAS dreht sich die gesamte Welt, für ARAS wurde gehungert und geraubt, wurde getötet und niedergebrannt und für ARAS waren die Huren bereit, die ausgefallensten Wünsche zu erfüllen. Doch es war auch das ARAS, das sie zu willenlosen Würmern machte. Die tägliche Ration des Antistrahlungsmittels wirkte wie ein Lebenselixier, das sie im Kampf ums Überleben jedoch auch zu reißenden Tieren werden ließ. Den Moloch aber hatte das Medikament zum unangefochtenen Herrscher gemacht, denn nur er kannte die Zutaten, die man zur Herstellung des Wundermittels benötigte.

Es war schlichtweg undenkbar, dass jemand durch die Weiten der Kolonien streifte und dauerhaft auf die Einnahme des Antistrahlungsmittels verzichten konnte. Zeron schüttelte den Kopf. Die Geschichte um Carta, der angeblich ein sagenhaftes Alter erreicht hatte und dabei unentwegt durch die endlosen Weiten der Welt wanderte, konnte nicht stimmen. Eigentlich schade, denn sie barg etwas, das man Hoffnung nannte und genau diese hatte ihn erst vor wenigen Stunden verlassen. Es gab kein Licht am Ende des Tages, nur eine unergründliche Dunkelheit, die alles und jeden zu verschlingen drohte. Wer auf die

Zukunft hoffte, war bisher noch immer und zumeist ganz bitter enttäuscht worden. Die Stadt war ein toter Ort, in dem Menschen lebten, die nur deshalb nicht starben, weil sie sich an solche Geschichten klammerten, wie sie Ventodo und High Noon erzählten. Doch die Hoffnung war eine gespenstische Lüge und nur ein Narr konnte daran glauben, dass sich an der ewig währenden Trostlosigkeit irgendwann etwas ändern würde.

»Was soll ich sagen?« High Noon richtete sich auf, hob die Hände und ließ sie wieder sinken. »Ich würde mir selbst nicht glauben, wenn ich ihn nicht getroffen hätte. Aber ich habe ihn gesehen, und so wahr es ist, dass morgen der Moloch kommen wird, dieser Carta ist uralt.«

»Vielleicht hat ihn die Strahlung in eine Art lebenden Toten verwandelt.« Ronok wischte sich mit dem Unterarm die Nase ab, wobei er die Luft tief einsog. »Dann sieht man eben aus, wie jemand, der schon vor Jahren gestorben ist.«

»Jetzt bist du es aber, der Unsinn erzählt.« High Noon zog die Oberlippe in die Höhe und entblößte dabei seine Schneidezähne. »Ich habe jedenfalls noch nie einen lebenden Toten getroffen.«

»Pass lieber auf die Suppe auf.« Ronok beugte sich nach vorn und warf einen misstrauischen Blick in die Konserve. Auf der gelbbraunen Flüssigkeit hatten sich dicke Blasen gebildeten, die heißen Dampf ausspuckten, wenn sie platzten.

»O verdammt.« High Noon nahm den Löffel und tauchte ihn in die Suppe. Zugleich fasste er nach der heißen Dose, zog die Hand aber sofort wieder zurück, wobei er einen lauten Fluch ausstieß.

»Seid still!« Zeron legte sich den Zeigefinger über die Lippen und wandte sich der leeren Türöffnung zu, die in den benachbarten Raum führte.

5. *Kapitel*

»Was ist los?« High Noon pustete sich über die Fingerspitzen seiner linken Hand.

»Scht!« Ronoks Zischen ließ den Langen endlich verstummen.

Erneut hörte Zeron das Geräusch, das ihn hatte misstrauisch werden lassen. Ein Brummen, in das sich zunehmend ein Fauchen mischte. »Das ist der Moloch.« Erschrocken schnellte er in die Höhe. »Was wollen denn die Gesichtslosen schon jetzt in der Stadt?«

»Das sind Hornissen!« Ronok erhob sich ebenfalls und griff nach dem Spieß, den er mit tödlicher Genauigkeit zu werfen wusste.

»Verdammt, ausgerechnet jetzt«, jammerte High Noon. »Konnten die nicht noch eine Stunde warten? Ich habe Hunger!«

»Du hast doch immer Hunger«, raunte Zeron. »Also lösch das Feuer oder willst du, dass uns die Gesichtslosen entdecken?«

»Ja, ja, ich mach doch schon.« Mit einem Seufzen trat der Lange gegen die Dose. Die Suppe ergoss sich über das Brennholz und brachte den größten Teil der Flammen zum Erlöschen. »Ich kann nicht glauben, dass ich das tue.« High Noon klang, als würde er kurz vor einem Weinkrampf stehen. »Wie ich die Gesichtslosen hasse. Ich – ich – verdammt, meine schöne Suppe.«

Ronok sprang High Noon zur Seite und trat so lange auf die restlichen Flammen, bis nur noch das Glühen einiger Holzstücke zu sehen war. »Mofertu, wieso kommen die verdammten Söldner schon heute? Die ARAS-Verteilung ist erst morgen und in der Nacht meiden die doch sonst die Stadt.«

»Eine gute Frage.« Zeron schlich bis zur Tür und spähte um die Ecke. »Ich nehme an, dass sie einen wichtigen Grund haben, wenn sie uns bereits heute einen Besuch abstatten.«

»Ich hoffe nicht, denn sonst wird es hier gleich sehr ungemütlich werden.« Ronok kam ebenfalls zur Tür und als endlich auch High Noon neben sie trat, huschte Zeron in den nächsten Raum. Die hereinbrechende Dunkelheit hatte die Stadt schon so weit in Besitz genommen, dass sie kaum noch etwas sehen konnten. Zeron näherte sich vorsichtig einem Fenster und sah zum Himmel. Zwei Lichtpunkte befanden sich in unmittelbarer Nähe. Erst auf den zweiten Blick erkannte er die Umrisse der gewaltigen Hubschrauber.

Ein Scheinwerfer flammte auf und bohrte sich in die Finsternis. Zeron zog sich in den Raum zurück und beobachtete, wie der Lichtstrahl die gegenüberliegende Ruine abtastete. Die Hornisse schwebte unterdessen fauchend auf der Stelle. Von irgendwoher erklang das Knattern eines Maschinengewehrs. In kurzen Feuerstößen jagte es seine Schüsse in die Nacht. Zugleich wurde ein lautes Zischen hörbar, dem schon nach wenigen Sekunden eine dröhnende Explosion folgte.

Da sich das Fauchen entfernte, reckte Zeron den Kopf durch das Fenster und warf einen Blick in den nächtlichen Himmel. Im Lichtkegel eines Scheinwerfers konnte er gerade noch sehen, wie sich einige Söldner abseilten und hinter der benachbarten Ruine landeten.

»Wir müssen weg!«, flüsterte er.

»Kein Einwand«, stimmte ihm Ronok zu.

Sie stürzten zur Treppe, wo Zeron seine Schritte unwillkürlich verlangsamte. Die Stufen waren in der Dunkelheit nicht mehr zu sehen und er wollte keine Verletzung riskieren.

»Na wunderbar«, raunte High Noon. »Wie ich mein Glück kenne, werde ich mir hier alle Knochen brechen.«

»Halt die Klappe und pass auf, dann passiert dir auch nichts«, mahnte Ronok ihn zur Ruhe.

»Ich habe Hunger und wenn mir der Magen knurrt, kann ich nicht aufpassen.«

»Darum also muss man dir immer alles zweimal erklären«, stellte Ronok fest.

»Ihr müsst die Stufen zählen.« Zeron kannte sich in seinem Jagdgrund bestens aus. »Immer zwölf Stück, bis zum nächsten Absatz.«

»Mit Hunger kann ich auch nicht zählen. Da kann ich gar nichts.«

»Immerhin kannst du noch quatschen.« Ronoks gepresste Stimme verriet, wie sehr er sich konzentrierte.

Zeron ging derweil weiter voran, bis sie endlich das Erdgeschoss erreichten.

»In Ordnung«, flüsterte er den beiden Männern zu. »Wir stehen in einer großen Halle und werden hier keine Deckung finden. Doch auf der anderen Straßenseite befindet sich ein Haus, mit einem weit verzweigten Keller. Er besitzt unzählige Nischen und Fluchtwege. Um uns dort einzukreisen, bräuchten die Söldner mindestens zehn Leute. Ein ideales Versteck also.«

»Abgesehen davon, dass wir über die Straße müssen«, gab Ronok zu bedenken. »Die Hubschrauber werden das Feuer eröffnen, wenn sie uns bemerken.«

»Das stimmt«, merkte High Noon mit zitternder Stimme an. »Die sehen uns sogar im Dunkeln. Keine Ahnung wie sie das anstellen, aber sie können es.« Dem Langen war anzumerken, dass er nicht über den Mut eines Jägers verfügte.

Dennoch wusste Zeron, dass die Einwände seiner Begleiter berechtigt waren. Wer zu fliehen versuchte, hatte in den Augen der Söldner etwas zu verbergen und wurde ohne Vorwarnung unter Feuer genommen. Doch auch wer still ausharrte, durfte sich nicht in Sicherheit wiegen. Man musste keinen Widerstand leisten, um als Feind des Molochs verhaftet zu werden.

Da die Verhöre fast immer mit Misshandlungen einhergingen und oftmals mit einer Hinrichtung endeten, war die Versuchung groß, sich schnellstmöglich zu verdrücken.

»Wir müssen gemeinsam über die Straße rennen«, entwickelte Zeron einen Plan. »Mit etwas Glück haben die

Gesichtslosen dann nicht genügend Zeit, ihre Waffen auf uns zu richten.«

»Also gut«, stimmte Ronok dem Plan zu und auch High Noon widersprach nicht mehr.

Zeron ging los und führte die kleine Gruppe zum Ausgang. Sie hatten ihn noch nicht erreicht, als er ein Geräusch wahrnahm, das ihn an zerbröselnden Mauerputz erinnerte. Sofort blieb er stehen, breitete die Arme aus und hielt den Atem an. Doch noch bevor er einen Entschluss fassen konnte, wurde er von einem grellen Lichtschein geblendet. Erschrocken fuhr er zwei Schritte zurück und bedeckte mit dem Unterarm die schmerzenden Augen.

»Verdammt, was soll das?«, heulte High Noon auf.

Der Protest des Langen zeigte keinerlei Wirkung. Stattdessen wurde es noch heller, ein sicheres Zeichen dafür, dass weitere Söldner die Ruine betraten.

»Wen haben wir denn da?«, erklang eine dumpfe Stimme. »Wolltet ihr euch gerade verdrücken?«

»Warum sollten wir das tun?« Es war High Noon, der nach dem Schreck als Erster die Sprache wiederfand. »Wir haben nichts zu verbergen.«

»Natürlich. Wieso ist mir das nicht gleich aufgefallen? Ihr seid die letzten, völlig unbescholtenen Steinis.« Der Söldner lachte auf, klang dabei aber nicht besonders belustigt. »Dumm nur, dass wir euch euer Gehabe nicht abkaufen.«

Während der Mann sprach, blinzelte Zeron mehrmals. Seine Augen gewöhnten sich nur langsam an die Helligkeit und erst nach einiger Zeit erkannte er, dass sie sich in der

Unterzahl befanden. Die Söldnergruppen des Molochs bestanden aus sieben Männern. Von früheren Begegnungen wusste Zeron, dass immer fünf Soldaten unter dem Kommando von zwei Befehlshabern standen. Sie alle waren schwer bewaffnet und trugen seinen grauen Antiradiumschutzanzug. In den Kolonien wurden wahre Wunderdinge über die Ausrüstung der Söldner erzählt. Angeblich sollte der Kampfanzug die Soldaten des Molochs unverwundbar machen und sie zugleich vor der allgegenwärtigen Strahlung schützen. Die Helme hatten die Form eines umgedrehten Topfes und umschlossen den gesamten Kopf. Die Gesichter der Söldner verbargen sich hinter einer schwarz getönten Scheibe, von der es hieß, dass sie auch von Schusswaffen nicht zerstört werden konnte. Unterhalb des Sichtschutzes saßen die rechteckige Sprechmembran und zwei kreisrunde Atemventile.

»Die Waffen fallen lassen!« Der Söldner mit der dunklen Stimme trat einen Schritt vor. »Sofort!«

Zeron zögerte keinen Augenblick und ließ das Blasrohr fallen. Mit dem Mann war nicht zu spaßen. Der über die Brust verlaufende blutrote Streifen, verriet ihm, dass der Gesichtslose ein Alpha war, der Anführer der Gruppe.

Ronok folgte Zerons Beispiel, legte seinen Speer ab und High Noon steuerte noch einen langen Dolch bei.

»Drei Schritt zurück.« Der Söldner schwenkte den Lauf des Gewehres mehrmals auf und ab und verlieh damit seiner Forderung Nachdruck.

Wie Ronok und High Noon kam auch Zeron der Aufforderung widerspruchslos nach. Die Söldner waren dafür bekannt, ihre Befehle nur unter dem Einsatz ihrer Waffen zu wiederholen.

»Auf den Boden knien. Vorwärts!«

Die Worte des Gesichtslosen ließen Zeron frösteln. Für einen Moment flackerten die Bilder von dem vor Blondzopf knienden Sucher auf, dem man in dieser Position die Kehle durchgeschnitten hatte.

»Wird es bald?« Mit raschen Schritten trat ein anderer Söldner vor und ließ den Lauf seines Gewehres vorschnellen.

Zeron spürte, wie sich seine Bauchmuskulatur schmerzhaft zusammenzog und die Atmung augenblicklich stockte. Mit vorgebeugtem Oberkörper fiel er auf die Knie und schnappte hilflos nach Luft.

»Warum nicht gleich so? Geht doch. Und jetzt die Hände in den Nacken.« Mühsam versuchte Zeron, sich soweit wie möglich aufzurichten. Dennoch wollten ihm die Arme kaum gehorchen.

»Durchsuchen!« Obwohl die Sprechmembran die Stimme des rotgestreiften Befehlshabers dämpfte, war er gut zu verstehen.

Erst jetzt bemerkte Zeron, dass er neben Ronok kniete. Einer der Söldner trat vor, ging um sie herum und begann High Noon abzutasten.

»Verdammt, was ist denn das?« Der Mann fuhr erschrocken zurück und Otho suchte fiepsend das Weite. »Hast du noch mehr von dem Viehzeug einstecken?«

»Nein«, beteuerte High Noon und sah mit einem wehmütigen Blick seinem entlaufenen Liebling nach.

»Ihr solltet vielleicht einmal darüber nachdenken, öfters ein Bad zu nehmen.« Die Stimme des Alphas klang belustigt. »Dann würde euch womöglich auch das Ungeziefer meiden.«

Der Söldner setzte derweil High Noons Durchsuchung fort. Innerhalb kürzester Zeit lag alles auf dem Boden, was der Lange einstecken hatte, zwei ARAS, Zündhölzer, eine Schnur und ein fleckiges Halstuch. Den Beutel, in dem High Noon den Hut verstaut hatte, schüttete der Söldner kurzerhand aus. Neben der Kopfbedeckung fielen zwei Blechschachteln auf den Boden und sprangen mit einem hellen Scheppern auf. Doch außer einigen getrockneten Maden enthielten die Schachteln nur zwei Plastikknöpfe und eine Nagelschere. Dennoch seufzte High Noon leise, als er sah, wie der Söldner achtlos auf seinem Reiseproviant herumtrampelte.

Bei Ronok fand der Gesichtslose ein Messer, warf es neben die anderen Waffen und widmete sich anschließend Zeron. Auch dieser hatte noch einen Dolch einstecken, der ihm aber sofort abgenommen wurde. Hinzu kamen die Ledermanschette mit den Pfeilen und die ARAS von Jelanda.

»Durchsuchung beendet. Keine verdächtigen Funde.« Der Söldner warf die Manschette einige Meter weit in den Raum hinein und sah zu dem Mann, der statt einen roten einen grünen Streifen besaß. Da der Beta aber gerade damit beschäftigt war, sich mit seinem Vorgesetzten zu beraten, erhielt der Gesichtslose keine Antwort.

Obwohl Zeron etwas von dem Gespräch der Anführer aufzuschnappen versuchte, vermochte er kein Wort zu verstehen.

»Was quatschen die da rum?«, zischte Ronok leise. »Die werden uns doch wegen der Messer nicht umlegen?«

»Keine Ahnung.« Zeron zuckte mit den Schultern. Seitdem sie Jelanda begraben hatten, fühlte er sich seltsam kraftlos. Ein Schuss in den Kopf und alles würde ein Ende finden, dass tägliche Kotzen, die Befürchtung das Revier zu verlieren, der Hunger und die Angst vor der Strahlung, sogar die Furcht, an der Gelbpest zugrunde zu gehen.

»Herhören, Steinis!« Der rotgestreifte Befehlshaber stellte sich breitbeinig vor ihnen auf. »Wir haben einige Fragen und wenn euch euer Leben lieb ist, solltet ihr uns diese wahrheitsgemäß beantworten. Wer lügt, wird erschossen. Habt ihr das kapiert, Rattenfresser?«

»Verstanden, Kommandant«, ließ sich High Noon hören, während Zeron nur still nickte.

»Dann erzählt uns mal, welche Gerüchte euch in letzter Zeit zu Ohren gekommen sind.«

»Nun, es mag vielleicht seltsam klingen, aber ich habe einen Mann gesehen, der uralt geworden ist, obwohl er kein ARAS einnimmt.« Natürlich war es High Noon, der zuerst das Wort ergriff. »Er streift schon sein ganzes Leben durch die Kolonien und scheint nirgendwo länger zu verweilen.«

»Was? Kein ARAS? Willst du mich verarschen?«, fuhr ihn der Gesichtslose an und hob seine Feuerwaffe. »Behalt deinen Schwachsinn gefälligst für dich. Ich kann mich nicht daran erinnern, um eine Märchenstunde gebeten zu haben.«

»Er übertreibt etwas«, versuchte Zeron die Situation zu retten. »In Wahrheit ist das nur so eine Geschichte, die seit einigen Tagen umgeht.«

»Also ich kenne eine ganze Menge Neuigkeiten«, machte sich Ronok bemerkbar und lenkte damit die Aufmerksamkeit des Söldners auf sich. »Was wollt ihr wissen? Wer ausgeraubt wurde, wer gestorben ist und wer sich mit wem, gestritten hat? Falls euch das interessiert, erzähle ich gern mehr oder wollt ihr etwas über die Gelbpest wissen?«

»Wovon redest du da, Steinzeitler?« Der Anführer der Gruppe trat einen Schritt näher.

»Ich spreche von der Seuche, die in der Stadt umgeht, die Pest. Sie rafft die Leute dahin und das seit etwa einem Monat. Wer sich ansteckt, wird ganz gelb, im Gesicht, an den Händen, am gesamten … Moment mal. Ihr habt noch nie von der Gelbpest gehört?«

»Ich glaube langsam, dass ihr uns zum Narren halten wollt. Gelbpest, dass ich nicht lache. Was für ein Schwachsinn. Diese Schauergeschichten kannst du deinen Kumpanen erzählen, aber nicht uns. Wir sind an handfesten Informationen interessiert, ob ihr zum Beispiel jemanden kennt, der plötzlich viele Waren zum Tausch anzubieten hat.«

»Womit sollten wir schon handeln?« Zeron bekam wieder ausreichend Luft und versuchte Ronok zu entlasten. »Was irgendeinen Wert besaß, ist längst aus den Ruinen herausgeholt worden. Hier gibt es keine Schätze mehr zu finden.«

»Genau deshalb würde euch doch auffallen, wenn jemand von einem Tag auf den anderen reich geworden ist. Oder habt ihr von Leuten gehört, die in den letzten Wochen die Stadt verlassen haben?«

Ronok und High Noon schüttelten ihre Köpfe.

»Ihr stellt euch auch nicht mutwillig unwissend? Für wichtige Hinweise wurde eine großzügige Belohnung ausgesetzt. ARAS, Tütensuppen und Kleidung. Vielleicht kennt ihr Leute, die neuerdings schwere Feuerwaffen besitzen?«

»Nein, und soweit ich weiß, gibt es schon für die alten Gewehre kaum noch Munition.« Zeros Knie begannen zu schmerzen.

»Und wie sieht es mit den Banden aus? Die sind doch eigentlich miteinander verfeindet. Kann es sein, dass sie sich verbündet haben und gemeinsam auf Raubzüge gehen?«

»Hier? Nein.« Zeron versuchte, seine Kniegelenke zu entlasten, und sank mit dem Gesäß auf die Waden. »Von den Banden halten wir uns fern.«

»Natürlich«, merkte der Beta spöttisch an und stellte sich neben den Rotgestreiften. »Wie konnte ich nur vergessen, dass ihr die letzten Gerechten der Kolonien seid? Und selbstverständlich gehört ihr auch keiner dieser Banden an.«

»Damit hast du recht.« Nur mit Mühe vermochte Zeron ein Lachen zu unterdrücken. »Hier ist die Freie Zone. Diese Region gehört überhaupt niemandem.«

»Ich habe doch gleich gesagt, dass hier keine Gangs sind«, wandte sich der Anführer dem Beta zu. »Aber nein, dieser Milchbart von Einsatzleiter wusste es natürlich besser.«

Zeron beobachtete, wie der Mann den Arm anwinkelte, ihn bis auf Kopfhöhe hob und mit dem Zeigefinger der anderen Hand auf einen Knopf tippte »Hier Alpha Gruppe vier, rufe Zug zwei.«

»Hier zweiter Zug.« Ein rotes Lämpchen blinkte auf und es erklang eine piepsende Stimme. »Wir hören.«

»Haben Verdächtige vernommen und außer dem Hinweis, dass es sich hier nicht um Bandenland handelt, keine wichtigen Informationen extrahiert. Erbitten Bestätigung zur Fortsetzung des Einsatzes.«

»Die Meldung wurde registriert. Wir geben sie an die Einsatzleitung weiter. Melden uns, sobald neue Befehle vorliegen. Zweiter Zug Ende.«

Der Söldner ließ den Arm sinken. »Dann wollen wir mal sehen, was dieser Jungspund jetzt zu sagen hat.«

»Was erwartest du?« Der Grüngestreifte hob seine Schultern. »Jede Wette, dass es ihm nicht in den Sinn kommen wird, seinen Fehler zu zugeben. Eher wird er uns die ganze Nacht herumhetzen.«

»Kann sein«, brummte der Anführer, machte zwei Schritt nach vorn und hob das Gewehr. »Falls sich herausstellt, dass ihr gelogen habt und sich hier doch Banden aufhalten, war es das für euch.«

Zeron sah in den Lauf der Waffe. Für einen Moment schoss ihm die Frage durch den Kopf, ob er die Kugel sehen würde, wenn der Mann den Abzug betätigte.

»Ihre Chips auslesen!« Der Alpha drehte sich um und winkte einem der Söldner zu, der daraufhin einen Scanner aus seiner Gürteltasche zog und einschaltete. Ein grünes Lämpchen leuchtete auf, und nachdem er noch einen prüfenden Blick auf das Gerät geworfen hatte, trat der Mann vor und hielt es erst Zeron und dann allen anderen an das rechte Ohr.

»Falls ihr uns verarscht, werden wir euch jederzeit wiederfinden!«, verkündete der Alpha und zeigte dabei mit dem Lauf seiner Waffe auf den Scanner. »Und darauf würde ich mich an eurer Stelle nicht freuen.«

»Achtung, hier zweiter Zug«, erklang eine piepsende Stimme aus dem Funkgerät. ». Neue Befehle. Der Einsatz wird abgebrochen. Ich wiederhole: Der Einsatz wird abgebrochen. Ortungspeilung senden und aufsitzen!«

Der Söldner ließ die Waffe sinken. »Hier vierte Gruppe. Haben verstanden. Der Einsatz wird beendet. Senden Ortungssignal und ziehen uns zurück.«

»Bestätigt und Ende.«

»Glück gehabt, Steinis.« Der Alpha tippte mit dem Zeigefinger auf das Funkgerät. »Allerdings solltet ihr jetzt so klug sein und warten, bis wir verschwunden sind. Sonst pusten wir euch doch noch die Köpfe von den Schultern.«

Der Mann winkte einem der Söldner zu und deutete auf die am Boden liegenden Waffen. »Eure Spielzeuge werden wir trotzdem einziehen, nicht, dass ihr noch in Versuchung geratet, sie gegen uns einzusetzen.«

Der Gesichtslose nahm neben den Messern und dem Speer auch Zerons Blasrohr an sich und folgte seinen Kumpanen nach draußen.

»Diese verfluchten Drecksratten wissen ganz genau, dass wir ohne Waffen geliefert sind«, fauchte Ronok, kaum dass die Söldner verschwunden waren.

»Gesichtslose eben«, schimpfte auch High Noon leise. »Eines Tages werden …«

Ein gewaltiges Fauchen ertönte, schwoll zu einem Orkan an und machte jede Unterhaltung unmöglich. Dennoch blieb Zeron ruhig. Die Hornisse musste unmittelbar über der Straße schweben, die vor dem Haus verlief. Er hatte schon einmal beobachtet, wie ein Hubschrauber Söldner aufgesammelt hatte und wusste daher, dass die Gesichtslosen in der Lage waren, genauso schnell zu verschwinden, wie sie zuvor erschienen waren.

Zeron schloss die Augen und dankte im Stillen dem Schicksal, das es diesmal gut mit ihnen gemeint hatte. Auch wenn sie die Waffen verloren hatten, sie waren mit dem Leben davongekommen. Erst vor einem Jahr war es im Gebiet der Händlerliga bei einem ähnlichen Einsatz zu einem echten Massaker gekommen. Damals hatten die Totenträger dreizehn Leichen zu den Madern geschafft und damit viele ARAS verdient. Da die Söldner auch sonst immer wieder Tote zurückließen, wenn sie durch die Stadt streiften, zweifelte Zeron keinen Augenblick am Wahrheitsgehalt dieser Geschichten. Der Moloch war ihnen nicht freundlich gesinnt und warum er die Kolonien mit ARAS und anderen Gütern versorgte, war eine Sache, die ohnehin niemand so recht verstand.

Während zu hören war, wie der Hubschrauber an Höhe gewann, zog der von den Rotoren aufgewirbelte Staub in die Ruine. Kurz darauf heulten die Turbinen auf, dann entfernte sich das Fauchen mit rasender Geschwindigkeit.

Zeron erhob sich ächzend und sammelte Jelandas ARAS ein, während Ronok, der zu viel Staub geschluckt hatte, von einem Hustenanfall heimgesucht wurde.

»Was für ein Abend«, stellte High Noon fest. »Kein Handel, kein Gewinn, mit der Suppe haben wir das Feuer gelöscht und mein bestes Messer bin ich auch noch losgeworden. Das darf man dann wohl als einen gelungenen Tag betrachten. Also lasst uns glücklich sein und ein lustiges Liedchen träl–« Der Lange stockte mitten im Satz, bückte sich und griff nach Otho, der an seinen Schuhen schnupperte. »Na, wenigstens du bist unbeschadet davongekommen.«

»Dieser verfluchte – Moloch.« Ronok musste sich mehrmals räuspern, bevor er weitersprechen konnte. »Entschuldige, Zeron, aber ich muss los und mir erstmal wieder Waffen besorgen. Der Gedanke, fast nackt durch die Ruinen zu ziehen, macht mich total irre.«

Zeron verstand, was Ronok meinte. Wer unbewaffnet angetroffen wurde, war ein leichtes Opfer. Wie jeder Jäger besaß auch sein Freund noch mehr Waffen, musste diese aber erst einmal aus einem seiner Beutestöcke holen.

Gemeinsam traten sie auf die Straße. Ein frischer Luftzug sorgte dafür, dass der aufgewirbelte Staub weitergetragen wurde.

»Ich verzieh mich dann mal«, machte Ronok seine Ankündigung wahr und verabschiedete sich. »Treffen wir uns morgen früh vor dem ›Toten Kaki‹?«

Der ›Tote Kaki‹ war ein Trinkkeller, in dem es den härtesten Kakiri zu trinken gab, den man in der Stadt für ARAS erhalten konnte. Dass sie sich am Verteilungstag, vor der Schänke trafen, war schon zu einer Tradition geworden.

»Ich bin mit Xirces und Alui verabredet«, log Zeron. »Sie benötigen noch meine Hilfe.«

»Gut, dann gehe ich mit Ventodo und Fryd.«

Ronok schlug ihm auf die Schulter und stiefelte davon. Auch High Noon hatte es plötzlich eilig, sich zu verabschieden und wurde kurz darauf von der Dunkelheit verschlungen.

Zeron blieb allein zurück und atmete die kühle Luft der hereinbrechenden Nacht ein. Von den Hornissen war nichts mehr zu hören.

Für einen Moment erwog er, sich das zweite Blasrohr zu holen. Die Söldner hatten ihm immerhin die dazugehörigen Pfeile gelassen. Anschließend könnte er die beiden Rattenfallen kontrollieren, die er ausgelegt hatte. Doch da er nur wenig Hunger verspürte, ließ er diesen Plan fallen.

Missmutig ging er in die Ruine zurück, suchte nach der Manschette mit den Blasrohrpfeilen und stieg die Treppen hinauf. Er machte sich erst gar nicht die Mühe, eine Kerze anzuzünden, und tastete im Dunkeln nach den Überresten des erloschenen Feuers. Gleich neben dem verkohlten Holz fand er die umgestoßene Dose. Ohne große Erwartungen zu hegen, hob er sie auf und fuhr mit dem ausgestreckten Zeigefinger durch die Konserve. Tatsächlich klebte an dem Blech noch ein kleiner Rest der Suppe, die leicht säuerlich schmeckte. Zeron störte sich nicht an dem Geschmack. Er hatte schon viel übler schmeckenden Proviant verdrückt, ohne dass es ihn umgebracht hatte. Anspruchsvoll zu sein, konnte sich in den Kolonien ohnehin niemand leisten. Es wurde gegessen, was man fand oder was einem gerade über den Weg lief.

Nachdem er die Dose geleert hatte, stellte er sie auf den Boden und streckte sich neben der Feuerstelle aus. Dass er bis auf die Blasrohrpfeile unbewaffnet war, beunruhigte ihn nicht weiter. Die Söldner hatten durch ihr Erscheinen für so viel Unruhe gesorgt, dass es in dieser Nacht vermutlich niemand mehr wagen würde, auf Beutejagd zu gehen.

Morgen war der Tag, an dem sich entscheiden würde, ob es für ihn noch eine Zukunft gab. Die Ruinenstadt war Geschichte, genauso wie sein Revier und das Asylum. Selbst Kalo würde bald der Vergangenheit angehören. Sollte der Glatzkopf sich doch seinen Jagdgrund unter den Nagel reißen und damit unglücklich werden.

Die Gedanken wälzten sich wie ein träg dahinfließender Strom durch Zerons Kopf.

Was für ein Wahnsinnstag. Im Neutralen Gürtel war er nur knapp dem Tod entronnen, denn was dem Sucher passiert war, hätte auch ihm zustoßen können. Dann waren Jelanda und Sama gestorben und dass die Gesichtslosen ihm sein bestes Blasrohr abgenommen hatten, sicherte ab, dass er diesen Tag für immer in Erinnerung behalten würde. Hinzu kamen die abgeholzten Bäume, die er bezahlt, angepflanzt und gepflegt hatte, und dass nur, damit irgendwelche Diebe den Gewinn einstrichen.

Eine einsame Träne rann ihm aus dem Augenwinkel und lief ihm über die Wange. Schon jetzt verspürte eine schier unstillbare Sehnsucht nach Jelanda. Er würde sie nie wiedersehen, nie wieder ihren Geruch wahrnehmen, ihren warmen Atem an seiner Schulter spüren, ihre weichen Lippen. Wie die Zukunft aussehen sollte – er wusste es nicht.

Er fühlte sich einsam, schrecklich einsam und für einen Moment waren ihm sogar alle Gefahren egal, die auf ihn lauerten. Die Söldner, der unberechenbare Kalo, die Gelbpest.

Unvermittelt schlug er die Augen auf. Bei dem Gedanken an die Seuche waren ihm die seltsamen ARAS wieder in den Sinn gekommen, die er bei Jelanda gefunden hatte.

Mühsam versuchte er, sich daran zu erinnern, was für ein Einfall ihm durch den Kopf geschossen war, bevor Ronok ihn eingeholt hatte. Kurz zuvor war ihm etwas eingefallen, etwas das von größter und ungeheuerlichster Wichtigkeit war.

Verzweifelt versuchte Zeron den verloren gegangenen Faden wieder aufzunehmen. Die Augen wurden ihm langsam schwer. Er drehte sich auf die Seite und schob eine Hand unter den Kopf. Erneut kam ihm Jelanda und die unerbittliche Erkenntnis in den Sinn, dass er sie für immer verloren hatte. Still gab er dem Bedürfnis nach, sich seiner Trauer zu ergeben. Sein Wille, um jeden Preis die Fassung zu bewahren, war gebrochen und jetzt, da er allein war, ließ er in lautloser Trauer den Tränen freien Lauf.

Erst nachdem er sich etwas beruhigt hatte, begann er langsam in den Schlaf zu dämmern. Er wusste, dass der nächste Tag nicht besser werden würde und schon seine ersten Gedanken …

Mit weit aufgerissenen Augen richtete sich Zeron auf. Jelanda war an den ARAS gestorben. An den ARAS mit den seltsamen Schriftzeichen. Ja, richtig! An vergifteten ARAS. Da war er wieder, der verdammte Gedanke, nach dem er gesucht hatte. Es gab nur einen, der ARAS herstellen konnte und es in die Kolonen brachte: Der Moloch!

Zerons Atem ging so schwer, dass er gezwungen war, unentwegt tief Luft zu schöpfen.

Nur der Moloch konnte die vergifteten ARAS in die Stadt gebracht haben. Der verdammte Moloch. Es reichte ihm offenbar nicht aus, die Kolonien mit den gesichtslosen Söldnern zu überschwemmen, jetzt brachte er auch noch Tod und Verderben in die Stadt.

Für einen Moment versuchte Zeron alle Gedanken anzuhalten. Die Entdeckung, dass der Moloch hinter der Gelbpest steckte, war zu ungeheuerlich, um sie sofort im vollen Umfang begreifen zu können.

Zeron zog die Knie an und verschränkte die Arme vor den Schienbeinen. Er benötigte einen Augenblick, bis er dazu bereit war, in seinem Kopf Ordnung zu schaffen.

Der Moloch also. Der verfluchte Moloch. Er war es, der die Seuche in die Stadt gebracht hatte. Er hatte Jelanda getötet, er ...

Zeron hielt mitten in dem Gedanken inne und fragte sich, ob ihm gerade ein Denkfehler unterlief. Die Söldner hatten behauptet, von der Gelbpest nichts zu wissen. Das war seltsam, sehr seltsam sogar.

Mit einem Lachen vertrieb Zeron die Zweifel. Natürlich konnten die Gesichtslosen von der Seuche nichts wissen. Der Moloch würde kaum so dumm sein und den Gesichtslosen erzählen, dass man die Bewohner der Stadt umbringen wollte. Und genau darum ging es, um die Entvölkerung der Ruinenstadt.

In den ausgeplünderten Ruinen gab es für den Moloch nichts mehr zu holen. Im Laufe der Jahre hatten die Bewohner der Stadt alles angeschleppt, was brauchbar war. Doch das Tauschgeschäft, das die Ruinenstadt seit dem Ende des großen Krieges am Leben gehalten hatte, schien sich für den Moloch nicht mehr zu lohnen. Um nicht weiter Spenden und ARAS verteilen zu müssen, hatte man wohl in aller Stille beschlossen, die nutzlos gewordenen Stadtbewohner umzubringen.

Zeron presste die Beine so fest an den Oberkörper, dass ihm der Brustkorb zu schmerzen begann. Natürlich hätte der Moloch die Stadt auch mit Bomben und Kanonen dem Erdboden gleichmachen können, doch offensichtlich befürchteten die Gesichtslosen, dass einige Stadtbewohner den Angriff überleben könnten. Daher war man wohl auf die Idee gekommen, zu einem viel einfacheren Mittel zu greifen. ARAS. Vergiftete ARAS.

Da es niemand lange ohne das Antistrahlungsmittel aushielt, war dieser Plan sicher, todsicher sogar.

Zeron spürte, wie sein Herz bei diesem Gedanken immer heftiger zu schlagen begann. Die Stadt war verloren. Entweder sie starben an der Gelbpest oder würden elendig zugrunde gehen, weil ihnen das ARAS vorenthalten wurde.

Erschöpft streckte sich Zeron wieder auf dem Boden aus. Die Todesfalle war so geschickt ausgeklügelt worden, dass ihr niemand entkommen konnte. Die Stadt zu verlassen, machte auch keinen Sinn. Ob man zwischen den Ruinen oder im Steppland der Kolonien an den Auswirkungen der Strahlung krepieren würde, war letztlich egal. An dem Ergebnis, dass sie vielleicht schon in einhundert Tagen alle tot sein würden, änderte das nichts.

Das Ende der Zeit war gekommen und obwohl Zeron die Augen vor Erschöpfung zufielen, rasten die Gedanken weiter durch seinen Kopf.

Wie es aussah, saßen sie allesamt in der Falle, in einer geradezu mörderischen Falle. Einer Falle, die einem undurchdringlichen Netz glich und aus der es kein Entrinnen …

Zeron schlug erneut die Augen auf und starrte in die Dunkelheit. Schon auf dem Weg in seinen Jagdgrund hatte er kurz daran gedacht, die Ruinenstadt zu verlassen. Das Revier war wertlos, Kalo saß ihm im Nacken und Jelanda war tot. Es gab eigentlich nichts mehr, was ihn daran hinderte, die Stadt für immer hinter sich zu lassen. Tatsächlich gab es einen Weg, eine Möglichkeit, dem sterbenden Ruinenfeld den Rücken zu kehren, ohne auf das ARAS verzichten zu müssen. Doch dieser Weg war ihm bisher unvorstellbar erschienen, denn er würde ihn direkt in den Moloch führen …

Zeron drehte sich auf die Seite. Er – im Moloch – ausgerechnet er …

Es war möglich, wenn auch ein eigentlich schier undenkbarer Schritt. Der Moloch kam nicht nur in die Stadt, um Spenden und ARAS zu verteilen oder alles aufzukaufen, was er für wertvoll erachtete. Wer wollte, konnte sich am Verteilungstag auch um Aufnahme in den Moloch bewerben. Doch die Gesichtslosen nahmen nicht jeden und wer die Seiten wechseln wollte, musste zuvor eine Prüfung bestehen.

Zeron hatte keine Ahnung, was die Söldner von den Bewerbern verlangten, aber es hieß, dass nur gesunde Koloniebewohner Aufnahme fanden. Wer allerdings zurückgewiesen wurde, hatte für den Rest seines Lebens einen schweren Stand in der Stadt. Obwohl der Moloch mit ausreichend Nahrung und reichlich ARAS warb, waren nur wenige Stadtbewohner bereit, sich ihm anzuschließen. Sich mit den Söldnern gemein zu machen, galt als der übelste Verrat, den man sich in den Kolonien vorstellen konnte.

Unruhig wälzte sich Zeron auf die andere Seite. In der Stadt zu bleiben, kam einem Todesurteil gleich. Die Gelbpest würde sie alle dahinraffen, wenn der Moloch am nächsten Tag noch mehr von dem vergifteten ARAS verteilte. Das Ende der Zeit war gekommen und vielleicht bot der morgige Tag die letzte Chance, sich in Sicherheit zu bringen.

Der Schlaf breitete seine dunklen Schwingen immer weiter über Zeron aus. Die Gedanken schwirrten nur noch in wirren Fetzen durch seinen Kopf. Die Seuche würde die Stadt schon bald überrennen. Wer entkommen wollte, musste zum Verräter werden und sich dem Moloch anschließen.

Nein. Niemals. Er konnte sich unmöglich dem Moloch …

Andererseits – der Moloch hatte Jelanda getötet. Irgendjemand musste das Gift in das Antistrahlungsmittel gemischt haben. Ein Mörder, der zu feige war, sich einem echten Kampf zu stellen. Kaum vorstellbar, dass sich der Totmacher in die Ruinenstadt getrauen würde. Nein, wer so etwas tat, blieb lieber im Hintergrund, im sicheren Moloch – und dort würde er auch bleiben – unerreichbar für alle Koloniebewohner – es sei denn, es war jemand mutig genug – und machte sich auf den Weg – in den Moloch – in den …

6. Kapitel

Fröstelnd fuhr Zeron aus dem Schlaf hoch. Das graue Licht der Morgendämmung drang durch den Eingang bis in den hintersten Winkel des Raumes, in dessen Zentrum sich die erloschene Feuerstelle befand. Er war erst spät eingeschlafen und die Gedanken, die ihn die halbe Nacht gequält hatten, schossen ihm sofort wieder durch den Kopf.

Noch während er seinen Oberkörper aufrichtete und vergeblich nach dem Blasrohr tastete, wurde ihm bewusst, dass er an diesem Tag einen endgültigen Entschluss fassen musste. Heute würde der Moloch in die Stadt kommen und damit würde sich ihm vielleicht die letzte Gelegenheit bieten, der Gelbpest zu entkommen.

Zeron überlief ein eiskalter Schauer. Er hatte die Wahl. Der Moloch war Fluch und Segen, Tyrann und Retter und alles zugleich.

Mit müden Augen musterte er die schmutzigen Wände des Raumes. Er musste sich entscheiden, nicht heute Abend, sondern jetzt und sein Entschluss würde unumkehrbar sein. Leben oder sterben lautete die Frage, die es zu beantworten galt, auch wenn das hieß, die Ruinenstadt in Richtung Moloch zu verlassen.

Die Todeszeichen waren nicht zu übersehen und er war noch nicht bereit, mit seinem Leben abzuschließen. Der Moloch aber konnte es sich leisten, nach eigenem Ermessen jene Leute auszusuchen, die er mit sich nehmen wollte. Der Rest der Stadtbewohner würde in der Stadt bleiben müssen und mit ihr untergehen und zu Staub zerfallen.

Zeron sprang auf die Beine und streckte sich. Es ging das Gerücht um, dass alle, die sich um die Aufnahme in den Moloch bewarben, einem Test unterzogen wurden. Worin die Prüfung bestand, vermochte niemand genau zu sagen, doch das war nicht seine größte Sorge. Vielmehr war er gezwungen, die ihm noch verbliebenen Beutestücke aus den Verstecken zu holen. Wer sich für den Test anmelden wollte, musste dafür einen Tribut entrichten. Ohne ausreichende Bezahlung würden ihn die Gesichtslosen wieder fortschicken, womit sein Schicksal besiegelt wäre.

Zeron beschloss, keine Zeit zu verlieren und stieg die Treppe hinab. Sämtliche Verstecke aufzusuchen war ein riesiger Aufwand und der Moloch war mit Sicherheit nicht geneigt, auf ihn zu warten. Noch bevor die Abenddämmerung heraufzog, würden die Söldner aufbrechen und die Stadt wieder verlassen. Er musste sich sputen, wenn er den Verteilungsplatz bis zur Mittagszeit erreichen wollte.

Vor dem Haus blieb Zeron stehen und sah sich misstrauisch um. Die Stadt lag in einem schwammigen Zwielicht, das er oftmals genutzt hatte, um jene zu jagen, die im diffusen Licht des Morgens darauf hofften, sein Revier heimlich durchqueren zu können.

Das Asylum zog viele Besucher an. Doch um es zu erreichen, musste man die Jagdgründe der Jäger passieren.

Der Zutritt zu ihren Revieren war zwar nicht frei, aber kostengünstiger, als wenn man den Herrschaftsbereich einer Bande betreten wollte. In der Ruinenstadt hatte alles seinen Preis, ARAS, die Hilfe des Knochensägers, Munition für alte Schusswaffen, getrocknete Kakerlaken, die verschiedensten Rauschmittel wie Hexensaft und Zwergenblut und sogar übelriechende Schuhe.

Da er nichts Verdächtiges entdeckte, überquerte Zeron die Straße und verschwand in einem heruntergekommenen Haus. Er hatte insgesamt fünf Verstecke angelegt. Doch sein wertvollster Besitz befand sich in einem Beutestock unweit eines Gebäudes, dessen Kuppeldach bisher allen Unwettern getrotzt hatte.

Wie gewohnt bewegte er sich fast geräuschlos durch die Stadt und nutzte jede sich bietende Deckung. Sehen, ohne gesehen zu werden, war ein Grundsatz, der oftmals über Leben und Tod entschied und den er schon als Kind verinnerlicht hatte. Deshalb nahm er auch lieber einen Umweg in Kauf, statt einen gut einsehbaren Platz zu überqueren. In der Kunst unsichtbar zu bleiben, sich auf die Lauer zu legen oder an einen Feind heranzuschleichen, waren die Jäger der Freien Zone wahre Meister.

Zielstrebig und ohne sich irgendwo aufzuhalten, schlich er durch eine Tiefgarage, durchquerte einen sich endlos dehnenden Häuserblock und gelangte schließlich zu einem Gebäude, das über fünfzehn Stockwerke in den Himmel ragte. Argwöhnisch versteckte er sich hinter der Karosse eines ausgebrannten Autos und prüfte die Umgebung. Wie jeden Morgen frischte der Wind auf und fuhr durch die Straßen und Gassen der Stadt. Nur ein leises Schaben störte die morgendliche Stille. Zeron wusste, dass sich gleich um die Ecke ein Laternenpfahl befand, dessen Leuchtkorb abgeknickt war und nur noch an einem Bündel dünner Kabel hing. Blies der Wind zu stark, begann er im Takt der Böen zu schaukeln und schabte dabei unablässig über den Mast, was das seltsame Geräusch verursachte.

Auf dem Sims eines Fensters hatte sich eine Krähe niedergelassen und krächzte mehrmals. Da alles darauf hindeutete, dass er allein war, erhob er sich, schlich um das Autowrack herum und überquerte die Straße mit wenigen Schritten. Hinter dem ersten Mauervorsprung des Hochhauses blieb er stehen und wartete einen Moment. Er musste sichergehen, dass ihm niemand folgte. Leise begann er zu zählen und wagte erst dann einen Blick um die Ecke zu werfen, als er die zehn erreicht hatte. Wie schon zuvor lag die Straße verlassen und im stetig heller werdenden Licht des aufziehenden Morgens vor ihm.

Lautlos zog sich Zeron in den Eingangsbereich des Gebäudes zurück. Wo einst die Aufzüge in die Höhe geführt hatten, gähnten in dem Mauerwerk große Löcher. Es musste schon viele Jahre zurückliegen, dass jemand die Türen gewaltsam geöffnet hatte, wohl in der Hoffnung, irgendetwas Brauchbares zu finden.

Zeron trat an einen der leeren Schächte heran. Die von Rost zerfressene Aufzugskabine lag in der zweiten Kelleretage. Auf ihren Dächern tummelten sich zahlreiche Kakerlaken, um den fauligen Kadaver einer Taube.

Aufmerksam lauschte Zeron eine ganze Weile nach verdächtigen Geräuschen. Da jedoch außer dem Krächzen der Krähe nichts zu hören war, begab er sich ins Treppenhaus und begann die Stufen emporzusteigen. Die meisten Jäger legten ihre Verstecke in den Kellerräumen der Ruinen an, in dunklen Mauernischen, alten Gruben oder gut getarnten Erdlöchern. Vor etwa einem Jahr war er aber auf die Idee gekommen, zumindest einen Beutestock in einem Hochhaus anzulegen. Niemand stieg gern unzählige Treppen hinauf, ohne zu wissen, ob sich der kräftezehrende Ausflug lohnte. Das Versteck war mindestens genauso sicher wie alle anderen, schon allein, weil es nur mit Mühe zu erreichen war.

In diesem Beutestock hatte er einige technische Geräte eingelagert. Eine alte Bohrmaschine, ein Haartrimmer, drei defekte Klammeraffen und zwei flache Apparate, von denen Bomokhi behauptete, dass man sie früher dazu benutzt habe, um sich über eine Entfernung von mehr als einhundert Tagesreisen zu unterhalten. Die Technik der Vorzeit wurde von den Söldnern gern aufgekauft und sollte ihm jetzt die Tür zu einem anderen Leben öffnen.

Ohne dass sich sein Herzschlag erhöht hätte, erreichte er nach einigen Minuten die achte Etage. Auch wenn ihn die täglichen Übelkeitsanfälle das Leben schwer machten, befand er sich in einer körperlich guten Verfassung. Er war zwar weder groß gewachsen noch besonders kräftig, aber dafür schnell und wendig. Bei einem Kampf, der nicht auf einem offenen Platz ausgetragen wurde, war er nicht so leicht zu bezwingen, zumal er es verstand, sich auch auf dem dicksten Geröll lautlos fortzubewegen. Immerhin hatte er sein Revier bisher noch gegen jeden Eindringling verteidigen können. Länger als er hatten nur Derox und Pelopa durchgehalten und Kalo natürlich. Im Unterschied zu ihnen hatte er sich darauf verlegt, seinen Feinden Fallen zu stellen, um einem offenen Kampf auszuweichen. Die Kraft eines Derox konnte durchaus von Vorteil sein, aber er hatte schon früh erkannt, dass er sich nicht mit dem Hünen vergleichen durfte und stattdessen die eigenen Stärken zur Geltung bringen musste.

Der Beutestock befand sich nicht unmittelbar neben dem Treppenhaus. Zeron folgte einem langen, verwinkelten Gang, und obwohl viele leere Türrahmen den Hausflur säumten, war es so dunkel wie in einem finsteren Kellerloch. Trotzdem verzichtete er darauf, die Kerze anzuzünden, die er in einem alten Sicherungskasten versteckt hatte. Streichhölzer waren ein wertvolles Gut und es galt, sparsam mit ihnen umzugehen.

Vorsichtig tastete er sich den Gang entlang und bog an der zweiten Kreuzung nach rechts ab. Dieser Teil des Flurs glich einer Sackgasse und nur über ihn konnte er zu dem Beutestock gelangen. Eine Flucht war dennoch möglich. Für den Fall, dass ihm jemand den Rückweg abschneiden sollte, hatte er in seinem Versteck ein dickes Tau eingelagert. Mit ihm war er jederzeit in der Lage, sich durch ein Loch im Fußboden drei Stockwerke tief abzuseilen.

Nach zwei Schritten blieb Zeron stehen, ging in die Hocke und tastete mit beiden Händen den kalten Beton ab. Er hatte an dieser Stelle nur wenige Zentimeter über dem Boden einen dünnen Faden gespannt, den in der Dunkelheit niemand sehen konnte. Stets zu wissen, was in der Umgebung vorging, konnte das Leben um viele Jahre verlängern, vor allem, wenn derjenige, der das Seil berührte, es nicht einmal bemerkte. Darum hatte es Zeron auch nur lose über zwei an den Seiten liegende Steine gelegt und als Gegengewicht dünne Hölzer an ihren Enden befestigt.

Nach einiger Zeit richtete er sich wieder auf. Er hatte das Stolperseil gefunden, allerdings nicht dort, wo er es gespannt hatte. Irgendjemand oder irgendetwas hatte es von den Steinen gerissen. Dass ein größeres Tier dafür verantwortlich war, schloss er aus. Wilde Hunde verirrte sich nur selten in die Stadt. Eine Ratte oder Maus wäre hingegen unter dem Faden hindurchgelaufen.

Zeron rührte sich nicht von der Stelle und dachte angestrengt nach. Natürlich bestand die Möglichkeit, dass sich in der vergangenen Nacht einige Söldner in dem Haus herumgetrieben hatten. Doch da er sich im achten Stock befand, tippte er eher auf einen Sucher, was die ganze Angelegenheit nicht einfacher machte. Es war völlig unklar, ob sich der Eindringling bereits aus dem Staub gemacht hatte oder ob er schon hinter dem nächsten Türrahmen auf ihn lauerte. Zudem war er unbewaffnet und konnte sich kaum auf einen Kampf einlassen. Zwar wartete in dem

Versteck ein gut geschärftes Langmesser auf ihn, doch bis dorthin musste er erst einmal gelangen. Außerdem war es gut möglich, dass der ungebetene Besucher den Beutestock bereits gefunden und ausgeplündert hatte. Besonders die Sucher waren dafür bekannt, selbst gutgetarnte Verstecke aufzuspüren.

Für einen Augenblick erwog Zeron, erst ein anderes Lager aufzusuchen und sich aus diesem sein altes Blasrohr nebst einem Wurfspieß zu holen. Später konnte er dann zurückkehren, doch der Umweg würde dem Plünderer vielleicht erst die Gelegenheit geben, sein Versteck gründlich auszuräumen.

Zeron beschloss, mit aller Vorsicht zu prüfen, ob die Luft rein war. Geduckt schlich er weiter und blieb erst stehen, als er den nächsten Abzweig erreichte. Argwöhnisch spähte er um die Ecke. Durch die leeren Türöffnungen der angrenzenden Räume fiel in diesem Teil des Ganges zumindest ein wenig Tageslicht in den Flur. Nirgends schien sich etwas zu regen. Überall herrschte die übliche Stille, die nicht einmal durch das leise Rascheln einer davonlaufenden Maus gestört wurde. Geduldig wartete er einige Zeit ab und bog dann um die Ecke. Das Versteck, soweit es überhaupt noch bestand, befand sich nur drei Räume weiter.

Er hielt den Atem an und achtete darauf, keine Geräusche zu verursachen. Die Spannung stieg, als er den Eingang zum ersten Raum passierte. Doch er hatte den nächsten Durchgang noch nicht erreicht, als er erstarrte. Für einen kurzen Moment war der Lichtschein, der aus dem dritten Raum in den Flur fiel, verdunkelt worden. Ein Schatten. Ein großer Schatten. Ein Schatten mit menschlichen Umrissen.

Zeron schlug das Herz bis zum Hals. Dennoch versuchte er, einen kühlen Kopf zu bewahren. Leise wich er einige Schritte zurück. Er musste in Erfahrung bringen, wie viele Leute sich an seinem Beutestock zu schaffen machten. Handelte es sich um einen einzelnen Sucher, konnte er es vielleicht mit ihm aufnehmen. Immerhin würde er den Überraschungseffekt auf seiner Seite haben. Sollte es sich aber um eine größere Gruppe handeln, standen seine Chancen schlecht.

Er beschloss, sich vorerst in ein anderes Zimmer zurückzuziehen und dort auf den Eindringling zu warten. Irgendwann musste der Fremde schließlich den Rückweg antreten und der würde auf jeden Fall an ihm vorbeiführen.

Ohne den Schatten aus dem Blick zu lassen, wich er Schritt für Schritt zurück. Vor Anspannung zitternd, zog er einen Blasrohrpfeil aus der Manschette. Ein gut platzierter Stich in den Hals würde tödlich sein. Notfalls würden auch die Nieren ein gutes Ziel abgeben.

Ein krachender Schlag drohte Zeron die Sinne zu rauben. Halb besinnungslos prallte er gegen die Wand, fand aber an ihr zumindest etwas Halt. Doch noch bevor er einen klaren Gedanken fassen konnte, wurde er an den Schultern gepackt und zur Seite geworfen. Zeron stürzte, schaffte es aber, den Schwung des Falls zu nutzen und sich wieder aufzurichten. Eine dunkle Gestalt sprang auf ihn zu. Hastig ließ er den Arm nach vorn schnellen, bemerkte aber in diesem Augenblick, dass er den Pfeil verloren hatte.

Sein Versuch, den Angriff abzuwehren, erzielte kaum Wirkung. Erneut wurde er um einige Meter zurückgestoßen. Noch bevor es ihm gelang, einen festen Stand zu gewinnen, traf ihn ein weiterer Schlag. Die Beine versagten ihm den Dienst und er landete auf den Knien. Im nächsten Augenblick spürte er, wie sich ein Arm um seinen Hals legte und diesen schmerzhaft zusammenpresste. Zugleich wurde sein Kopf zurückgerissen. Ein Tritt in die Magengrube raubte ihm schließlich die letzten Kraftreserven. Verzweifelt rang er nach Luft und kämpfte gegen seine verkrampfte Bauchmuskulatur an. Während sich in seinen Ohren ein Orkan austobte, wurde er über den Gang geschleift und in einem der angrenzenden Räume bäuchlings auf den Boden geworfen. Endlich war sein Hals wieder frei. Der erste flache Atemzug löste einen schweren Hustenanfall aus. Irgendjemand schien ihm eine Bürste durch die Luftröhre zu ziehen. Zugleich drückte etwas gegen seine Wirbelsäule. Zeron spuckte so viel Speichel aus, dass sich auf dem staubigen Beton ein feuchter Fleck bildete. Erst nach einer schier unendlichen Zeit vermochte er wieder freier zu atmen. Seine Bauchdecke hatte sich endlich entspannt. Dennoch ging sein Atem so schnell, wie das aufgeregte Hecheln eines Hundes. Der Körper verlangte mit Nachdruck, die eingegangene Sauerstoffschuld wieder auszugleichen.

Noch während Zeron sich zu besinnen versuchte, spürte er, wie ihm eine Hand ins Haar griff und sein Kopf nach hinten gezogen wurde. Instinktiv riss er die Augen auf und registrierte sofort, dass man ihn in den Raum gebracht hatte, in dem sich sein Versteck befand. Unmittelbar vor ihm stand ein Mann, aus dessen zerschlissenen Stiefeln vier Zehen ragten.

»Was haben wir denn da für eine Überraschung.« Der Sprecher stand unweit des Verstecks und klang äußerst belustigt. »Ich glaube es nicht, Zeron! Du? Hier? Wolltest du uns etwa die Beute streitig machen, die wir gerade gefunden haben?«

»Deine Beute, Kalo?« Zeron musste immer noch schwer atmen. »Du vergisst, dass du dich in meinem Revier befindest.«

»Was du nicht sagst. Unsere Jagdgründe grenzen zwar aneinander, aber dass ich so weit vom Weg abgekommen sein soll, nein, das kann ich mir beim besten Willen nicht vorstellen. Sieh mal, was ich gefunden habe, ein Langmesser, und die Klinge weist nicht die geringste Kerbe auf. Natürlich hättest auch du gern diesen Fund gemacht, aber du weißt sicher, wie das ist. Der Schatz gehört dem, der ihn zuerst findet.«

»Unsinn.« Vor Wut zitterte Zeron am ganzen Leib. »Mein Revier, mein Versteck, mein Besitz.«

»Kannst du das beweisen? Ich glaube dir kein Wort. Du platzt doch bloß vor Neid und erzähl mir bitte nicht, dass wir einen deiner Beutestöcke gefunden haben. Ein so erfahrener Jäger wie du würde niemals in der Nacht mit Licht durch das Haus laufen, so dass man ihn beobachten kann. Ich dachte nur, wir sollten einmal nachsehen, warum sich jemand vor drei Tagen die Mühe gemacht hast, hier hinaufzuklettern.« Kalos Grinsen sorgte dafür, dass seine Mundwinkel nicht mehr so weit nach unten wiesen, wie es sonst der Fall war.

»Spar dir deine Worte und verschwinde aus meinem Revier.« Am liebsten wäre Zeron dem Glatzkopf an die Kehle gegangen, wohlwissend, dass Kalo über ungeheure Kräfte verfügte. Der Jäger war groß gewachsen und die breiten Schultern verliehen seinem Körper eine kantige Struktur.

»Du machst Witze.« Selbstzufrieden schlug sich Kalo mit der flachen Seite der Klinge mehrmals in die offene Handfläche. »Wir könnten dich wie eine Kakerlake zerquetschen oder so lange an einem Seil aufhängen, bis sich die Krähen deine Augen geholt habe. Im Moment bist du der Letzte, der mir etwas befehlen kann. Hat dir niemand beigebracht, wie man seine Beutestöcke besser versteckt, Hänfling? Natürlich haben wir dich erwartet und deshalb eine Wache aufgestellt. Und siehe da –«, Kalo streckte die Unterarme seitlich aus und entblößte eine Reihe fleckiger Zähne, »… schon gehst du uns in die Falle. Du bist wirklich ein sehr leichtsinniger Bursche, Zeron.«

»Was schwatzt ihr für Zeug zusammen?«, mischte sich der Mann in das Gespräch ein, der nach wie vor sein Knie in Zerons Rücken bohrte. »Wir sollten ihn aus dem Fenster stoßen, das Versteck ausräumen und verschwinden.«

»Ein großartiger Gedanke, Wofdur, wirklich.« Kalos wimpernlose Augen blitzten auf. »Nachher kommt der Moloch und wir sollten so früh wie möglich unser ARAS holen. Wir haben also allen Grund, uns zu beeilen, denn beim letzten Mal haben die Söldner die Verteilung schon zur Mittagszeit abgebrochen.« Kalo ging unmittelbar vor Zeron in die Hocke. »Aber zuvor sollten wir unseren freundlichen Gastgeber erst einmal gründlich durchsuchen. Vielleicht findet sich dabei etwas, dass wir bei den Söldnern eintauschen können. Leg los Sodar, und pack ruhig richtig hart zu, unser Hänfling ist schließlich kein zartes Mädchen.«

Der Mann mit den löchrigen Stiefeln ging in die Hocke und begann Zerons Kleidung zu durchwühlen.

»Da ist nichts. Hier auch nicht und … Halt. ARAS!« Sodar hatte Jelandas Tabletten gefunden. »Sieben Stück sogar und das am Ende eines Halbjahres. Wer weiß, wie viele er noch in anderen Verstecken lagert.«

»Zeig her!« Kalo streckte dem Mann die Hand entgegen.

Sodar verzog sein Gesicht zu einer bedauernden Grimasse und übergab die Tabletten.

»Tatsächlich, ARAS.« Kalos legt die Stirn in Falten. »Willst du uns verraten, wieso du am Tag der Verteilung noch so viele Wunderpillen hast? Die meisten haben schon vor Tagen ihr Zeug restlos aufgebraucht und gehen seitdem auf dem Zahnfleisch. Hast du jemanden umgelegt oder eine der Huren ausgeplündert?«

»Das geht dich einen feuchten Dreck an.« Zeron hatte nicht die Absicht, eine Spur zu Xirces und Alui zu legen.

Kalo würde nicht zögern und den zweien vermutlich noch an diesem Tag auflauern. Es war schon schlimm genug, dass er dem Jäger in die Falle gegangen war und was das bedeutete, brauchte ihm niemand zu erklären. Um den Jagdgrund oder seine Beute musste er sich keine Sorgen mehr machen. Es ging nur noch um sein Leben und so, wie es aussah, würde man ihn wohl spätestens in der kommenden Nacht zu den Madern bringen.

»Du solltest dein Mundwerk nicht zu weit aufreißen, mein lieber Zeron.« Kalo setzte ein mitleidvolles Grinsen auf. »Wir sind doch wirklich darum bemüht, ganz freundlich mit dir umzugehen. Deine ARAS-Spende ist uns sehr willkommen und stimmt mich ausgesprochen milde. Hier Männer, ihr sollt nicht leer ausgehen.« Mit gönnerhafter Miene reicht er seinen Begleitern jeweils eine Tablette. »Nehmt, ihr habt euch die ARAS redlich verdient.«

»Danke.« Sodar übergab seinem Anführer im Gegenzug die Armmanschette mit den Blasrohrpfeilen. »Mehr Waffen kann ich nicht finden.«

»Du musst völlig von Sinnen sein, Zeron.« Kalo lachte lauthals auf und warf die Manschette in die hinterste Ecke des Raumes. »Du bist unbewaffnet. Was ist mit dir los? Wo ist dein Blasrohr geblieben? Hast du es etwa gegen Engelsstaub eingetauscht?«

»Ich habe nicht einmal ein Messer bei ihm gefunden«, wunderte sich auch Sodar.

»Sag schon, wo hast du deine Waffen versteckt?« Kalo schien noch mehr Beute zu wittern.

»Frag doch die Gesichtslosen.«

»Die Söldner? Ich glaub es nicht! Du hast dich vom Moloch erwischen lassen?« Vor Vergnügen schlug sich Kalo mit dem Langmesser mehrmals seitlich an die Oberschenkel. Auch die beiden anderen Männer lachten auf, wodurch sich endlich der Griff lockerte, mit dem Zerons Kopf nach hinten gezogen wurde. Erleichtert spürte er, wie sich sein Nacken entspannte.

»Das ist natürlich höchst bedauerlich.« Kalo wurde mit einem Schlag wieder ernst und seine Stimme nahm einen drohenden Klang an. »Aber nur, weil uns dadurch noch weitere Beute entgeht. Wirklich, sehr ärgerlich.«

»Was ist jetzt?« Mit einem Ruck wurde Zerons Kopf wieder in die Höhe gezogen. »Legen wir ihn endlich um?«

»Immer mit der Ruhe, Wofdur.« Kalo hob das Messer, bis die Spitze Zerons Kehle berührte. »Vielleicht sollten wir ihn noch ein wenig am Leben lassen. Bei den Madern bringt er sowieso nicht viel ein. Dafür fehlt es ihm an Muskelfleisch und allzu groß ist er auch nicht. Außerdem hat er einige Freunde, die uns unangenehme Fragen stellen könnten, wenn er spurlos verschwindet. Doch je länger ich darüber nachdenke, ganz unrecht scheint mir Wofdur nicht zu haben oder was meinst du?« Kalo wandte sich wieder Zeron zu und kratzte ihm mit der Schneide des Messers über die Bartstoppeln. »Wir könnten dafür sorgen, dass es so aussieht, als wärst du aus freien Stücken gesprungen. Dann würden alle denken, dass du selber Schluss gemacht hast. Andererseits wäre es doch sehr bedauerlich, wenn du einfach mal so aus dem Fenster fallen würdest, oder? Immerhin heißt es, dass du ein Schütze bist, der seine Ziele zuverlässig trifft.« Kalo kniff die Augenlider bis auf einen schmalen Spalt zusammen. »Was hältst du von der Idee unsere Jagdgründe zu vereinen und zukünftig zusammenzuarbeiten? Ein Revier, zwei Jäger, doppelte Sicherheit.«

»Warum sagst du nicht gleich, was du im Sinn hast?« Zeron Stimme klang angestrengt. »Du willst eine Bande aufbauen und dafür brauchst du noch Leute und deren Jagdgründe.«

»Ja und? Wäre das so schlimm? Die Freie Zone wird es schon bald nicht mehr geben, wenn wir uns nicht zusammenschließen. Nach allem, was man so hört, steht die Pulas-Bande bereits auf dem Sprung, um sich den Neutralen Gürtel einzuverleiben.«

»Du wirst niemanden finden, der deine Pläne unterstützt.« Zeron musste husten, was Wofdur aber nicht dazu veranlasste den Griff zu lockern.

»Es ist nur eine Frage der Zeit, bis auch die anderen Jäger verstehen, dass sie nur überleben können, wenn wir uns zusammenschließen.« Kalos Gesicht verriet, wie überzeugt er von der Richtigkeit seines Vorhabens war. »Allein werden wir uns auf Dauer kaum erfolgreich verteidigen können. Greift erst einmal eine Bande an, werden andere ihrem Beispiel folgen. Wer will denn auch gern leer ausgehen, wenn es darum geht, die Beute zu verteilen?« Kalo schnaufte verächtlich und legte eine kurze Pause ein.

»Ich mache dir ein Angebot. Statt dich aus dem Fenster zu werfen, gewähren wir dir im Tausch gegen deine Gastgeschenke etwas Zeit. Zeit, um über meinen Vorschlag nachzudenken. Was ist, nimmst du das Angebot an oder sollen wir dir das Fliegen beibringen?«

»In Ordnung«, krächzte Zeron. Falscher Stolz half ihm im Moment nicht weiter.

»Sehr gut«, zeigte sich Kalo zufrieden und erhob sich. »Aber ich rate dir, dich möglichst schnell zu entscheiden und – ich werde nur ungern enttäuscht.«

Zerons Kopf wurde so heftig nach vorn gestoßen, dass er mit der Stirn auf den Boden prallte. Zugleich spürte er, wie sich der Druck in seinem Rücken kurzzeitig erhöhte, dann aber verschwand. Erschöpft griff er sich an den Nacken und versuchte, die völlig verspannte Muskulatur zu lockern.

Erst nach einiger Zeit vermochte er den Kopf endlich wieder zu heben. Er war allein und außer der Manschette hatten Kalo und seine Helfer nichts zurückgelassen.

Mit einem Ächzen setzte er sich auf und sah sich um. Das Versteck in einem Raum einzurichten, der ein Fenster besaß, war trotz der Höhe keine gute Idee gewesen. Wie zu erwarten war, hatte Kalo es restlos geleert.

Enttäuscht und wütend zugleich spuckte Zeron auf den Boden. Mit dem Verlust der wertvollsten Beutestücke schwand auch die Hoffnung, die Ruinenstadt noch an diesem Tag verlassen zu können.

Nur mit größter Mühe gelang es ihm schließlich, seine Lage neu zu überdenken. Der Rest seiner Besitztümer befand sich in vier anderen Verstecken. In diesen hatte er neben einer ganzen Menge Plunder eine kleine Rolle Kupferdraht, einen Wasserkocher und ein defektes Fernglas eingelagert. Hinzu kamen zwei winzige Geräte, deren Verwendungszweck ihm nicht bekannt war und ein zusammenklappbarer Computer, mit gesprungenem Monitor.

Um von den Söldnern nicht abgewiesen zu werden, musste er alles, was den Moloch interessieren könnte, aus den Verstecken holen. Sogar die kleine Metallplatte, die er im Neutralen Gürtel gefunden hatte.

Zeron wischte sich den Staub von der Jacke. Um sich in Sicherheit zu bringen, galt es den Tag zu nutzen – egal was ihn im Moloch erwarten mochte.

7. *Kapitel*

Der morgendliche Dunstschleier hatte sich wie ein Leichentuch über die Stadt gelegt. Von einem seichten Wind getrieben, zogen die Schwaden durch die menschenleeren Straßen und verliehen den Ruinen einen schauerlichen Anblick. Im Licht des anbrechenden Tages flogen einige Krähen umher. Zumeist saßen die schwarzgefiederten Vögel aber nur auf den Dächern der Häuser und putzten ihr matt schimmerndes Gefieder. Seit sie von den Vogelfängern mit Netzen gejagt wurden, hatte ihre Zahl stark abgenommen und es war absehbar, dass sie schon bald nicht mehr zum Stadtbild gehören würden. Auch die herumstreunenden Hunde und Katzen waren selten geworden. Dafür wagten sich immer häufiger Füchse in die trostlose Trümmerwüste. Es waren die Ratten, die sie in die Ruinenstadt lockten. Die Rotpelze wussten, dass die Nager bei Einbruch der Dunkelheit aus der Kanalisation gekrochen kamen und da sie geschickte Jäger waren, konkurrierten sie mit den Bewohnern der Stadt um das begehrte Fleisch. Allerdings machten auch sie sich damit zum Ziel und oft genug endete ihr Versuch, sich einen dicken Happen zu sichern, über den Flammen eines Feuers.

Im Wettlauf um die letzten Nahrungsreserven waren die großen Tiere und die Vögel die ersten Opfer. Die Ruinenstadt glich einem riesigen ausgeplünderten

Beutestock, der langsam ausdorrte und mit der Zeit dem Vergessen anheimfallen würde.

Mit den ersten Sonnenstrahlen begann sich der Dunst zu heben und löste sich schließlich wie durch einen Zauber auf. Ein heller, wolkenloser Tag kündigte sich an.

Zugleich erschienen am Horizont einzelne schwarze Punkte, die sich einem Schwarm Hornissen gleich der Stadt näherten und bereits nach wenige Minuten über dem schier unermesslichen Trümmerfeld der Ruinenstadt kreisten. Die Vorboten des Molochs trafen ein und während sie die Lage sondierten, nahte auf der breiten Zufahrtsstraße ein Fahrzeugkonvoi, der einer Schlange gleich durch die Landschaft kroch. Zwei Kilometer vor dem Stadtrand schwärmten schließlich ein Dutzend Kettenfahrzeuge in das unwirtliche Gelände aus. Mit einem exakten Manöver bezogen sie auf einem Hügel Stellung und richteten die gewaltigen Rohre ihrer Haubitzen auf die Stadt. Unterhalb der Anhöhe brachten sich derweil acht Raketenwerfer mit jeweils achtundvierzig Abschussrampen in Position. In nur zwei Minuten waren sie in der Lage, siebenhundertachtundsechzig Geschosse abzufeuern, und damit ein riesiges Areal in Schutt und Asche legen.

Zum Schutz der Artillerie bezogen zugleich auch noch sechs Panzer und zwei Infanterieeinheiten Stellung.

Der größte Teil der Fahrzeugkolonne fuhr derweil weiter und stoppte erst unmittelbar vor einem großen, verwitterten Schild, dessen Schrift schon längst nicht mehr lesbar war.

Lediglich vier Räumpanzer rollten im Schutz einiger Panzer in die Stadt und bildeten mit ihren nach außen geneigten Stahlschilden einen mächtigen Keil. Ohne ihr Tempo zu drosseln, schoben sie das Geröll mühelos zur Seite und machten damit die Straße für den nachfolgenden Tross frei. Von Zeit zu Zeit spuckten die Panzerwagen einzelne Söldner aus, ganz so als würde es sich bei den Soldaten um Kirschkerne handeln. Mit Gewehren, handlichen Kleinmörsern und Sprengwaffen ausgerüstet bezogen die Gesichtslosen nahe der Einfallstraße Stellung und übernahmen deren Absicherung.

Unterdessen wurde von einem der Hubschrauber ein Lenkgeschoss abgefeuert, das in einer Ruine einschlug und in einem riesigen Feuerball detonierte. Der gewaltige Donner rollte wie eine unsichtbare Woge über die gesamte Stadt hinweg, wobei der Schall ganze Mauerstücke aus den brüchigsten Ruinen riss.

Die Explosion war eine Warnung, die sich an die Bewohner der Ruinenstadt richtete und nicht überhört werden konnte. Der Moloch fiel in die Stadt ein und wer sein Leben nicht riskieren wollte, ließ sich in dieser Zeit besser nicht auf den Straßen blicken. So lange der Konvoi den Verteilungsplatz nicht erreicht hatte, würden die Soldaten auf alles schießen, was sich bewegte oder ihnen sonst noch verdächtig erschien.

Ohne auch nur für einen Moment anzuhalten, bahnten sich die Räumpanzer ihren Weg. Erst als sie einen der zentral gelegenen Plätze abgesichert hatten, setzte sich der

Rest des Konvois wieder in Bewegung. Er bestand vor allem aus Kettenpanzern, schweren Transportern und flinken Einsatzfahrzeugen, die in Windeseile Soldaten überall dorthin transportieren konnten, wo sich Gefahren zusammenbrauten.

Der Tross, der zumeist aus Transportfahrzeugen bestand, wurde durch Gefängniswagen, Sauger, Walzen und Schallpanzer ergänzt, denen wiederum weitere Panzerwagen folgten, die mit ihren drehbaren Geschütztürmen und den Schnellfeuerkanonen den Schutz der Kolonne gewährleisteten.

Wie ein Lindwurm schob sich der Verband zwischen den zerstörten Häusern hindurch und erreichte nach über einer Stunde die Vorhut. Umgehend bezogen die Kampffahrzeuge an den Zufahrtswegen Stellung und sperrten diese ab. Auch die Söldner schwärmten aus, begaben sich auf Streife und besetzten die Ruinen, die den Platz umgaben.

Währenddessen bildeten die Transportfahrzeuge die Form eines gewaltigen Hufeisens und klappten mit Hilfe ihrer hydraulischen Anlagen die Aufbauten aus. Schon nach wenigen Minuten entstanden auf diese Weise drei große Hallen und zwei weitere Gebäudekomplexe. So schnell, wie die provisorischen Gebäude errichtet waren, konnten die Söldner sie auch wieder abbauen, wenn es galt, den Rückzug anzutreten. Der Moloch war nicht gekommen, um zu bleiben. Er war gekommen, um seine Macht zu demonstrieren und ganz nebenbei ARAS zu verteilen.

An den Zufahrtsstraßen hatten die Söldner unterdessen Kontrollposten errichtet und mit schweren Maschinengewehren im Hintergrund Stellung bezogen. Doch erst als zwischen den Hallen und Gebäuden die Walzen und Sauger ihre Positionen eingenommen hatten, löste sich eine der Hornissen aus dem Schwarm. Mit scheinbar unendlicher Leichtigkeit schraubte sie sich in rasendem Tempo immer höher in den Himmel und feuerte dort eine Leuchtrakete ab, die nach einem kurzen Flug mit einem dumpfen Knall unzählige rote Kugeln ausspie. Der Moloch war bereit, der Verteilungsplatz geöffnet, die Ausgangssperre aufgehoben.

8. *Kapitel*

Die Sonne hatte den Zenit ihrer Laufbahn bereits überschritten, als sich Zeron über einen Umweg dem Verteilungsplatz näherte. Während des Einmarschs der Söldner war auch er gezwungen gewesen, in Deckung zu bleiben und war erst danach dazu gekommen, seine Beutestöcke fast vollständig zu leeren. Obwohl er alles zusammengerafft hatte, was in seinen Augen einen gewissen Wert besaß, war der Leinenbeutel mit den Beutestücken weder besonders schwer noch prall gefüllt. Dennoch hoffte er, von den Söldnern nicht zurückgewiesen zu werden. Die Hoffnung, den Mann zu finden, der ihm das geraubt hatte, was ihm am wichtigsten war, erfüllte Zeron mit einer schon fast grimmigen Entschlossenheit. Es ging nicht um ihn und darum, ob er jeden Tag satt wurde und überlebte. Es ging um mehr, um Jelanda, um seine Liebe und um das Gefühl, bis zuletzt und darüber hinaus an ihrer Seite gestanden zu haben.

Nach einiger Überlegung hatte er darauf verzichtet, sein zweites Blasrohr mitzunehmen. Wer es wagte, sich den Einlassposten bewaffnet zu nähern, wurde von den Söldnern ohne Vorwarnung erschossen. Daher waren die Jäger zu ihrem eigenen Schutz dazu übergangen, kleine Gruppen zu bilden und gemeinsam zur ARAS-Verteilung zu gehen. Einige Straßenzüge vor dem Verteilungsplatz wurden dann die Waffen niedergelegt und während mindestens zwei Leute als Wachen zurückblieben, gingen die anderen zur ARAS-Verteilung, um sich die Ration für die nächsten sechs Monate zu holen. Anschließend wurden die Aufgaben getauscht, was der Gruppe die Sicherheit bot, dass niemand seine Waffen an Plünderer verlor, die an diesem Tag, die Ruinen nur zu gern durchstreiften.

Trotz der Gefahren, die jedem drohten, der es wagte, sich allein auf den Weg zu machen, hatte sich dazu Zeron entschlossen, diesmal auf den Schutz der Gruppe zu verzichten. Dass er sich dem Moloch anschließen wollte, musste niemand wissen und auch wenn er die Stadt an diesem Tag verlassen würde, sollten ihn seine wenigen Freunde nicht als Überläufer in Erinnerung behalten.

Um unangenehmen Begegnungen auszuweichen, hatte er sich entschieden, den Verteilungsplatz über einen entlegenen Kontrollposten zu betreten. Dafür war er sogar bereit, einen weiten Umweg in Kauf zu nehmen.

Ein mehrstimmiges Geheul ließ Zeron aufblicken. Er war gerade um die Ecke eines Hauses gebogen, an dessen Wänden noch immer die aus der Vorzeit stammenden Graffiti zu erkennen waren. Nur einen Häuserblock entfernt stürzten drei Männer aus einer Ruine und umstellten mit vorgehaltenen Waffen zwei Frauen, die eine prallgefüllte Tasche trugen.

Zeron ging hinter einem ausgeschlachteten Autowrack in Deckung. Wegelagerer, Plünderer, Raubgesindel. Jedes Mal, wenn der Moloch zur ARAS-Verteilung in die Stadt kam, versuchten sie die Gelegenheit zu nutzen und überfielen alle, die ihnen über den Weg liefen. Wer, wie die Frauen allein durch die Stadt zog, machte sich zu einem leichten Ziel. Ungefährlich war das Handwerk der Wegelagerer dennoch nicht, denn sobald die Hornissen des Molochs einen Überfall bemerkten, wurde die Luft meist sehr schnell bleihaltig. Ebenso wie die Plünderer, wussten auch die Söldner, dass an diesem Tag die Leute ihre Habseligkeiten zum Verteilungsplatz brachten, um sie gegen zusätzliche Spenden einzutauschen. Der Moloch verstand keinen Spaß, wenn ihm jemand Rohstoffe, Waffen oder alte Vorkriegstechnik streitig machen wollte.

Da die Straßenräuber mit den Frauen beschäftigt waren, beschloss Zeron, die Gelegenheit zu nutzen und sich an den Wegelagerern vorbei zu schleichen. Er verließ die Straße, eilte in die nächstgelegene Ruine und fand am Ende eines langen Flurs den Ausgang, der in den Hinterhof des Gebäudes führte. Die aus Ziegelsteinen erbauten Häuser des Stadtkerns waren in klobigen Quadraten errichtet worden, die sich eng aneinanderschmiegten.

Ein kurzer Blick genügte Zeron, um zu erkennen, dass er den Hinterhof gefahrlos durchqueren konnte. Im nächsten Haus glaubte er im ersten Moment, gegen eine unsichtbare Wand zu laufen. Die Luft war dick und der Geruch erinnerte ihn an einen Schuppen, in dem er einst drei Leichen gefunden hatte.

Ohne auf die zum Teil von der Decke hängenden Lüftungsrohre zu achten, strebte er dem gegenüberliegenden Ausgang im Laufschritt zu. Es galt, die gefährliche Passage hinter sich zu lassen, solange die Wegelagerer noch mit den Frauen beschäftigt waren.

Den breiten Ausgang auf der anderen Seite fest im Blick, umkurvte Zeron einen Betonsockel, der in der Mitte des Raumes aus dem Boden ragte. Unter seinen Füßen knirschte der Schutt, der sich mit den Jahren in der Halle angesammelt hatte.

»Sieh an! Sieh an!«

Die Worte fuhren wie ein Blitz durch Zerons Körper. Obwohl er sofort stehen blieb und sich nach allen Seiten umsah, vermochte er den Sprecher nicht zu entdecken. Erst als er sich umdrehte, bemerkte er drei Männer, die sich in dem Eingang standen, durch den er die Halle kurz zuvor betreten hatte.

»Wohin des Weges, guter Freund?«, ertönte eine weitere Stimme und der Sprecher trat mit einem anderen Mann, in den einzig verbliebenen Ausgang.

Zeron begriff sofort, dass er in der Falle saß. Bis auf das Treppenhaus hatten ihm die Wegelagerer alle Fluchtwege abgeschnitten.

»Du hast wohl gehofft, uns umgehen zu können, nur weil wir durch die Frauen aufgehalten wurden?« Der Mann lachte hämisch auf und richtete dabei die Spitze seines Speers auf Zeron. »Hältst du uns wirklich für so dumm, dass wir jemandem auf der Straße auflauern? Du weißt doch, der Moloch hat seine Augen überall. Wir wollten dich nur dazu bringen, genau hierher auszuweichen.«

»Lass gut sein, Bior.« Eine der Frauen, die gerade noch überfallen worden war, trat neben den Mann und grinste Zeron an. »Wir wollen nur einen Blick in deinen Beutel werfen. Übergib ihn uns und wir lassen dich laufen. Ist das ein Angebot?«

»Einverstanden.« Zeron verzog sein Gesicht zu einer Grimasse, nahm den Beutel von der Schulter und ging einige Schritte auf die Frau zu. »Da ihr euch in der Überzahl befindet, bleibt mir wohl keine andere Wahl.«

»Stehen bleiben!«, blaffte ihn Bior sofort an.

»Ich denke, ihr wollt den Beutel«, stellte sich Zeron unwissend und lief weiter.

»Du sollst stehen bleiben!«

Zeron sah, wie die Frau ein Schlagmesser auf ihn richtete. Der Durchgang zum Treppenhaus war nur noch fünf Schritte entfernt. Er kannte das Haus und wusste, dass im vierten Stock eine lange Aluminiumleiter lag, mit deren Hilfe es ihm einst gelungen war, sich unbemerkt an den Wachen der Banden vorbeizuschleichen.

»Sehr gut und nun kannst du dein Zeug auf den Boden legen!«

Zeron ließ den Leinenbeutel fallen. »Wie ihr wollt. Kein Grund zur Aufregung.«

»Geht doch.« Die Männer senkten ihre Waffen. »Und jetzt gehst du zehn Schritte zurück.«

»Natürlich.« Zeron hob die Arme, bückte sich dann aber blitzschnell und schnappte sich den Beutel. Noch bevor die Männer begriffen, was geschah, raste er bereits die Treppe hinauf. Wie er erwartet hatte, erschien auf dem ersten Absatz ein dunkler Schatten.

»Pech gehabt, Bursche!« Der Mann griff über die Schulter und zog einen kurzen Wurfspieß aus einem Köcher. Ohne auf die Gefahr zu achten, stürmte Zeron die Treppe weiter hinauf, warf sich auf den Treppenabsatz und packte den Fuß des Wegelagerers. Von dem ungestümen Vorgehen überrascht, versuchte der Mann sich loszureißen. Doch Zeron war nicht bereit, sich abschütteln zu lassen. Er musste sich den Weg unbedingt frei kämpfen. Eine zweite Chance würde er nicht erhalten, zumal Bior und seine Leute den unteren Treppenabsatz bereits erreicht hatten.

Wild entschlossen schnellte Zeron in die Höhe und legte sich dabei das Bein des Wegelagerers über die Schulter. Der Mann verlor augenblicklich das Gleichgewicht, flog im hohen Bogen die Stufen hinab und riss seine Kumpane zu Boden.

Mit einem triumphierenden Jauchzen sprang Zeron auf und bemerkte, dass die Wurfspieße aus dem Köcher des Mannes gefallen waren. Hastig hob er einen der Spieße auf und hetzte schon im nächsten Augenblick die Treppen hinauf.

»Hinterher!« Biors hasserfüllte Stimme spornte Zeron zu noch größerer Eile an. »Ich will ihn haben, diesen Drecksack! Und dann schmeißen wir ihn aus dem Fenster!«

Zeron hörte, wie die Wegelagerer die Verfolgung wieder aufnahmen. Er hatte aber bereits das dritte Stockwerk erreicht und stürmte noch eine weitere Etage höher. Dort lehnte er sich über die Brüstung des Geländers und hielt nach seinen Verfolgern Ausschau. Sie befanden sich nur zwei Etagen unter ihm, womit feststand, dass sein Vorsprung zu gering war, um sich in Sicherheit bringen zu können.

»Wo wollt ihr denn hin, Leute?« Zeron hob den Spieß und deutete einen Wurf an.

Die Männer hoben ihren Blick und als sie die Waffe in seiner Hand sahen, brachten sie sich sofort aus der Sichtlinie.

»Warum reißt ihr aus?« Um die Wegelagerer zu einem vorsichtigen Vorgehen zu zwingen, versuchte Zeron möglichst selbstsicher zu klingen. »Kommt nur, ich bin schon ganz gespannt darauf, wer von euch den Spieß zuerst in die Brust gerammt haben möchte.«

Zeron sah sich um, entschloss sich dann aber, die Wegelagerer auf eine falsche Fährte zu locken, und stürmte in das fünfte Stockwerk hinauf. Wie er es in Erinnerung hatten, gähnten ihn dort drei leere Türrahmen an.

»Vorwärts, Männer!«, feuerte Bior unterdessen seine Leute an. »Lasst euch von dem Idioten nicht einschüchtern. Wer ihn zuerst findet, bekommt die Hälfte der Beute.«

»Was für ein schwaches Versprechen.« Zeron hatte sich wieder über die Brüstung gelehnt und verriet damit, wo er sich befand. »Hier geht es lang und der Sieger soll die ganze Beute haben.«

»Dir wird das Lachen schon noch vergehen.« Bior war stehen geblieben und sah zu Zeron, der sich aber eilig zurückzog und durch den Türrahmen verschwand, der gleich neben der Treppe lag.

Während des Krieges hatte er in dieser Region fast alle Häuser ausgekundschaftet und als Jäger war er es gewohnt, sich auch die kleinsten Besonderheiten einzuprägen. Daher hielt er sich nicht weiter auf und folgte dem schmalen Flur bis an dessen Ende. Ein Blick in den letzten Raum bestätigte ihm, dass er sich nicht geirrt hatte. In der Mitte des Zimmers klaffte ein breites Loch im Boden. Vermutlich hatte der Moloch einst das Gebäude unter Feuer genommen, wobei eine Mörsergranate das Dach durchschlagen hatte.

Zeron ließ den erbeuteten Wurfspieß fallen, ging in den Raum und kniete sich neben das Loch.

»Verdammt, der Kerl könnte hier hinter jeder Ecke auf uns lauern«, ließ sich einer der Verfolger hören. Die Wegelagerer hatten die fünfte Etage erreicht und schienen sich nicht sicher zu sein, wo sie mit ihrer Suche beginnen sollten.

»Hier ist er! Er hat den Wurfspieß verloren.«

Zeron hielt die Luft an. In den nächsten Sekunden würde sich sein Schicksal entscheiden.

»Hört auf Unsinn zu labern.« Bior sprach in einem Tonfall, der die Männer umgehend verstummen ließ. »Habt ihr schon einmal gesehen, dass jemand seine Waffe einfach liegen lässt? Der Kerl will uns verarschen. Ich sage euch, dass er überall stecken kann, aber nicht hier drüben. Der Spieß soll uns nur in die Irre führen.«

»Hm, kann sein«, gab auch die Frau ihre Meinung kund, klang dabei aber nicht sehr überzeugt.

»Das kann nicht nur sein, das ist so!« Biors Stimme verriet, dass sein Geduldsfaden bis zum Zerreißen gespannt war. »Du bleibst hier und bewachst die Treppe. Wir durchsuchen unterdessen die anderen Räume. Der Kerl sitzt in der Falle und wir werden ihn uns holen.«

Zeron umfasste den Mauerrand, stieg durch das Loch im Boden und versetzte seinen Körper in schaukelnde Bewegungen. Nachdem er genügend Schwung geholt hatte, öffnete er die Finger und ließ sich fallen. Tatsächlich landete er neben dem Loch, das noch weiter in die Tiefe führte. Um nicht in den Abgrund zu stürzen, warf sich Zeron nach vorn und rollte sich über die Schulter ab.

Einen Moment lang horchte er in das Gebäude hinein, doch die Wegelagerer schienen nicht auf ihn aufmerksam geworden zu sein. Sie waren dazu übergegangen sich lautstark untereinander zu verständigen, weshalb er hoffte, dass sie das verräterische Geräusch des Aufpralls nicht wahrgenommen hatten.

Zeron erhob sich und grinste still vor sich hin. Wieder einmal war es ihm gelungen, einen gefährlichen Gegner zu überlisten. Jetzt musste er nur noch die Leiter dort finden, wo er sie vor einigen Jahren versteckt hatte.

Tief geduckt schlich er über das Treppenhaus in die benachbarten Wohnräume. Er brauchte nicht lange, um das Zimmer mit dem Balkon zu finden, in dessen Ecke die herausgerissenen Polster, eines alten Sofas vor sich hin moderten.

Zeron ging in die Hocke und riss den vor sich hin faulenden Unrat auseinander. Neben zwei Glühbirnen kamen noch ein verbeulter Toaster und eine defekte Küchenwaage zum Vorschein. Ungeachtet der eilig davonhuschenden Silberfischchen arbeitete sich Zeron weiter durch den Abfallhaufen. Doch erst als er den Boden erreichte, stieß er endlich auf den Fuß der gesuchten Leiter. Sie lag immer noch an ihrem Platz und schien die Zeit unbeschadet überstanden zu haben.

Vorsichtig hob er die Leiter an und trat mit ihr auf den Balkon. Im Krieg hatten die Banden in der darunterliegenden Gasse Wachen postiert, um das Asylum und die Freie Zone vom Rest der Stadt abzuschneiden. Erst ihm war es dann gelungen, an dieser Stelle die feindlichen Linien zu überwinden.

Die Leiter war natürlich nicht lang genug, um den Abstand zwischen einander gegenüberliegenden Häusern zu überbrücken. Doch da ein weit vorstehender Balkon die Distanz erheblich verkürzte, war es ihm möglich gewesen, sie wie eine Brücke zu benutzen.

Um die Fenster des darüberliegenden Stockwerks besser sehen zu können, lehnte sich Zeron rücklings über die Brüstung und versicherte sich, dass ihn niemand beobachtete. Dann legte er die Leiter auf das Geländer und schob sie so weit vor, dass sich ihr Ende auf das gegenüberliegende Fensterbrett schob.

Die Auflage war zwar auf jeder Seite nur eine knappe Hand breit, doch darüber machte er sich keine Sorgen.

Vielmehr fragte er sich, ob die Leiter auch sein Gewicht tragen würde. Als Kind hatte er sie problemlos benutzen können, doch mittlerweile war er ein ausgewachsener Mann und wog erheblich mehr.

Vorsichtig kletterte er auf die Brüstung, und ohne erst seinen Ängsten die Gelegenheit zu geben, Besitz von ihm zu ergreifen, setzte er den ersten Fuß auf die Sprosse. Ein Blick in die Tiefe ließ ihn kurz zögern. Doch dann schob er seine Bedenken beiseite und richtete sich auf. Zu seiner Erleichterung hielt die Leiter. Behutsam breitete er die Arme aus und setzte den linken Fuß auf die nächste Sprosse. Da es ihm nicht schwerfiel, das Gleichgewicht zu halten, hatte er schon bald die Hälfte des Weges zurückgelegt.

»Da ist er!« Die Stimme der Frau überschlug sich vor Eifer.

Zeron wagte nicht, sich umzusehen, und konzentrierte sich darauf, einen Fehltritt zu vermeiden.

»Verdammt, er wird uns entkommen.« Offenbar war Bior dem Warnruf der Frau gefolgt und an eines der Fenster geeilt.

»Macht Platz! Der hat mich die Treppe runtergeworfen und dafür werde ich ihn jetzt auf die Straße befördern.«

Zeron ließ alle Vorsicht fahren und lief in der Hoffnung, die Sprossen zu treffen, so schnell wie möglich weiter. Noch vier, noch drei Schritte … Im nächsten Augenblick krachte ein Spieß gegen die Leiter und ließ ihn stolpern. Für einen Moment drohte Zeron das Gleichgewicht zu verlieren. Verunsichert blieb er stehen. Zugleich spürte er, wie sich die Leiter bewegte und kleines Stück nach vorn rutschte. Ein weiterer Spieß flog an seinem Kopf vorbei und machte ihm deutlich, dass er keine Zeit mehr verlieren durfte, wenn er sich in Sicherheit bringen wollte. Mit aller Entschlossenheit stieß er sich ab und warf sich dem rettenden Fenster entgegen. Die Wegelagerer heulten enttäuscht auf, als es ihm gelang, sich mit den Oberarmen auf dem Fenstersims abzufangen. Unter ihm krachte unterdessen die Leiter auf das Kopfsteinpflaster der Gasse.

Zeron achtete nicht weiter auf den Lärm, stemmte sich mit einer letzten verzweifelten Anstrengung in die Höhe und ließ sich mit nach vorn gebeugtem Oberkörper in den Raum fallen, der hinter dem Fenster lag. Obwohl es ihm vor allem darauf ankam, möglichst schnell zu sein, gelang es ihm, den Sturz mit den Händen abzufangen. Etwas krachte gegen die Wand und fiel zu Boden. Noch ein Wurfspieß.

In fieberhafter Eile wälzte sich Zeron sich zur Seite und sprang auf. Die Rufe der Wegelagerer verrieten ihm, dass seine Häscher weiterhin am Fenster des gegenüberliegenden Hauses standen und sein Treiben beobachteten. Ohne die Plünderer auch nur eines Blickes zu würdigen, stürmte er aus dem Raum, hastete die Treppen hinab und verließ das Haus auf der entgegengesetzten Seite.

Von den Wegelagerern war nirgends etwas zu sehen. Dennoch fühlte er sich erst wieder ein wenig sicherer, als er einige Straßenzüge zwischen sich und seinen Verfolgern gebracht hatte.

Nachdem er einen Park mit völlig verdorrten Pflanzen passiert hatte, gelangte er auf eine mehrspurige Straße, die direkt zum Verteilungsplatz führte. Damit hatte er endlich ein sicheres Areal erreicht, denn in unmittelbarer Nähe der Kontrollposten würde kein Wegelagerer einen Überfall riskieren.

Das Ziel bereits vor Augen, verließ Zeron die Ruinen und hoffte, auf der alten Verkehrsader schneller voranzukommen.

Er war bei weitem nicht der Einzige, der auf der Straße unterwegs war. Noch immer strömten zahllose Menschen in Richtung des Platzes, der, so lange Zeron sich zurückerinnern konnte, von den Söldnern genutzt wurde, um das ARAS zu verteilen. Einige Leute hatten ihr Antistrahlungsmittel schon erhalten und begegneten ihm mit misstrauischen Blicken. Fast alle trugen Rucksäcke, in denen sie die Spenden des Molochs verstaut hatten.

Das Brummen und Fauchen das in der Luft lag, erinnerte Zeron an die Hornissen, die am Himmel kreisten. Von dort überwachten die Hubschrauber die Zufahrtsstraßen und griffen schon beim geringsten Anzeichen einer Gefahr ein.

Die Verteilungstage waren von so großer Wichtigkeit, dass jemand die Zeitrechnung auf sie abgestimmt hatte. Der Zeitraum von einhundertdreiundachtzig Tagen wurde üblicherweise in drei Schocks unterteilt. Wer sich also für einen bestimmten Tag verabreden wollte, sprach immer von Schocks und den Tagen vor oder nach der ARAS-Verteilung.

Einhundertdreiundachtzig war dann auch genau die Zahl an ARAS-Tabletten, die jeder Stadtbewohner zweimal im Jahr vom Moloch erhielt. Allerdings nur unter der Voraussetzung, dass er von den Söldnern schon als Kind registriert worden war und an keinem der folgenden Verteilungstage gefehlt hatte.

Neben dem Antistrahlungsmittel verteilten die Gesichtslosen auch Spenden, die aber oftmals nur aus minderwertigen Waren bestanden. Den Bewohnern der Ruinenstadt waren sie dennoch als Handelsware willkommen.

Obwohl es kaum jemanden gab, der den Moloch nicht verwünschte, war der Verteilungstag von so großer Bedeutung, dass ihn niemand verpasste. Wer die nächsten drei Schocks überleben wollte, kam um den Besuch des Verteilungsplatzes nicht herum. Doch der Weg durch die Stadt barg viele Gefahren. Die Wegelagerer waren dabei noch das geringste Problem. Um von den Gesichtslosen verhaftet oder erschossen zu werden reichte es schon aus, nur eine einzige Anweisung zu überhören. Es waren die Söldner, die an diesem Tag die Stadt regierten und ihren Willen mit aller Macht durchsetzten. Erst wenn der Moloch abgezogen war, übernahmen wieder die Banden das Kommando und bestimmten zumindest in ihrem Einflussbereich, was geschehen sollte und was verboten war.

Zeron sah sich verstohlen um und registrierte zufrieden, dass sich unter den Passanten niemand befand, den er kannte. Damit hatte sich für ihn der Umweg bereits gelohnt. Dennoch blieb er wachsam, denn der Umstand, dass er allein unterwegs war, bescherte ihm einige Aufmerksamkeit. Ohne auf die neugierigen Blicke der anderen Stadtbewohner zu achten, schritt er schnell aus und entdeckte schließlich in der Ferne die Wachen, die am Zugang des Verteilungsplatzes Posten bezogen hatten. Am Rand der Straße standen zwei Panzerwagen, deren Kanonen drohend in die Höhe wiesen. Gleich neben den Fahrzeugen und hinter einem Wall aus Sandsäcken war ein Maschinengewehr in Stellung gebracht worden. Würden sich die Gesichtslosen bedroht fühlen und die Nerven verlieren, war es besser, sich nicht in Schussweite ihrer Waffen zu befinden. Da die Söldner drei Möser aufgebaut hatten, boten auch die benachbarten Häuser keine Sicherheit. Die Steilfeuerwaffen trafen ihre Ziele sogar dann noch ganz genau, wenn sich zwischen ihnen und dem anvisierten Punkt ein Haus mit mehr als fünfzig Stockwerken befand.

Die zwei Söldner, die den Durchlassposten bewachten, erinnerten Zeron an schwerbewaffnete Kampfmaschinen. Mit vorgehaltenen Waffen machten sie deutlich, dass man sie besser nicht provozieren sollte.

Hinter ihnen warteten vier weitere Söldner, die jeden durchsuchten, der den Durchgang passieren wollte.

Da sich am Eingang keine Warteschlange gebildet hatte, beschleunigte Zeron seine Schritte. Den günstigen

Umstand, dass niemand warten musste, galt es zu nutzen. Eine zu zähe Abfertigung barg immer die Gefahr, dass die Leute unruhig wurden, was den Söldnern wiederum einen Vorwand für Verhaftungen lieferte.

Unmittelbar vor Zeron zog eine kleine Gruppe zum Verteilungsplatz. Sie kam aber nur langsam voran, da sie an einer klobigen Kiste schwer zu tragen hatte. Etwa einhundert Meter vor dem Einlassposten, scherte eine Frau aus dem Trupp aus und eilte zum Straßenrand. Dort hatten die Söldner einen ganzen Haufen roter Stofffetzen abgelegt, von denen sie einen aufnahm und in die Höhe hielt.

Zeron blieb sofort stehen. Mit dem Tuch gab die Frau den Gesichtslosen zu verstehen, dass die Gruppe Waffen mit sich führte und diese abgeben wollte. Die Wachposten traten sofort einen Schritt vor und winkten den Trupp mit ihren Gewehren zu Seite. Dort standen zwei Panzerwagen, vor denen drei Söldner blitzschnell niederknieten und ihre Maschinenpistolen in Anschlag brachten.

Geduldig wartete Zeron, bis sich die Gruppe auf die andere Straßenseite begeben hatte, wo man ihnen die Kiste mit den Waffen sofort abnahm. Für Gewehre, Pistolen und Munition zahlte der Moloch einen guten Preis. Wer eine Panzerbüchse oder eine Handgranate abgab, wurde zumeist mit ARAS und Konserven belohnt. Dennoch war kaum jemand bereit, erbeutete Waffen abzugeben. Eine Dose mit Gemüse vertrieb zwar für einige Stunden den Hunger, doch einen Angreifer konnte man damit nicht in die Flucht schlagen.

Zeron setzte seinen Weg fort und bedauerte, noch nie eine Feuerwaffe gefunden zu haben. Sie hätte ihm die Türen zu den Bewerbungsräumen des Molochs mit Sicherheit weit geöffnet.

Der Durchlass bestand aus einem Gerüst, über das die Gesichtslosen eine Zeltplane gelegt hatten, die sich dank ihrer Tarnfarben von den Ruinen kaum unterschied. Darunter standen neben den Wachen, noch zwei weitere Söldner, die an einem langen Tisch drei Männer gründlich untersuchten.

»Hören bedeutet gehorchen!«, rief ihn der erste Wachposten an und Zeron hielt es für angeraten, sofort stehen zu bleiben. »Waffen? Drogen? Sprengstoff?«

»Nein.«

»Passieren!«

Zeron ging weiter und trat an den Tisch heran, wo ihn die beiden anderen Söldner erwarteten. Die drei anderen Männer durften unterdessen den Platz betreten.

»Zur Chipkontrolle!« Die Stimme des Gesichtslosen wurde durch die Sprechmembran entstellt und klang dumpf und seelenlos.

Ohne zu zögern, trat Zeron an einen Pfahl und wandte ihm die rechte Seite seines Kopfes zu.

Mit einem leisen Surren suchte der Scanner nach dem Chip, den der Moloch allen Neugeborenen ins Ohrläppchen injizierte.

»Zeron«, meldete sich eine weibliche Stimme, die seltsam mechanisch klang. »Koloniebewohner – Ruinenstadt C4B2 – ein Eintrag: Kategorie D.«

Zeron erschauerte. Dass der Moloch über ihn eine Notiz angefertigt hatte, war neu und ein schlechtes Zeichen.

»Weitergehen!« Für den Söldner schien der Eintrag kein Grund zu sein, ihn abzuweisen.

Verwirrt nahm Zeron seinen Leinensack auf und ging bis zum nächsten Wachposten, der ihn bereits erwartete.

»Den Beutel ausschütten und die Stiefel ausziehen.« In den Schutzanzügen konnte man die Söldner genauso wenig auseinanderhalten, wie die kleinen Tierchen, die von den Madern gezüchtet wurden.

Zeron kannte das Vorgehen der Wachen, kippte den Inhalt des Leinensacks auf die Tischplatte und streifte sich die Schuhe ab. Der Gesichtslose griff sofort zu, drehte die Stiefel um und schüttelte sie kräftig. Da außer Schmutz nichts herausfiel, ließ er sie achtlos fallen und wandte sich wieder Zeron zu.

»Umdrehen, Arme hoch und die Beine auseinander.«

Widerspruchslos kam Zeron dem Befehl nach und legte die Hände in den Nacken. Da er genau wusste, welche Prozedur folgen würde, spreizte er die Beine nur ein kleines Stück.

Wie er erwartet hatte, trat ihm der Söldner so kräftig gegen die Innenseite des linken Fußes, dass sich die Bänder in der Leistengegend schmerzhaft dehnten.

»Stillhalten!«, raunzte ihn der Gesichtslose an.

Mit einem leisen Knurren gab Zeron zu verstehen, dass er den Befehl verstanden hatte. Durch die nun weit gespreizten Beine war es ihm ohnehin unmöglich, den

Söldner mit einem schnellen Angriff zu überraschen. Während ihn der Gesichtslose abzutasten begann, durchsuchte der zweite Wachposten die auf dem Tisch liegende Beute nach verdächtiger Ware. Wer Drogen mitbrachte oder Waffenteile nicht rechtzeitig angezeigt hatte, wurde zumeist sofort verhaftet.

»Nichts«, stellte der Mann fest. »Einräumen!«

Da die Leibesvisitation beendet war, hielt Zeron den Beutel auf und schob seine Beute mit dem Unterarm über den Rand des Tisches, so dass sie in den groben Leinensack fiel.

»Weitergehen!«, erhielt er endlich die Erlaubnis, den Platz zu betreten.

Mit einem kräftigen Schwung warf er sich den Beutel über die Schulter und verließ den Kontrollposten. Erst als er genügend Abstand zwischen sich und die Söldner gebracht hatte, blieb er stehen und sah sich um. Es gab sieben Zugänge, die allesamt von den Gesichtslosen bewacht wurden. Da die unter dem Platz verlaufende Kanalisation bereits vor Jahren gesprengt worden war und die Söldner die angrenzenden Ruinen abriegelten, konnte sich niemand den Einlasskontrollen entziehen. Der Moloch tat alles, um an diesem Tag die Kontrolle über die Stadt zu behalten. Zwischenfälle waren nicht vorgesehen und kam es zu einem Regelverstoß, wurde dieser umgehend geahndet.

Das Gewimmel auf dem Platz erinnerte Zeron an das Durcheinander aufgeschreckter Kellerasseln. In der Luft lag ein gleichbleibendes Gemurmel, welches nur durch die Ordnungsrufe der Söldner und die Durchsagen unterbrochen wurde, die in regelmäßigen Abständen aus den Lautsprechern der Panzerwagen dröhnten. Im Norden hatten sich vor einer der aufgebauten Hallen lange Warteschlangen gebildet. Der Zugang zu den Verteilungsständen wurde von Söldnern bewacht, die jeden anbrüllten, der ihre Anweisungen missachtete.

Im Zentrum des Platzes hatten fünf Panzerwagen eine sternförmige Aufstellung eingenommen. Mit ihren Geschütztürmen und den gefürchteten schweren Maschinengewehren beherrschten sie das gesamte Areal.

Am Himmel zogen unterdessen die Hornissen ihre Kreise. Sollte sich auch nur das geringste Anzeichen von Gefahr zeigen, würden sie mit ihren Lenkraketen und Tränengasgranaten ganze Straßenzüge unter Beschuss nehmen.

Zeron spitzte die Lippen. Ihn interessierte weder die ARAS-Verteilung noch die Tauschhalle. Sein Ziel war ein kleiner, mobiler Gebäudekomplex, den die Söldner am südlichen Rand des Platzes aufgebaut hatten.

Sorgfältig versicherte er sich nach allen Seiten, von niemandem beobachtet zu werden. Es gab keinen anderen Weg. Er musste sich dem Moloch anschließen, wenn er sein Leben retten und dem Verursacher der Gelbpest auf die Spur kommen wollte. Dennoch schämte er sich für seine Entscheidung und er hätte nichts dagegen gehabt, in diesem Augenblick auf die Größe einer Maus zu schrumpfen.

Der Hass auf den Moloch hatte auch in ihm tiefe Spuren hinterlassen. Er war in der Ruinenstadt aufgewachsen und trotz aller Erschwernisse ließ die Vorstellung, sie an diesem Tag für immer zu verlassen einen seltsamen Druck in seinem Hals aufsteigen. Hier hatte er um sein Leben gekämpft, Erfolge gefeiert und unzählige Enttäuschungen hinnehmen müssen. Hier lebten seine wenigen Freunde und hier hatte er am Vortag seine Gefährtin beerdigt. Das alles war er im Begriff hinter sich zu lassen, endgültig und unwiderruflich.

Wehmütig blickte Zeron auf die Ruinen. Die Erinnerungen schmerzten, auch wenn das Leben oftmals schwer und kaum erträglich gewesen war. Die Stadt, die er, wie die meisten ihrer Bewohner, so sehr hasste, war dennoch seine Heimat, und diese zu verlassen, war keine leichte Entscheidung.

Doch seit er den Verdacht hegte, dass die seltsamen ARAS der Auslöser für die Gelbpest waren, wusste er, dass die Ruinenstadt keine Zukunft besaß. Sie war nicht bloß ausgelaugt und bereits seit Ewigkeiten dem Verfall preisgegeben, sie war tot, so tot, wie man einfach nur sein konnte.

Der Moloch war ein noch entsetzlicherer Feind, als er bisher angenommen hatte. Hinterhältig, still und leise hatte er beschlossen, die Bewohner der Stadt auszulöschen. Einfach so und wahrscheinlich nur, um die Spenden und das ARAS zu sparen und – weil er es konnte, weil er die dafür notwendige Macht besaß. Am schlimmsten war aber, dass es niemanden gab, der den Moloch in seinem Treiben aufhalten konnte. Mit ihren modernen Waffen, den Raketen und Kanonen, den Panzerwagen und Hornissen waren die Söldner schlichtweg unbesiegbar. Was auch immer der Moloch beschloss, er konnte es durchsetzen und er musste sich dafür nicht einmal rechtfertigen.

Sie alle, egal ob Händler, Bander oder Jäger, waren dem Willen des Molochs hilflos ausgeliefert und auch gegen die Gelbpest würden sie nichts ausrichten können.

Zeron hasste den Moloch. Doch wenn er überleben wollte, musste er den einen, bisher undenkbaren Schritt wagen und dem Ungeheuer in die Augen sehen.

9. *Kapitel*

Mit einem verächtlichen Schnauben setzte sich Zeron in Richtung des südlich gelegenen Komplexes in Bewegung. Vor dem flachen Faltgebäude hatten die Söldner ein Zelt errichtet, das sich mit seiner aschgrauen Farbe kaum von den Ruinen der Stadt abhob. Bis auf die vier Gesichtslosen, die vor dem Eingang standen und sich offensichtlich langweilten, konnte Zeron niemanden entdecken. Trotz seiner Spenden war der Moloch so verhasst, dass kaum jemand bereit war, sich von ihm anwerben zu lassen.

»Halt!« Einer der Söldner hatte ihn bemerkt und ein metallisches Knacken verriet, dass er seine Maschinenpistole entsicherte. »Die ARAS-Verteilung ist auf der anderen Seite des Platzes.« Der Gesichtslose deutete mit dem Lauf seiner Waffe nach Norden.

»Ich bin wegen der Bewerbung gekommen.« Verunsichert blieb Zeron stehen. Erst jetzt kam ihm in den Sinn, dass der Moloch die Aufnahme von Koloniebewohnern gestoppt haben könnte. Wer die Stadt entvölkern wollte, hatte für deren Einwohner vermutlich auch keine Verwendung mehr.

»Oho, ein Neuling!« Der Gesichtslose senkte den Lauf der MPi, bis dieser auf den Boden wies.

Obwohl die Gesichter der Söldner hinter dem Helm unsichtbar blieben, konnte sich Zeron nicht des Eindrucks erwehren, dass sie ihn mit spöttischen Blicken musterten.

»Bist du dafür nicht ein bisschen zu mickrig geraten?« Das hämische Lachen des Gesichtslosen wurde durch die Sprechmembran zusätzlich verzerrt. »Aber meinetwegen.« Der Söldner trat zur Seite und wies auf das Zelt. Erst jetzt fiel Zeron der grüne Streifen auf, der den Mann als Beta auswies. »Dort hinein, Muti. Mal sehen, was du mitgebracht hast. Falls du uns nur Plunder andrehen möchtest, werden wir dir so heftig in den Arsch treten, dass du dir dein ARAS im Vorbeiflug abholen kannst.«

Zeron überhörte die Drohung und setzte sich in Bewegung. In dem Zelt empfing ihn ein düsteres Zwielicht. Die Größe des Innenraums überraschte Zeron so sehr, dass er wie angewurzelt stehen blieb und sich erst einmal zu orientieren versuchte.

»Hierher, wenn du dich bewerben willst.« Auf der dem Eingang gegenüberliegenden Seite befand sich ein etwa zehn Meter langer Klapptisch, von dem aus ihm ein Mann zuwinkte.

Hinter dem Tisch stand ein riesiges Regal, in dem sich bereits einige Beutestücke befanden. Zufrieden registrierte Zeron, dass schon vor ihm jemand gekommen sein musste, um sich dem Moloch anzuschließen. Es tat immer gut, nicht der Einzige zu sein, besonders, wenn man sich entschlossen hatte, einen Weg zu gehen, von dessen Richtigkeit man nicht unbedingt überzeugt war.

»Du willst dich also registrieren lassen?« Der Mann hinter dem Tisch gehörte nicht zu den Söldnern. Statt eines Helms trug er eine dünne bläulich schimmernde Haube. Sie besaß einen schmalen, durchsichtigen Sehschlitz. Zeron hatte das Gefühl, von einer unsichtbaren Hand festgehalten zu werden und blieb vor dem Mann stehen. Es war das erste Mal, dass er die Augen eines Molochianers sehen konnte. Obwohl er es schon immer gewusst hatte, machte ihn die Gewissheit sprachlos, dass im Moloch tatsächlich Menschen lebten.

»Was ist? Willst du hier Wurzeln schlagen?« Der Mann erhob sich und deutete auf den Tisch. »Du wirst nur zu einem Bewerbungsgespräch vorgelassen, wenn du dafür bezahlen kannst. Was hast du mitgebracht?«

Zeron erwachte aus seinen Betrachtungen und legte den Leinensack auf den Tisch. Noch immer vermochte er kein Wort herauszubringen.

»Dann wollen wir mal sehen, welche Schätze du zu bieten hast.« Der Mann griff nach dem Beutel, wobei Zeron auffiel, dass er grobe Handschuhe trug. Sie bestanden aus dem strahlungsabweisenden Material, aus dem auch die Schutzanzüge der Gesichtslosen gefertigt wurden.

Der Mann wühlte sich durch die Beutestücke und Zeron nutzte die Gelegenheit, um sich umzusehen. Doch außer zwei Söldnern, die es sich unweit des Eingangs auf Klappstühlen bequem gemacht hatten, gab es nichts zu entdecken. Die Gesichtslosen schienen schon fast einzuschlafen und hatten es bei seinem Erscheinen nicht für notwendig erachtet, nach den Gewehren zu greifen, die zwischen ihren Knien standen.

»Also wenn du mich fragst, sieht das eher ziemlich schlecht aus. Da schleppen andere die dreifache Menge an und haben dennoch keine Chance vorgelassen zu werden.«

»Tut mir leid.« Zeron hatte das Gefühl, sich für die dürftige Beute rechtfertigen zu müssen. »Aber ich bin heute früh ausgeraubt worden. Die besten Stücke habe ich dadurch verloren.«

»Das ist nicht unser Problem«, murmelte der Mann und schob einen Teil der Beute zur Seite. »Wir geben nur Leuten eine Chance, die uns beweisen können, dass sie stark, gesund und erfolgreich sind. Wer sich ausrauben lässt, ist wohl kaum die Verstärkung, nach der wir suchen. Aber vielleicht hast du am Einlass eine Pistole oder eine andere Feuerwaffe abgegeben. Kannst du mir eine entsprechende Bescheinigung zeigen?«

»Eine Waffe habe ich leider nicht gefunden.«

»Das ist nicht gut, eher grottenschlecht, um ehrlich zu sein. Auch hier sehe ich nur Plunder, Müll und Schrott. Moment, was ist das?« Der Mann nahm ein kleines Teil in die Hand und betrachtete es von allen Seiten. »Ein Gamma-Neutronen-Dosimeter der Marke RDC II D. Alte Kriegstechnik, ist heute aber wertloser Retromüll.« Achtlos legte der Mann das Gerät wieder auf den Tisch. »Das hier ist schon interessanter, eine kleine Rolle Kupferdraht. Wir suchen zwar Kupfer, doch diese Menge ist kaum der Rede wert.« Der Draht landete neben dem Dosimeter. »Ein alter elektrischer Gartopf, versifft, defekt und minderwertig.« Mit flinken Fingern begann der Mann die Beutestücke zu sortieren, wobei der Haufen mit den wertlosen Fundstücken unaufhörlich anwuchs.

Mit zusammengepressten Lippen verfolgte Zeron, wie seine Chancen stetig schrumpften.

»Was ist denn das?« Der Mann hatte das Metallstück aus dem Neutralen Gürtel entdeckt und hielt es vor den Sehschlitz seiner Haube. »Neun, neun, neun. Weißt du, was das ist?«

»Ein Stück Metall.« Zeron hob die Schultern. »Zumindest fühlt es sich so an, auch wenn es kein Kupfer ist. Es glänzt und ich dachte, dass es etwas wert sein könnte.«

»Weil es schön funkelt, was?« Der Mann ließ die Hand sinken. »Ihr seid wirklich naiv, ihr Koloniebewohner. Das ist billiger Tand, verstehst du? Da könntest du uns auch gleich säckeweise bunte Glasperlen anschleppen. Der Wert einer Sache steigt mit ihrem Nutzen und dieses Stück Blech ist für nichts zu gebrauchen.«

Mit einem enttäuschten Seufzen richtete Zeron seinen Blick auf die verbliebenen Beutestücke, während der Mann das Metallstück in der Tasche seines Kittels verschwinden ließ.

»Du bist ein Müllsammler, mein Freund und kein Beutejäger. Nimm dir ein Beispiel an den Suchern. Die wissen ganz genau, wo sie einen Schatz finden können. Deshalb erfüllen wir auch viele ihrer Wünsche. Der Unterschied zu dir besteht darin, dass sie uns nicht bloß die Zeit stehlen, indem sie irgendwelchen Abfall anschleppen.«

»Das Metallstück habe ich aber einem Sucher vor der Nase weggeschnappt«, merkte Zeron wütend an. Er beherrschte sich nur, weil er die beiden Söldner hinter sich wusste.

»Das war bestimmt ein Anfänger, wenn er nach diesem Kram gesucht hat. Aber was sehe ich da? Ein

Auswertegerät RDC III N mit Netzteil. Passt zu dem Dosimeter, das du mitgebracht hast. Damit wird es wenigstens für Nostalgiker interessant. Dennoch bleibt es belangloser Kram und das Fernglas ändert daran auch nichts. Hast du nicht gesehen, dass die Gläser fehlen? Warum zum Teufel schleppt ihr dieses Gerümpel an? Hier, ein halbes Notebook. Die Tastatur ist zum Teil herausgefallen und obendrein ist der Monitor defekt. Oder sieh dir diesen Kram an. Ein vorsintflutlicher Rauchmelder. Wo hast du den bloß her? Damit kann heutzutage kein Techniker etwas anfangen. Das trifft übrigens auch auf die Schachtel mit den verbogenen Nägeln und Schrauben zu. Bei denen zählt allenfalls der Materialwert.« Der Mann war ungewöhnlich gesprächig geworden. »Zuletzt haben wir noch einen Handbohrer mit einem beschädigten Zahnrad und einen völlig verkalkten Eierkocher. Ja, mein Freund …« Der Molochianer sah auf die Beutestücke, hob die Hände und ließ sie nach einigen Augenblicken wieder sinken. »Beim besten Willen, du hast uns zwar eine Menge Kleinzeug angeschleppt, aber diese Mühe hättest du dir sparen können. Versteh das nicht falsch, auch ich habe Vorschriften zu beachten und darf keine Ausnahmen machen. Die Richtlinien für die Bewerbung sind eindeutig und ich muss dich fortschicken.«

Zeron atmete tief durch. Die Reise, von der er gehofft hatte, dass sie ihn aus der Ruinenstadt führen würde, war beendet, noch bevor er sie überhaupt antreten konnte. »Dann nehme ich aber mein Zeug wieder mit«, würgte er mühsam hervor.

»Das wollte ich gerade vorschlagen.« Mit erhobenen Händen trat der Mann einen Schritt zurück. »Ich bin schließlich nicht hier, um für euch den Müllmann zu spielen.«

In Gedanken verloren griff Zeron nach dem leeren Leinensack und schaffte es nur mit Mühe, seinen Unmut zu unterdrücken. Die Zurückweisung traf ihn wie ein Keulenschlag, bedeutete sie doch, dass der schlimmste aller denkbaren Fälle eingetreten war. Da sich jeder Koloniebewohner nur einmal um Aufnahme in den Moloch bewerben durfte, war er mit der Ablehnung zugleich verurteilt worden, sein ganzes Leben in der Ruinenstadt zu verbringen.

»Dann bekomme ich aber auch das schimmernde Metallstück zurück.« Zeron hatte den Eindruck, dass seine Stimme ungewöhnlich hell klang.

»Moment, nicht so laut.« Der Molochianer hob die Hände und sah verstohlen zu den Söldnern, die immer noch auf den Stühlen saßen und sich leise unterhielten. »Vielleicht kann ich doch eine Ausnahme machen«, raunte der Mann und beugte sich ihm entgegen. »Das darf aber niemand erfahren und ich muss mich auf deine Verschwiegenheit verlassen können. Du scheinst, ein ganz netter Bursche zu sein und es tut mir leid, wenn ich Leute wie dich wegschicken muss. Ich würde dir also gern helfen.« Erneut sah der Mann zu den Söldnern, die ihnen aber keine Beachtung schenkten. »Vorhin war jemand da, der hat so viel brauchbare Sachen angeschleppt, dass es für die

Bewerbung von vier oder fünf Leuten gereicht hätte. Pass auf, ich nehme eines der Stücke von seinem Haufen und lege es zu deinem Zeug.« Der Mann eilte zu dem Regal, nahm ein kleines Gerät heraus und legte es zu Zerons Beute. »Siehst du? Das ist ein Richtaufsatz für Mörser, wie sie im großen Krieg benutzt wurden. Er ist noch völlig intakt und sollte jemand fragen, hast du dich mit diesem Gerät für die Bewerbung eingekauft. Merk dir, mit einem Objektiv für Granatwerfer. Verstanden?«

Zeron verschlug es vor Überraschung die Sprache. Dass ihm jemand helfen wollte, der aus dem Moloch kam, war geradezu unglaublich.

»Was ist? Nimmst du das Angebot an?« Der Mann verfiel in einen ungeduldigen Tonfall.

»Ja, natürlich«, stammelte Zeron, der sein Glück kaum fassen konnte.

»Hey ihr da!« Der Mann sah zu den Gesichtslosen, die ihre Unterhaltung sofort einstellten. »Er muss zur Aufnahmeprüfung gebracht werden.«

»Du bist dran.« Der Söldner, der dem Eingang am nächsten saß, zeigte auf seinen Kumpan, der sich daraufhin mit einem Murren erhob und zum Tisch kam.

»Du machst, was ich dir sage, und kommst mir nicht näher als drei Schritte.« Der Gesichtslose klang so schlecht gelaunt, wie jemand, dem man gerade, die letzte ARAS gestohlen hatte. »Außerdem zeigst du mir immer schön deine Hände. Ansonsten hacke ich sie dir ab, kapiert?«

Der Mann bedeutete Zeron, an dem Tisch vorbei in Richtung des Hinterausgangs zu gehen. »Denke bloß nicht, dass du schon zu uns gehörst. Du hast noch einen weiten Weg vor dir. Die Prüfungen bestehen nur die wenigsten und auf mich wirkst du eher wie jemand, der sich ziemlich schnell wieder verkrümeln darf.«

Der Söldner brachte ihn zu dem mobilen Komplex, der hinter dem Zelt aufgebaut worden war.

»Dein Chip.« Der Gesichtslose deutete auf den Pfahl, der sich neben der klinkenlosen Eingangstür befand.

Schweigend blieb Zeron vor dem Scanner stehen und wartete geduldig, bis sich die Stimme des Geräts meldete. »Zeron – Koloniebewohner – Ruinenstadt C4B2 – Ein Eintrag: Kategorie D – Bisherige Bewerbungen: Null.«

Ein leises Surren erklang und die Tür sprang auf.

»Glück gehabt«, brummte der Söldner. »Du kannst jetzt in den Warteraum gehen. Dort nimmst du Platz und befolgst die Anweisungen. Falls nicht, bist du schneller wieder draußen, als du bis eins zählen kannst.«

Zeron betrat den Komplex und gelangte in einen Raum, in dem fünf Stühle nebeneinanderstanden. In der hintersten Ecke der schlauchförmigen Kammer hatte sich ein Junge an die Wand gelehnt und betrachtete ihn neugierig. Er mochte etwa dreizehn Jahre alt sein und trug Kleidung, die offenbar nur noch durch eine schmutzige Kruste zusammengehalten wurde.

Rechter Hand befand sich eine weitere Tür. Über dem Rahmen hing ein Lautsprecher, der denen glich, die auf dem Platz verwendet wurden, nur dass er viel kleiner war. Die Wände bestanden aus weiß glänzendem Plastik und reflektierten das helle Licht der Deckenleuchte.

»Koloniebewohner!«, ließ eine Frauenstimme Zeron zusammenfahren. »Willkommen im Rekrutierungszentrum von Radiupolis, dem letzten Außenposten der Zivilisation. Du sehnst dich nach einem Leben in Wohlstand und Sicherheit? Im Tausch gegen deine Arbeitskraft kann dir Radiupolis alle Wünsche erfüllen. Ein gemütliches Heim, ausreichend Nahrung und Kleidung, eine umfassende Gesundheitsvorsorge und qualitativ hochwertiges Antiradiumstrahlungsmittel. Ordne dich ein, folge den Anweisungen, halte Disziplin und arbeite hart. Werde Teil unserer modernen Welt.

Sobald dein Name aufgerufen wird, darfst du die nächste Tür passieren.

Bedenke, hören bedeutet gehorchen.«

Ein leises Knistern verkündete, dass der Lautsprecher ausgeschaltet wurde.

»Die Durchsage spielen die jedes Mal ab, wenn jemand reinkommt.« Der Junge gab seine lässige Haltung auf und stieß sich von der Wand ab.

Zeron zuckte mit den Schultern. Die andauernde Beschallung kannte er bereits vom Verteilungsplatz.

»Fasse dich in Geduld. Ich warte schon eine halbe Ewigkeit auf meinen Aufruf.«

»Kein Problem«, entgegnete Zeron eintönig.

»Ich heiße Uruf und du?« Der Junge streckte ihm die Hand entgegen und schien froh darüber zu sein, nicht mehr allein warten zu müssen.

»Benzo.« Zeron sah keinen Grund, dem geschwätzigen Jungen, seinen richtigen Namen zu nennen.

»Du willst also auch aus diesem Drecksloch raus? Ich sage dir, alles ist besser als die verfluchte Ruinenstadt. Sogar der Moloch.«

»Das sehe ich ähnlich.«

»Kennst du die Pulas-Bande?« Der Junge hob die Augenbrauen. »Die verfolgen mich schon seit zwei Monaten. Haben aber umsonst nach mir gesucht, die Dummköpfe. Ich bin klein und kenne viele Schlupfwinkel.«

»Du hast dich mit der Pulas-Bande angelegt?«

»Nein. Ja. Nein, eigentlich nicht. Ich bin damals einem Mädchen gefolgt, das mich in eine Falle gelockt hat. Die Schlampe hatte sich mit ein paar Kerlen zusammengetan, die nach meinen Beutestöcken fragten. Da ich nichts sagen wollte, haben sie mir mit einer Fackel den ganzen Rücken verbrannt. Dann sind sie abgehauen und als ich mich endlich befreien konnte, hatte sich mein Besitz in Luft aufgelöst. Nur ein einziger Beutestock ist mir noch geblieben. Stell dir vor, einer von sieben.« Der Junge schüttelte den Kopf. »Vor einigen Wochen traf ich dann in einem Trinkkeller auf einen der Kerle, die mich überfallen hatten. Ich habe nur einen Versuch gebraucht, falls du verstehst, was ich meine. Jedenfalls wird der niemanden mehr mit einer Fackel quälen. Dummerweise gehörte er aber zur Pulas-Bande. Seitdem bin ich auf der Flucht und kann froh sein, nicht schon längst bei den Madern zu liegen.«

»An deiner Stelle wäre ich im Asylum untergetaucht«, merkte Zeron an.

»Das habe ich gemacht, aber ewig kann man sich dort auch nicht verstecken. Soweit ich gehört habe, suchen schon zwei Todbringer nach mir. Du weißt, die betäuben ihre Opfer, schleppen sie aus dem Asylum und dann … In der letzten Nacht bin ich abgehauen und habe den mir verbliebenen Beutestock leergeräumt. Zum Glück hatte ich dort eine alte Handgranate gelagert und das hat gereicht, um mich beim Moloch bewerben zu können. Was soll ich auch anderes machen? Wer weiß, vielleicht gelingt es mir heute, den Bandern für immer zu entkommen. Schlimmer als in der Stadt kann es im Moloch jedenfalls auch nicht sein. Zumindest lande ich dort nicht bei den Madern.«

»Einen Bander umzulegen, ist nicht besonders klug.« Zeron wusste, wovon er sprach. Seit er geholfen hatte, die Freie Zone zu verteidigen, musste auch er auf der Hut sein.

»Ich habe gehört, dass der Moloch Leute sucht, die auf einer Farm arbeiten wollen oder irgendwelches Zeugs rumschleppen. Das wird zwar nicht einfach, aber für genügend ARAS würde ich sogar den ganzen Tag Leichen verscharren. Außerdem sollen die Menschen im Moloch in unterirdischen Bunkern wohnen. Stell dir vor, dort gibt es keine Strahlung und die Leute werden uralt. Manche sogar fünfzig Jahre, heißt es.«

Zeron kannte die Geschichten, die über den Moloch die Runde machten, fand sie aber nicht besonders glaubwürdig. Warum es unter der Erde keine Strahlung geben sollte, hatte ihm noch nicht einmal Bomokhi erklären können.

Immerhin hieß es, dass die Leute, die im Moloch lebten, auch ARAS erhielten. Zeron schlussfolgerte daraus, dass die Strahlung nicht nur in den Kolonien wütete.

Genaues wusste über den Moloch allerdings niemand zu berichten. Aber im gewissen Sinn hatte der Junge schon recht. Schlimmer als in der Ruinenstadt konnte es auch dort nicht sein.

Nachdenklich wiegte Zeron den Kopf. Mit etwas Glück würde er schon bald selbst sehen können, wie es sich im Moloch lebte.

Genau genommen waren ihm die Gerüchte völlig egal. Er konnte sich anwerben lassen oder in der Stadt an der Gelbpest zugrunde gehen. Für ihn gab es nur noch ein Ziel, das wirklich zählte. Er musste herausfinden, was es mit den vergifteten ARAS auf sich hatte und wer die Schuld an Jelandas Tod trug.

»Achtung! Achtung!«, kreischte die Lautsprecherstimme. »Der Koloniebewohner Uruf wird in den nächsten Raum gerufen.«

Die Tür an der rechten Seite sprang mit einem widerlichen Krächzen auf.

»Bis später.« Der Junge winkte ihm zum Abschied zu und grinste, als ginge es darum, sich eine dicke Extraportion ARAS abzuholen. »Wir sehen uns dann im Moloch.«

Zeron nickte ihm zum Abschied zu und war froh, als der Junge endlich durch die Tür trat und verschwand.

10. Kapitel

Es war ein seltsames Gefühl, das Zeron plötzlich beschlich. Er war allein und hatte keine Ahnung, was ihn in den nächsten Stunden erwarten würde.

Eigentlich hatte er allen Grund, zufrieden zu sein. Obwohl ihm Kalo die besten Beutestücke abgenommen hatte, war es ihm gelungen, die erste Hürde zu nehmen. Die Prüfung würde er auch noch überstehen und dann würde sich schon finden, wie es weiterging.

Der Moloch sollte riesig sein, etwa hundertmal so groß wie die Ruinenstadt. Irgendeine Verwendung würde man dort schon für ihn haben. Er war zwar kein Kraftpaket, besaß aber gute Augen und er verfügte über eine große Ausdauer. Bisher hatte er sich in kniffligen Situationen immer auf seinen Verstand verlassen können und das würde ihm sicher auch im Moloch helfen.

Zeron glaubte nicht an eine höhere Macht, doch dass ihm der Mann im Zelt geholfen hatte, war ein ausgesprochen gutes Zeichen. Das Glück hatte sich ihm wieder zugewandt und das würde er brauchen, wenn er Jelandas Mörder finden wollte.

In Gedanken versunken beugte er sich nach vorn und stützte die Ellbogen auf die Oberschenkel. Jedes Leben war einmalig, seines genau wie das von Jelanda oder von Ronok. Doch was war ein Leben eigentlich wert? Für die

Todbringer viele ARAS, denn sie ließen sich für ihre Dienste gut bezahlen. Wer aber hatte das Recht, den Preis für ein Menschenleben festzulegen?

Der Moloch glaubte offenbar, über Leben und Tod entscheiden zu dürfen. Ähnlich verhielten sich die Banden und die Jäger in der Freien Zone. Dennoch gab es da einen gewaltigen Unterschied, denn der Moloch schwang sich zum Richter und Henker aller auf, die in den Kolonien lebten.

Trotzdem war sich Zeron sicher, dass sein Entschluss, die Stadt zu verlassen, richtig war. Schon allein, weil er noch eine Aufgabe zu erledigen hatte und vielleicht würde es ihm sogar gelingen, das Sterben in der Ruinenstadt aufzuhalten.

Er hatte oft um sein Revier und damit auch um sein Leben kämpfen müssen und sich jedem gestellt, der es gewagt hatte, ihn herauszufordern. Doch mit der Gelbpest war ein Gegner aufgetaucht, der sich nicht in eine Falle locken ließ und den man weder mit einem Messer noch mit einem wohlplatzierten Schuss aus dem Blasrohr außer Gefecht setzen konnte.

Das Schlachtfeld hatte sich gewandelt, und wenn sich ein Feind in der Ferne versteckte, galt es, ihm möglichst nahezukommen. Nur dann würde er die Chance erhalten, demjenigen gegenüber zu treten, der sein Leben zerstört hatte.

Zeron gab sich keiner Illusion hin. Die Arbeit im Moloch würde ihm vermutlich alles abverlangen. Angeblich mussten die ehemaligen Koloniebewohner auf Farmen schuften, in denen Tiere gezüchtet wurden, die in den Kolonien längst ausgestorben waren. Außerdem hieß es, dass man dort fleischfressende Pflanzen anbaute, die den Moloch wie eine Hecke umgaben und einen unüberwindlichen Schutzwall bildeten. High Noon war sogar der Meinung, dass der Moloch nur deshalb Leute anwarb, damit die Monsterpflanzen nicht verhungerten. Doch diese Geschichte hielt Zeron für unwahrscheinlich. Niemand machte sich die Mühe die Bewerber ausgiebig zu prüfen, wenn man sie letztendlich nur verfüttern wollte.

Nein, der Moloch war hungrig, er gierte nach Leuten, die für ihn arbeiteten und damit …

»Achtung! Achtung!«, ertönte es aus dem Lautsprecher. »Der Koloniebewohner Zeron wird in den nächsten Raum gerufen.«

Er hatte keine Ahnung, wie lange er vor sich hin gegrübelt hatte. Die Tür, durch die bereits Uruf gegangen war, stand wieder einen Spaltbreit offen. Zeron erhob sich. Fast im selben Augenblick betrat eine Frau den Raum und strich sich das zerzauste Haar aus dem Gesicht.

»Koloniebewohner!«, begann der Lautsprecher die Begrüßungsrede zu wiederholen. »Willkommen im Rekrutierungszentrum von Radiupolis, dem letzten Außenposten der Zivilisation.«

Zeron legte keinen Wert darauf, eine weitere Bekanntschaft zu schließen, und trat durch die Tür, die sich für ihn geöffnet hatte.

Der nächste Raum war schmal und hell erleuchtet und außer einem Lattenrost, der auf dem Boden lag und einer Bank, auf der eine Kiste aus rotem Plastik stand, war die Kammer leer. In ihrer Mitte, unweit der Deckenleuchte, befand sich ein Trichter, und nur wenige Schritte weiter ragten zwei löchrige Säulen aus dem Boden.

»Koloniebewohner.« Wieder ertönte die weibliche Stimme aus dem Lautsprecher. »Bevor die Befragung beginnt, wirst du dekontaminiert, gesäubert und desinfiziert. Leg die Kleidung ab und stell dich unter die Dusche. Folge anschließend den weiteren Anweisungen.«

Zeron ging bis zu der Plastikkiste, in der lediglich ein weißes Tuch lag. Dass er sich entkleiden sollte, verunsicherte ihn. Dennoch streifte er die Stiefel ab und stellte sie vor die Bank.

»Koloniebewohner!«, erklang die Stimme der Frau erneut. »Du bist zur Eile verpflichtet. Bei Verzögerungen wird die Anhörung vorzeitig beendet. Bedenke, hören bedeutet gehorchen.«

Erschrocken zerrte sich Zeron die Kleider vom Leib und trat unter den Trichter. Im nächsten Augenblick stürzte ein Schwall Wasser auf ihn herab. Zugleich breitete sich in dem Raum ein beißender Gestank aus, der ihm die Tränen in die Augen trieb.

Kaum das der Trichter aufgehört hatte, Wasser auszuspucken, meldete sich die Frau wieder zu Wort. »Koloniebewohner, geh drei Schritte weiter und bleib dann stehen. Der Reinigungsprozess wird durch die Luftdusche abgeschlossen.«

Gehorsam folgte Zeron der Aufforderung und stellte sich zwischen die beiden Säulen. Hinter der Wand heulte ein Motor auf und kurz darauf schlug ihm ein heftiger Wind entgegen. Zeron hob die Arme und drehte sich so lange in dem Luftstrom, bis er keine Feuchtigkeit mehr spürte. Als der Luftzug versiegte, blieb er einige Sekunden stehen und ließ den Blick an sich hinabgleiten. In seinem ganzen Leben hatte er sich noch nie so sauber gefühlt. In der Ruinenstadt war an ein richtiges Bad nicht zu denken gewesen. Der Fluss galt als genauso verstrahlt, wie der kleine Teich neben dem ehemaligen Wasserturm.

»Koloniebewohner! Leg deine Kleidung und die Schuhe in die Kiste und zieh dir den zur Verfügung gestellten Umhang über.«

Zeron ging zurück, nahm das weiße Tuch aus der Plastikkiste und faltete es auseinander. Wie die Stimme gesagt hatte, handelte es sich um einen Umhang, in dessen Mitte sich ein Loch befand. Da er nicht wieder ermahnt werden wollte, zog er sich den dünnen Stoff über den Kopf, packte seine Stiefel und stopfte sie zusammen mit seiner Kleidung in die Kiste.

»Koloniebewohner! Du kannst deine persönlichen Sachen zurücklassen. Tritt jetzt durch die nächste Tür.«

Für einen Moment überkam Zeron ein Gefühl der Traurigkeit. Da lagen sie vor ihm, seine Kleider, abgewetzt und schmutzig, die erbärmlichen Reste des Lebens, das er in der Ruinenstadt verbracht hatte.

Nach einigen Sekunden riss er sich mit finsterer Entschlossenheit vom Anblick der Kiste los und steuerte auf die Tür zu, die sich am Ende der Kammer befand. Dahinter gelangte er in einen schmalen Flur, der von einer vor sich hin flackernden Lichtröhre erhellt wurde.

»Koloniebewohner«, meldete sich die Frauenstimme kaum, dass er den Gang betreten hatte. »Du musst einige Prüfungen bestehen, um in Radiupolis aufgenommen zu werden. Spute dich. Du wirst bereits erwartet.«

Etwas verunsichert ging Zeron weiter und blieb vor der Ersten von insgesamt sechs Türen stehen. An ihr hing ein Schild mit roter Aufschrift. Er zögerte einen Moment, drückte dann aber mit der Hand gegen die Tür, die sich daraufhin öffnete.

»Was soll das?«, fuhr ihn eine Frau an, die hinter einem Tisch saß. Sie trug die gleiche Art Haube wie der Mann, der die Beute begutachtet hatte. »Du musst das Schild beachten. Erst anklopfen und auf eine Antwort warten, dann eintreten.«

Zeron blieb wie angewurzelt stehen. »Ich kann nicht lesen und eine Frau hat mir gesagt, dass ich mich hier melden soll.«

Verunsichert trat er einen Schritt zurück und überlegte, ob es besser wäre, den Raum wieder zu verlassen.

»Bleib hier und nimm Platz.« Die Frau erhob sich und deutete auf einen Stuhl der vor dem Tisch stand.

»Du stehst unter Beobachtung!«

Erschrocken drehte sich Zeron um und gewahrte erst jetzt einen Söldner, der an der Wand lehnte und mit einem elektrischen Schlagstock auf ihn zeigte.

»Vergiss das nicht, Bursche.«

»Verstanden«, murmelte Zeron und hoffte, dass die Waffe nicht zum Einsatz kommen würde. Wer von dem Stock getroffen wurde, erhielt einen Stromschlag, der ihn für einige Zeit kampfunfähig machte.

»Du sollst dich setzen«, wiederholte die Frau ihre Forderung und kam um den Tisch herum.

Wie gewünscht nahm er Platz und fühlte sich in dem leichten Umhang fast nackt.

»Ich werde eine Manschette an deinem Arm befestigen.« Die Frau rollte einen kleinen fahrbaren Tisch neben seinen Stuhl, und griff nach einem ledernen Armband, das durch fünf dünne Kabel mit einem schwarzen Kasten verbunden war. »In der Manschette befinden sich einige Sensoren. Sie werden uns helfen, dich besser kennenzulernen.« Ohne in ihrem Redefluss innezuhalten legte sie ihm das Armband an und fixierte es mit einem Klettverschluss. »Keine Angst, es tut nicht weh. Wir werden uns bloß ein wenig unterhalten.«

Nachdem die Frau wieder auf ihrem Stuhl Platz genommen hatte, richtete sie ihren Blick auf einen Monitor.

»Die Sache ist eigentlich ganz einfach. Wir wollen gern wissen, wer du bist und was du für Fähigkeiten besitzt. Damit wir uns etwas besser kennenlernen, werde ich dir also einige Fragen stellen. Du bist verpflichtet, diese wahrheitsgemäß und vollständig zu beantworten. Belügst du uns, endet deine Bewerbung bereits in diesem Raum. Hast du dazu noch Fragen?«

»Nein«, würgte Zeron mühsam heraus und hoffte, dass die Befragung nicht allzu lange dauern würde.

»Gut, dann sollten wir beginnen.« Die Frau richtete ihren Blick auf den Monitor. »Du heißt Zeron?«

»Ja.«

»Männlich.«

Obwohl er nicht wusste, ob das Wort als Frage gemeint war, bejahte er die Anmerkung.

»Du wurdest in der Ruinenstadt geboren?«

Die Frau begann Zerons Lebenslauf abzufragen und erkundigte sich danach, was er die ganzen Jahre in der Stadt getrieben hatte.

Um lästigen Nachfragen auszuweichen bemühte sich Zeron um möglichst knappe und eindeutige Antworten. Zudem umgab er sich mit der Legende, ein Händler zu sein. Der Moloch musste nicht wissen, dass er ein Jäger war und sich nur deshalb bewarb, weil er erkannt hatte, dass die Stadt dem Untergang geweiht war.

»In welcher Region von C4B2 lebst du?« Die Frau starrte unentwegt auf den Monitor und Zeron hätte gern gewusst, was darauf zu sehen war.

»Im Asylum«, log er, ohne zu zögern. »Das befindet sich so ziemlich in der Mitte der Stadt.«

»Und dort bist du Tauschgeschäften nachgegangen?«

»Ja, ich bin durch die Stadt gestreift und habe nach billigem Zeug Ausschau gehalten. Im Asylum habe ich es dann mit Gewinn weiterverkauft.« Zeron hoffte, mit seiner Lügengeschichte nicht aufzufallen, und orientiere sich deshalb an dem, was er über High Noon wusste.

»Wie viele Menschen hast du bisher getötet?« Die Frau stellte die Frage in einem beiläufigen Tonfall und wirkte dabei fast gelangweilt.

»Niemanden«, entfuhr es ihm sofort.

»Du lügst und sogar ziemlich geschickt!«

Zeron fuhr erschrocken zusammen.

»Du lügst«, wiederholte die Frau und ihre Stimme nahm einen lauernden Tonfall an. »Es ist zwar kein Ausschlag zu sehen, aber wir wissen, dass deine Angaben unmöglich der Wahrheit entsprechen können. Letzte Nacht wurdest Du mit einem Blasrohr angetroffen, einer Waffe, die dazu gedacht ist, andere Menschen zu töten.«

Zeron musste mehrmals schlucken. Dass die Frau von seiner Begegnung mit den Söldnern wusste, hatte er nicht bedacht. »Damit jage ich Ratten«, versuchte er sich an einer Ausrede.

»Ratten?«

»Ja, von ARAS allein wird niemand satt.«

Die Frau zuckte zurück und hob ihre Hände. »Keine Einzelheiten bitte. An unappetitlichen Details bin ich nicht interessiert.

Fahren wir mit der nächsten Frage fort. Du möchtest die Stadt also verlassen. Wieso willst du dich uns anschließen?«

»Um ehrlich zu sein, weiß ich nicht viel über den Moloch.«

»Moloch?« Die Körperhaltung der Frau straffte sich kaum, dass Zeron ausgesprochen hatte. »Wer sich um das

Privileg einer Aufnahme bewirbt, sollte wissen, dass unsere Stadt Radiupolis heißt.«

»Natürlich«, versuchte Zeron möglichst einsichtig zu wirken. Die Frau hatte recht. Jeder in der Ruinenstadt kannte den richtigen Namen des Molochs, auch wenn ihn niemand benutzte. »Ich bin froh, dass es Radiupolis gibt. Immerhin hätten wir sonst kein ARAS.«

»Von den von dir unerwähnt gebliebenen lebensrettenden Spenden einmal ganz abgesehen«, merkte die Frau in einem schon abfälligen Tonfall an. »Dankbarkeit scheint in den Kolonien ein Fremdwort zu sein. Euer Überleben hängt einzig und allein von unseren Hilfslieferungen ab. Ohne diese würdet ihr von einer Hungersnot in die nächste stolpern und nackt herumlaufen.« Die Frau winkte mit beiden Händen ab. »Aber lassen wir das. Erzähl mir stattdessen, über welche besonderen Fähigkeiten du verfügst. Auf welche Weise könntest du dich deiner Meinung nach in unserem ›Moloch‹ nützlich machen?«

»Ich kann Fallen bauen.« Zeron war froh, das Thema wechseln zu können.

Die Frau neigte den Kopf zu Seite und warf ihm einen lauernden Blick zu. »Du hast also doch getötet.«

»Nein, mit den Fallen habe ich Tiere gefangen.«

»Stopp. Ich lege keinen Wert darauf, mir weitere Rattengeschichten anzuhören. Du bist also ein geschickter Fallensteller? Was noch?«

»Es fällt mir leicht, lange Strecken zu laufen und dabei schwere Lasten zu tragen. Ich bin zwar nicht so groß wie andere, aber dafür sehr ausdauernd und wäre bestimmt ein guter Bote. Außerdem habe ich Bäume angepflanzt. Am liebsten würde ich jedoch lernen, wie man einen dieser großen Transporter fährt.«

»Die schwere Technik ist den echten Bewohnern von Radiupolis vorbehalten. Koloniebewohner übernehmen die niederen Arbeiten. An Motivation scheint es dir aber nicht zu fehlen. Mit Fleiß, Loyalität und Gehorsam kannst du dich später für besser entlohnte Aufgaben empfehlen. Allerdings müsstest du dafür bereit sein, an den entsprechenden Weiterbildungsmaßnahmen teilzunehmen. In Radiupolis stehen dem Willigen viele Türen offen. Unsere Stadt ist durch die Tugenden ihrer Bewohner groß geworden: durch Stärke, harte Arbeit, Pflichtbewusstsein und Strenge. Wer dazugehören will, sollte diese Werte verinnerlichen und jeden Tag beherzigen. Die meisten Koloniebewohner scheitern aber schon an den einfachsten Anforderungen. Falls wir dein Begehren positiv bescheiden, wird die Zeit zeigen, ob du zu den Gewinnern oder Versagern gehören wirst.«

Die Frau erhob sich von ihrem Platz und nahm ihm die Manschette ab.

»Habe ich den Test bestanden?« Zeron hoffte, endlich aufatmen zu können.

»Wie bitte? Was?« Das Lachen der Frau ähnelte dem Gurren einer Taube. »Wir sind noch längst nicht am Ende angelangt. Die echten Prüfungen, der Belastungstest und die tiefenpsychologische Begutachtung folgen der medizinischen Untersuchung. Wir werden uns jetzt erst einmal den Bildungsfragen zuwenden und sobald wir diese abgehakt haben, geht es zum Doktor.«

Zeron seufzte leise und musterte die Frau, die sich wieder setzte und ihm ein bedrucktes Blatt Papier über den Tisch schob.

»Du hast gesagt, dass du nicht lesen kannst. Dann wollen wir einmal sehen, wie es um deine Rechenkünste steht. Kannst du mir sagen, wie diese Zahl heißt?«

»Sie scheint ziemlich groß zu sein.« Verlegen kratzte sich Zeron am Kopf.

»Das ist eine Einhundertvierundzwanzig. Wieso kommt eigentlich nie jemand, der wenigstens über etwas Bildung verfügt? Sag mir, wie viele Striche du auf diesem Blatt siehst.«

»Sieben.«

»Das ist richtig. Wer hätte das gedacht? Wie weit kannst du zählen?«

»Keine Ahnung, bis einhundert?«

»Immerhin«, murmelte die Frau und ließ das Blatt sinken. »Aber damit wirst du in Radiupolis nicht weit kommen. Dein Bildungsstatus reicht allenfalls für den Einsatz bei sehr einfachen Arbeiten. Zwei Fragen habe ich aber noch.« Die Frau schob ein Tablet über den Tisch. »Nicht anfassen. Letztens hat jemand das Gerät fallen lassen und ich durfte den Ärger ausbaden. Du sollst lediglich einen Blick auf den Bildschirm werfen und mir sagen, wie viele Dreiecke du siehst.«

Vorsichtig beugte sich Zeron nach vorn und betrachtete den Bildschirm, der ein wirres Muster ineinander verschachtelter geometrischer Formen zeigte. »Das in der Mitte ist ein erstes Dreieck und gleich daneben sind zwei Vierecke, deren Seiten unterschiedlich lang sind.« Zeron war froh, endlich eine Antwort geben zu können, von der er wusste, dass sie richtig war.

»Die zwei Vierecke, wie nennt man ihre Form?«

»Vierecke.«

»Rechtecke. Das sind Rechtecke. Aber du solltest mir eigentlich sagen, wie viele Dreiecke sich in dem Bild befinden.«

Zeron zog die Augenbrauen kraus und begann mithilfe der Finger zu zählen. »Im oberen Teil kann ich zehn, halt, sieben entdecken und gleich daneben noch drei weitere, während ich unten vier Dreiecke sehe. Sie alle sind in einem Viereck versteckt, das wiederum aus zwei großen Dreiecken besteht.«

»Oho, das ist richtig. Nicht schlecht. Du hast zumindest eine gute Auffassungsgabe. Dann wollen wir einmal sehen, ob du auch die schönen Seiten des Lebens zu würdigen weißt.« Die Frau streckte den Arm aus und wischte mit den Fingern über den Monitor des Tablets.

Das Bild wechselte und es erschien das Foto eines Blockhauses, das sich in eine bergige Landschaft schmiegte. Vor dem Eingang stand ein reichlich gedeckter Tisch und im Hintergrund schlängelte sich ein schmaler Pfad an Büschen und Bäumen vorbei. Er führte zu einem langen

Steg, an dessen Ende eine Frau saß und ihre Füße vom Wasser des schilfumkränzten Sees umspielen ließ.

»Gefällt dir, was du siehst?« Die Frau deutete auf den Monitor des Tablets.

Statt zu antworten, schüttelte Zeron den Kopf und presste die Lippen zusammen.

»Nein?« Die Frau hob die linke Augenbraue leicht an, während sie das rechte Auge fast vollständig schloss. »Das ist ein wunderbares Foto. Was stört dich daran? Hättest du keinen Appetit auf den gebratenen Truthahn? Du könntest auch zu der Frau gehen. Ist dir aufgefallen, wie schön sie ist? Und sie ist nackt.«

»Sie würde mich nur in eine Falle locken.« Zeron lehnte sich zurück und verschränkte die Arme vor der Brust. »Neben dem Baum liegt ein Mann im Gras und er hat ein Gewehr. Vermutlich würde er mich erschießen, wenn ich zu dem Steg gehe.«

»Du hast den Soldaten entdeckt!« Die Frau klatschte in die Hände und sprang auf. »Alle Achtung. Du bist der Erste, der den Hinterhalt bemerkt hat. Eine reife Leistung. Damit endet nun aber auch die Befragung.«

Zeron hörte, wie sich der Söldner hinter ihm erhob.

»Wohin soll ich ihn bringen?«

»Zum Gesundheitscheck«, antwortete die Frau und wandte sich wieder der Tastatur des Computers zu.

»Dann vorwärts, der Doktor freut sich auf Leute wie dich. Verstrahltes Fleisch und gekochtes Hirn sind seine Spezialität.«

Der Gesichtslose schob Zeron aus dem Zimmer. Im nächsten Raum wurden sie von einem groß gewachsenen Mann empfangen, der eine Haube und einen grünen Kittel trug.

»Ist das der Bewerber Zeron?«

»Wie befohlen zur Stelle«, antwortete der Söldner und setzte sich auf einen Stuhl, der neben dem Eingang stand.

»Du bist mir bereits angekündigt worden.« Der Mann musterte Zeron von Kopf bis Fuß. »Ich bin Arzt und für den medizinischen Check verantwortlich. Die Untersuchungen sind ganz allgemeiner Natur und sollen sicherstellen, dass du diensttauglich bist.«

Der Raum wurde von zahlreichen Lampen in gleißendes Licht getaucht. Zeron blieb vor dem Mann stehen, während sich der Söldner wieder setzte. Offenbar hatte er die Aufgabe, für die Sicherheit des Personals zu sorgen.

»Die Schwester ist meine medizinische Assistentin«, fuhr der Arzt fort und deutete auf eine Frau, in einem weißen Schlupfkasack. »Sie wird mir helfen und einen Teil der Untersuchungen übernehmen.«

»Den Umhang ausziehen.« Die Frau streckte den Arm aus und ließ erst gar keinen Zweifel daran aufkommen, wie ernst es ihr mit der Anweisung war.

Fassungslos beobachtete Zeron, wie sich die Schwester ein Paar Gummihandschuhe überzog. Es widerstrebte ihm, auch noch das letzte Kleidungsstück abzulegen. Nacktheit bedeutete, wehrlos zu sein und sich auf Gedeih und Verderb auszuliefern. Genauso gut hätte man von ihm verlangen können, unbewaffnet und im hellsten Tageslicht durch das Gebiet einer Bande zu laufen.

»Nun mach schon«, reagierte die Schwester bereits nach wenigen Sekunden mit wachsender Ungeduld. »Du bist nicht der erste Mann, den ich nackt zu sehen bekomme, und du wirst garantiert auch nicht der letzte sein.«

Zeron gab sich einen Ruck und zog den Umhang über den Kopf. Die Frau nahm das Kleidungsstück in Empfang und warf es in eine Plastiktonne, die neben dem Eingang stand.

Der Arzt ging unterdessen um Zeron herum und sprach dabei in ein Diktiergerät. »Auf den ersten Blick sind keine abnormalen Veränderungen sichtbar. Die Haut weist die üblichen Strahlungsschäden, insbesondere die bekannte Geschwürbildung auf. Haltungsschäden sind nicht feststellbar. In der Motorik scheinen keine Einschränkungen vorzuliegen. Ekzeme, Flechten und Wucherungen sind nicht erkennbar.« Der Mann schaltete das Gerät aus. »Plagen dich irgendwelche Krankheiten? Schwindelanfälle, regelmäßig wiederkehrende Krämpfe oder dauerhafte Übelkeit?«

»Nein.« Zeron hatte das Gefühl, dass ihm jemand den Hals zuschnürte, und war deshalb froh, die Frage mit nur einem Wort beantworten zu können.

»Dann leg dich schon einmal auf die Behandlungsliege. Die Untersuchung wird gleich beginnen.« Der Arzt zeigte auf eine schmale Liege, die hydraulische Gelenke besaß und offenbar auch zu einem Stuhl umfunktioniert werden konnte.

Zeron trat an die Untersuchungsliege heran, blieb aber vor ihr stehen. An den Enden der Ablagen, die für die Arme und Beine gedacht waren, baumelten dicke Bänder, die ihm mit ihren Klettverschlüssen nicht geheuer waren.

»Was ist das? Soll ich gefesselt werden?«

»Für gewöhnlich fixieren wir unsere Patienten. Dadurch kommen wir mit den Untersuchungen schneller voran. Wir sind in Eile, da man dich bereits bei den Belastungstests und den psychologischen Prüfungen erwartet.«

»Auf den Rücken legen.« Die Schwester deutete auf das weiße Laken.

Zeron beschloss, keinen Widerstand zu leisten und streckte sich auf dem Untersuchungstisch aus. Noch während ihm die Frau die Fesseln anlegte, erkundigte sich der Arzt nach überstandenen Krankheiten und erlittenen Verletzungen. Zeron antwortete auf die zahlreichen Fragen zumeist wahrheitsgetreu, verschwieg aber die Übelkeitsanfälle. Er musste dem Moloch nicht all seine Beschwerden auf die Nase binden.

»Dann würde ich noch gern wissen, was du über die Gelbpest weißt.« Der Arzt legte den Kopf etwas zur Seite, was ihm das Aussehen einer verbogenen Laterne verlieh.

Zeron musste schlucken. »Nicht viel«, rang er sich mit aller Kraft zu einer Antwort durch. Er konnte unmöglich erzählen, dass seine Gefährtin an der Gelbpest gestorben war.

»Das kann nicht sein.« Missbilligend streckte der Mann den Zeigefinger in die Höhe und schüttelte die Hand. »In der vergangenen Nacht bist du zusammen mit anderen Koloniebewohnern von unseren Soldaten aufgegriffen worden. Dabei habt ihr eine Seuche angesprochen, die Gelbpest genannt wird. Das ist eine uns völlig unbekannte Krankheit. Daher sind wir ganz dringend auf Informationen angewiesen.«

»Ich weiß wirklich nicht viel«, versuchte Zeron der Frage auszuweichen. Er konnte unmöglich den Moloch beschuldigen, hinter der Seuche zu stecken. Vermutlich würden die Söldner jeden umbringen, der ihnen auf die Schliche kam. Mörder mochten keine Zeugen, das war in den Kolonien so und traf sicher auch auf den Moloch zu.

Ohne seinen Verdacht zu erwähnen, schilderte er, wie sich die Seuche äußerte, dass sie zunehmend mehr Opfer forderte und diese sofort verbrannt wurden.

Der Arzt hörte aufmerksam zu und als Zeron seine Schilderungen beendet hatte, schaltete er das Diktiergerät erneut ein. »Seuchenbericht – Dringlichkeitsstufe: Rot. Der Koloniebewohner Zeron berichtet von einer neuen Krankheit, die innerhalb der Ruinenstadt C4B2 epidemische Ausmaße angenommen hat und Gelbpest genannt wird. Die Seuche scheint den Berichten nach, nicht oder nur wenig ansteckend zu sein, was aber noch erforscht werden muss. Ihren Namen erhielt die Krankheit aufgrund einer auffälligen Gelbfärbung der Haut. Weitere Symptome sind Schmerzen, Übelkeit und Erbrechen sowie Fieber und mitunter auch schwere Krämpfe. Die Gelbpest schreitet in ihrem Verlauf rasch fort und führt meist innerhalb weniger Stunden zum Tod. Da die Verstorbenen sofort verbrannt werden, steht uns im Moment keine Leiche für eine Obduktion zur Verfügung.

Es besteht die Gefahr, dass sich die Seuche über die Grenzen der Stadt hinweg ausbreitet und die ländlichen Regionen der Kolonien erfasst. Daher empfehle ich, C4B2 vorläufig unter Quarantäne zu stellen. Es sollten umgehend geeignete Maßnahmen ergriffen werden, um die Stadt vollständig zu isolieren. Bericht Ende.«

Der Arzt hob den Kopf, sah kurz zu der Frau und richtete seinen Blick dann wieder auf Zeron. »Wir nehmen ihm etwas Blut ab und die üblichen Gewebeproben. Anschließend machen wir einen Ganzkörperscan. Nach den Laboranalysen werden wir sehen, ob er ein geeigneter Kandidat ist.«

Geduldig ließ Zeron die Untersuchungen über sich ergehen und biss die Zähne zusammen, als die Schwester eine Hautprobe von seinem Oberarm entnahm. Die Blutung stillte sie mit einem Spray, das sofort eine steife Masse bildete, die Zeron an dunkles Baumharz erinnerte.

Unterdessen fuhr ein roter Lichtstreifen über seinen Körper hinweg, was ihm aber keine Schmerzen verursachte.

Derweil begab sich der Arzt zu einem Computer, sah auf den Bildschirm und murmelte einige Sätze vor sich hin. Nachdem Zeron auch noch Blut abgenommen worden war, kam der Doktor zurück und drückte einen Knopf, der sich auf einem Armaturenbrett am Kopfende der Liege befand. Von einem tiefen Summen begleitet, begannen sich die Polster zu verschieben und bildeten schließlich einen Stuhl.

»Keine Angst, wir wollen nur den Kopf etwas näher in Augenschein nehmen.« Der Arzt beugte sich zu Zeron herab und unterzog Augen, Nase und Ohren einer flüchtigen Untersuchung.

»Du hast leicht verengte Nasengänge«, stellte der Mann beiläufig fest, während er mit einem spitzen Haken die obere Zahnreihe abklopfte. »Immerhin hat sich bei dir kein Ungeziefer eingenistet, auch wenn ihr alle ziemlich wasserscheu zu sein scheint. Deine Augen befinden sich sogar in einem erstaunlich guten Zustand und … Was haben wir denn da? Ein Loch im Zahn, kaum zu sehen, aber sehr tief. Hast du keine Schmerzen?«

Noch bevor Zeron in der Lage war, mit einem leichten Kopfschütteln eine Antwort anzudeuten, fuhr ihm ein grelles Licht in die Augen. Zugleich explodierte etwas in seinem Kopf. Ein nicht enden wollender Schmerz, grell und so heftig, dass Zeron glaubte, die grinsende Fratze des Wahnsinns zu erblicken.

»Siehst du«, drang die Stimme des Arztes durch die helle Lichtmauer, die sich vor Zerons Augen aufgebaut hatte. »Den Zahn wirst du dir früher oder später ziehen lassen müssen, sonst droht dir eine Kiefervereiterung und ohne Antibiotika könnte dies dein Ende bedeuten. Ich könnte ihn zwar gleich extrahieren, aber dafür fehlt uns heute die Zeit.«

»Die Laborergebnisse, Herr Doktor.« Die Schwester zeigte auf einen Monitor, auf dem eine Unmenge Zahlen und Diagramme zu sehen waren.

Der Arzt zog den Haken aus Zerons Mund und wandte sich der Frau zu. »Sehr gut, dann wollen wir doch einmal sehen, was für Mutationen sich in unserem Patienten entwickelt haben.«

Gemeinsam gingen sie zu dem an der Wand hängenden Bildschirm und begannen in einem unverständlichen Kauderwelsch miteinander zu sprechen. Schließlich fuhr der Arzt mit dem Finger über den Monitor, woraufhin ein neues Bild erschien.

Zeron erkannte die Umrisse eines menschlichen Körpers und benötigte einige Zeit, bis er begriff, dass die Maschine es dem Arzt ermöglichte, in ihn hineinzusehen.

»Eine derartige Anomalie, ist mir noch nie untergekommen.« Der Doktor tippte mit dem Finger auf ein Dreieck, das sich unterhalb der Rippen befand. »Die Wucherung sollten wir uns näher ansehen.«

»Immerhin scheinen die Blutwerte so weit in Ordnung zu sein«, stellte die Schwester fest und folgte dem Arzt zur Untersuchungsliege. »Nur der Magen scheint ein größeres Problem zu haben.«

»Umso erstaunlicher ist es, dass der Patient sich wohlfühlt, und nicht einmal ahnt, was sich in ihm entwickelt. Mund auf!«

Ohne darüber nachzudenken, was der Mann im Schilde führte, kam Zeron der Aufforderung nach. Fast im selben Augenblick hörte er den Kieferspreizer einrasten, den ihm die Schwester blitzschnell in den Mund geschoben hatte.

Der Doktor griff unterdessen ungerührt über das Kopfende des Untersuchungstisches, zog einen Schlauch hervor und führte ihn in Zerons Mundhöhle ein.

»Die Luft anhalten und schlucken«, befahl die Schwester und richtete dabei den Zeigefinger in die Höhe.

Von einem schier unwiderstehlichen Würgereiz gepackt, versuchte Zeron sich nach vorn zu beugen.

»Nicht würgen! Schlucken! Schlucken!« Die Frau legte eine Hand auf Zerons Stirn und drückte seinen Kopf wieder gegen die Lehne.

Zugleich spürte er, wie ihm der Schlauch durch die Speiseröhre geschoben wurde.

»Da sind wir schon am Ziel.« Der Arzt sprach in einem Ton, als müsste er einem Kleinkind gut zureden. »Alles gut und wir machen das nur zu deinem Besten.«

»An einer Magensonde ist jedenfalls noch niemand gestorben«, pflichtete die Schwester dem Doktor bei.

»Das stimmt, man fühlt sich nur ein wenig, als würde man sterben, aber man stirbt nicht wirklich.«

Die Schwester eilte leise kichernd zu dem Computer und sorgte dafür, dass die Bilder aus Zerons Magen auf dem großen Monitor sichtbar wurden.

»Ja, was haben wir denn da?«, entfuhr es dem Arzt. »Das ist aber wirklich höchst interessant. Wir sollten eine Gewebeprobe entnehmen und die Wucherung veröden.«

In Zerons Magen machte sich ein kurzes Zwicken bemerkbar, dem aber gleich darauf ein Schmerz folgte, wie er ihn noch nie gespürt hatte. Irgendjemand schien ihm ein glühendes Stück Eisen in den Magen gesteckt zu haben. Mit weit aufgerissenen Augen bäumte sich Zeron auf. Nur die Fesseln verhinderten, dass er sich zur Seite warf, um der Tortur zu entkommen.

Nach einer schier endlos langen Zeit flaute der Schmerz endlich ab und der Arzt zog den Schlauch mit einer gleitenden Bewegung aus Zerons Hals.

»Keine Panik.« Der Doktor richtete sich auf und übergab der Schwester die Magensonde. »Wie du siehst, mein Freund, war alles halb so schlimm. Ich hoffe, dass du dich wegen des kleinen Eingriffs nicht beschweren möchtest. Dass wir die Wucherung verdorrt haben, wird dir ein Leben ermöglichen, das über dieses Jahr hinausreicht. Aber das ist natürlich kein Grund, uns zu danken.«

Mit einem flinken Handgriff hatte unterdessen die Schwester den Mundspanner entfernt und öffnete die Klettverschlüsse. Zeron klappte wie ein Taschenmesser zusammen und rang verzweifelt nach Atem. Sein Magen stand unter einem so heftigen Druck, dass er das Gefühl hatte, einen Ziegelstein verschluckt zu haben.

Erst nach einiger Zeit ebbten die Schmerzen langsam ab und Zeron ließ sich erschöpft zurücksinken.

»Keine Schwäche vortäuschen«, drängelte die Schwester, trat neben ihn und setzte eine Injektion in den Oberarm. »Aufstehen.«

Die Spritze bewirkte wahre Wunder. Nach einigen Atemzügen spürte Zeron, wie neue Kräfte durch seinen Körper strömten. Vorsichtig setzte er sich auf und rutschte von der Behandlungsliege. Die Beine fühlten sich zwar noch etwas zittrig an, versagten ihm aber nicht den Dienst.

»Die Untersuchung ist beendet«, wandte sich der Arzt an den Söldner, während er auf den Ausgang zusteuerte.

Der Gesichtslose sprang sofort auf. »Wohin soll ich ihn bringen?«

»Wohin schon?« Die Frage des Söldners schien den Doktor zu nerven. »Raum A natürlich.«

Ohne Zeron eines Blickes zu würdigen, verließ der Arzt das Untersuchungszimmer und schlug hinter sich die Tür zu.

»Du hast gehört, was der Doktor gesagt hat. Raus hier.« Der Gesichtslose war hinter Zeron getreten, legte ihm eine Hand zwischen die Schulterblätter und schob ihn aus dem Zimmer.

»Zur dritten Tür rechts.«

Zeron erhielt einen Stoß in den Rücken und taumelte an zwei Türen vorbei.

»Hier hinein.« Der Söldner packte ihn im Nacken und zwang ihn, in eine Kammer zu gehen, die von einer flackernden Glühbirne erleuchtet wurde.

Der Raum glich einem schmalen Schlauch, an dessen Ende sich eine weitere Tür befand. Bis auf eine graue Bank, auf der Zeron die rote Plastikkiste mit seiner Kleidung fand, war das Zimmer leer.

Ratlos drehte er sich zu dem Söldner um, der im Eingang stehen geblieben war. »Und wie geht es jetzt weiter?«

»Gar nicht.« Durch die Sprechmembran nahm das Lachen des Mannes einen unheimlichen Klang an. »Du ziehst dich an und dann kannst du verschwinden.«

»Was heißt ›verschwinden‹?« Fassungslos schnappte Zeron nach Luft. »Es sollte doch noch weitere Tests geben.«

»Bist du so blöd, dass du nicht einmal die einfachsten Dinge verstehst?« Der Söldner stemmte die Fäuste in die Hüften. »Du hast die Prüfung nicht bestanden. Raum A, Mann, Raum A. Mit A fangen solche Worte wie Abfall und Ausschuss an. Du wurdest aussortiert.«

»Wieso das?« Von einer unfassbaren Empörung getrieben ging Zeron einen Schritt auf den Söldner zu. »Was habe ich denn falsch gemacht?«

»Was weiß ich.« Der Gesichtslose schlug sich mit dem Elektrostab mehrmals gegen die Wade. »Vielleicht hast du gelogen oder du bist so krank, dass dir auch die besten Ärzte nicht mehr helfen können. Jedenfalls bist du raus. Also troll dich und beachte in Zukunft, dass sich hier jeder nur einmal bewerben darf.«

»Hey, dann will ich aber das Zeug zurück, das man mir abgenommen hat.« Zeron machte noch einen weiteren Schritt nach vorn, was den Söldner dazu veranlasste, den Elektroschocker zu heben.

»Falls du den Krempel meinst, den du abgegeben hast, das war der Preis dafür, dass du zu den Tests zugelassen wurdest. Es ist wie bei einer Wette. Du hast gespielt und verloren und dann wechselt der Einsatz eben den Besitzer.« Der Gesichtslose zog sich in den Flur zurück und warf die Tür krachend ins Schloss.

Für einige Sekunden vermochte sich Zeron nicht zu rühren. Nur langsam reifte in ihm die Erkenntnis, dass man sich seiner entledigt hatte, ganz so, als wäre er ein wertloses Stück Plastik, das weder der Moloch noch Bomokhi haben wollte.

Der Traum, im letzten Moment der Gelbpest zu entkommen und Jelandas Mörder zu finden, hatte sich in Luft aufgelöst. In den Augen des Molochs war er offenbar nicht mehr als Müll. Lebender Müll zwar, aber dennoch völlig wertlos. Müll, der nur ARAS kostete und den man sich deshalb vom Hals halten musste.

11. Kapitel

Der Komplex, der eigens für die Anwerbung geeigneter Koloniebewohner aufgebaut worden war, spuckte Zeron aus, als handelte es sich bei ihm um einen durchgekauten Bovistgummi.

Mit blinzelnden Augen spähte er über den Platz. Für die perfekte Katastrophe musste er nur noch von jemandem bemerkt werden, dem er im Asylum jeden Tag über den Weg lief. Die Neuigkeit, dass er sich beim Moloch um Aufnahme beworben hatte, würde sich in der Freien Zone wie ein Lauffeuer verbreiten und seinen Ruf für alle Zeiten ruinieren.

Wütend stampfte Zeron mit dem Fuß auf den Boden. Doch dann setzte er sich in Richtung der nächstgelegenen Halle in Bewegung. Auch wenn er nichts besaß, was er den Händlern des Molochs zum Tausch anbieten konnte, wollte er die Gelegenheit wahrnehmen, um in der Menge der Besucher unterzutauchen.

Wie er erwartet hatte, herrschte in der Halle dichtes Gedränge. Zeron ließ sich von einer Menschentraube mitreißen und blieb erst stehen, als er die Mitte des riesigen Komplexes erreicht hatte.

An den unzähligen Verkaufsständen versuchten die Leute ihre überschüssigen Beutestücke zu verkaufen. Der Gegenwert bestand zwar zumeist nur aus allerlei Plunder, doch da es nirgends bessere Waren gab, fanden sogar durchgelaufene Schuhe und abgerissene Kleidung einen Abnehmer. Etwas zu besitzen, auch wenn man es nur zum Tauschhandel nutzen konnte, war immer noch besser, als den Platz mit leeren Händen zu verlassen. Die Leute feilschten mit den Verkäufern um jedes Beutestück, doch diese ließen sich nur selten dazu überreden, noch eine zusätzliche Tüte Trockensuppe oder eine Schachtel Zündhölzer herauszurücken. Trotz der spürbar aufgeheizten Stimmung wagte es niemand, handgreiflich zu werden. Jeder der Stände wurde von mindestens zwei Söldnern bewacht, die großen Wert darauf legten, möglichst abschreckend zu wirken.

»Koloniebewohner! Hören bedeutet gehorchen!« Auch in der mobilen Halle ertönten in regelmäßigen Abständen die immer gleichen Ansagen. »An den Tauschständen kaufen unsere Händler deine Fundstücke auf und überlassen dir dafür hochwertige Waren. Bedenke, damit du Spenden und ARAS erhalten kannst, müssen in Radiupolis viele Menschen hart arbeiten und sparsam leben. Zeig deine Dankbarkeit, indem du Ruhe und Disziplin hältst. Hören bedeutet gehorchen!«

Zeron drehte eine Runde, wobei er die angebotenen Waren keines Blickes würdigte. Er hatte alles auf eine Karte gesetzt und war davon ausgegangen, an diesem Tag die Ruinenstadt hinter sich lassen zu können. Erst jetzt wurde ihm langsam bewusst, welch fatalem Irrtum er aufgesessen war. Der Moloch hatte ihn noch gründlicher ausgeplündert, als es Kalo vermocht hatte. In den nächsten Monaten würde er auf alles verzichten müssen, was er eigentlich dringend benötigte, auf zusätzliche Lebensmittel, auf Wundsalben und sogar auf die winzigen Tabletten, mit denen man verstrahltes Wasser reinigen konnte.

Ein lauter Schrei ließ Zeron erstarren. Zwei Gesichtslose hatten einen Mann gepackt und ihm die Arme auf den Rücken gedreht. Ein dritter Söldner fuchtelte unterdessen mit einer Maschinenpistole herum und scheuchte die Leute auseinander, die sich zufällig in seiner Nähe fanden.

»Zurück! Sofort zurücktreten oder es wird geschossen!«

Am Lauf der Waffe flammte ein Scheinwerfer auf, dessen Lichtkegel über die Menge hinweg glitt. In panischer Angst stoben die Leute auseinander. Auch Zeron zog sich eilig zurück und strebte dem Ausgang zu.

»Koloniebewohner!«, übertönte die Stimme aus dem Lautsprecher das Geschrei. »Bedenke, Diebstahl lohnt sich nicht. Unsere Schutztruppe hat in deinem Interesse einen Dieb dingfest gemacht. Er wird umgehend einer gerechten Bestrafung zugeführt. Halte dich an die Regeln, halte Disziplin, respektiere unsere Sicherheitskräfte und bedenke: Widerstand wird umgehend bestraft. Hören bedeutet gehorchen!«

Zeron beschloss, die Halle zu verlassen, drängte sich durch die aufgebrachte Menge und blieb erst stehen, als er sich wieder unter freiem Himmel befand.

Für einen Moment überlegte er, ob es überhaupt einen Sinn hatte, die ARAS zu holen, die ihn ohnehin nur todkrank machen würden. Doch dann hätte er auch auf die Spenden verzichten müssen, die jeder nach dem Empfang des Antistrahlungsmittels erhielt.

Unschlüssig runzelte er die Stirn. Die Warteschlangen an den Verteilungsständen für das begehrte ARAS waren endlos lang. Zum Teil erstreckten sie sich über den halben Platz. Die Aussicht, bis zum Abend anstehen zu müssen, ließ seine Stimmung weiter sinken. Der Tag hatte sich zu einem einzigen Albtraum entwickelt. Eigentlich wollte er sich nur noch irgendwo verkriechen, um die Welt und alles um sich herum zu vergessen. Dennoch kam er nicht umhin festzustellen, dass es besser war, die Spenden mitzunehmen.

Missmutig hielt er nach einem Schild Ausschau, das aus einem auf die Spitze gestellten Dreieck bestand. Es gab insgesamt drei Stände, an denen das ARAS ausgegeben wurde. Sie alle waren mit unterschiedlichen Symbolen markiert, und wenn der Moloch ein neugeborenes Kind registrierte, wurde ihm für den Rest seines Lebens eines dieser Zeichen zugeteilt.

Am Stand mit dem Dreieck hatte sich die längste Reihe gebildet. Sie reichte bis an den nördlichen Rand des Platzes, wo sich der Eingang befand, den bevorzugt die Banden aus dem Mittleren Bereich nutzten. Widerwillig lief Zeron die schier endlose Warteschlange entlang. Langsam begann in ihm die Befürchtung zu erwachen, dass er den Platz als einer der letzten Besucher verlassen würde. Bei Anbruch der Dunkelheit allein durch die Stadt laufen zu müssen, war keine besonders gute Aussicht.

»Hey, Zeron! Träumst du?«

Ein kleiner Mann winkte ihm aus der Reihe der Wartenden aufgeregt zu.

»Bovist«, begrüßte Zeron den Erfinder und bemerkte erst in diesem Moment High Noon, der neben Bomokhi stand und diesen um drei Köpfe überragte.

»Komm zu uns.« Der Lange streckte ihm den Arm entgegen. »Wir lassen dich vor.«

Zeron nahm das Angebot nur zu gern an und reihte sich ein.

»Entschuldige, dass ich das so sage«, merkte High Noon mit gerunzelter Stirn an. »Aber du siehst immer noch verdammt schlecht aus.«

»Das ist doch klar.« Bomokhi setzte eine vorwurfsvolle Miene auf. »Dir würde es an seiner Stelle auch nicht besser gehen.« Der Erfinder wandte sich Zeron zu und hob die Augenbrauen, wodurch seine schmalen Augen eine fast runde Form annahmen. »Ich habe das mit Jelanda gehört. Tut mir leid für dich, wirklich. Diese Gelbpest lastet wie ein Fluch auf der Stadt. Wer weiß, wen sie als Nächsten holen wird.«

»Hey, ihr da vorn! Was soll das?« Ein Mann war aus der Reihe getreten und hob drohend die Fäuste. »Ist euch der Bovistgummi zu Kopf gestiegen? Hintenanstellen ist angesagt, sonst könnt ihr was erleben!« Der Mann sah sich zustimmungsheischend um und nickte dabei den Leuten zu.

»Moment mal, die Stimme kommt mir bekannt vor.« Bomokhi trat einen Schritt aus der Reihe und hielt nach dem Sprecher Ausschau. »Hey du, was spielst du dich hier auf? Du willst doch morgen den Rattenhaken abholen, den du bei mir in Auftrag gegeben hast? Ja? Dann würde ich jetzt an deiner Stelle keinen Aufstand machen.«

»Schon gut«, machte der Rufer einen Rückzieher. »Ich hatte nicht gesehen, dass du es bist. Also alles gut.«

»Geht doch«, zeigte sich Bomokhi mit dem Ergebnis seines Auftritts zufrieden und strich sich mit den Händen über die Jacke, an der sich unzählige Laschen befanden. »Dass sich manche Leute wegen einer Kleinigkeit immer gleich aufspielen müssen. Sobald sie aber etwas von mir haben wollen, sind sie …«

»Können wir helfen?«

Zeron fuhr erschrocken herum. Er hatte gar nicht bemerkt, dass sich ihnen drei Söldner genähert hatten.

»Nein, nicht nötig.« Bomokhi ließ sich die Überraschung nicht anmerken.

»Das klang aber eben noch ganz anders. Bist du einer dieser großkotzigen Bander oder glaubst du in deiner maßlosen Dummheit, mich verarschen zu können?« Die Stimme des Gesichtslosen verriet, dass er nur auf eine falsche Anmerkung wartete.

»Kein Grund zur Aufregung«, beteuerte Bomokhi. »Alles in bester Ordnung.«

»Koloniebewohner!« Die Stimme der Ansagerin schallte wieder über den Platz. »Bedenke: Hören bedeutet gehorchen!«

»Hast du das verstanden?« Der Söldner zeigte in Richtung der Lautsprecher. »In der Wartereihe sind Ruhe und Ordnung zu bewahren. Ansonsten können wir dich auch gern auf einen Besuch in den Verhörwagen mitnehmen.«

»Das wird nicht notwendig sein.« Zeron hielt es für angebracht endlich einzugreifen. »Wir werden keinen Ärger machen. Ich bürge für ihn. Es ist nur so, dass wir erst heute Morgen einen unserer besten Freunde begraben haben. Er ist an der Gelbpest gestorben.«

Der Söldner trat einige Schritte zurück, hielt aber den Blick unentwegt auf Zeron gerichtet. »Gelbpest? Willst du mich verarschen?«

»Nein, das ist eine Seuche, die gerade in der Stadt umgeht«, beteuerte Bomokhi lauthals und deutete auf die Leute, die in der Warteschlange standen und zustimmend nickten.

»Und ihr erzählt uns hier auch keine Märchen?«

»Ich habe die Krankheit bereits bei den Ärzten gemeldet«, versuchte es Zeron mit einer Halbwahrheit. »Aber keine Angst, ich glaube nicht, dass wir uns angesteckt haben. Ansonsten würden wir gelb anlaufen, ohnmächtig werden und am Ende sterben.«

»Wir werden eure Angaben überprüfen, und falls ihr uns eine Lügengeschichte aufgetischt habt, wird euch das schlecht bekommen.«

Die Söldner zogen sich zurück und Zeron sah ihnen nach, bis sie in der Halle für den Tauschhandel verschwunden waren. Immerhin hatte seine Geschichte funktioniert und es war ihnen gelungen, sich aus einer misslichen Situation zu befreien.

»Ich hasse diese Kerle«, brummte Bomokhi und High Noon verdrehte vielsagend die Augen.

»Die sollten sich lieber um ihre eigenen Probleme kümmern.«

Zeron zuckte mit den Schultern. Die Söldner waren ihm egal. Eigentlich war ihm im Moment so ziemlich alles egal, sein Revier, der Moloch und erst recht die Gesichtslosen.

»Sag mal, mir scheint, dass du noch gar nichts von den Neuigkeiten weißt, die man sich über den Moloch erzählt.« High Noon warf ihm einen verwunderten Blick zu und setzte ein wichtigtuerisches Gesicht auf.

»Was soll es Neues über den Moloch zu erzählen geben?« Zeron verlor langsam die Geduld. »Ist eine der Hornissen vom Himmel gefallen oder hast du den Hut, den du mir andrehen wolltest, an einen der Söldner verkaufen können?«

»Hey, hey, er weiß wirklich nicht, wovon ich rede.« High Noon grinste Bomokhi zufrieden an, wandte sich dann aber wieder Zeron zu. »Mann, dir ist die verrückteste Geschichte entgangen, die sich seit Jahren in den Kolonien zugetragen hat.«

»Nun mach es nicht so spannend.« Zeron fühlte sich zunehmend genervt. »Was ist vorgefallen?«

»High Noon übertreibt nicht.« Bomokhi machte Zeron ein Zeichen, näher zu treten, und senkte die Stimme. »Wie du weißt, gleicht mein Refugium an manchen Tagen einem Ameisennest. Dabei kommen mir allerhand Gerüchte zu Ohren, auch jene die in den Kolonien die Runde machen.«

»Wir sind doch gestern von den Söldnern festgesetzt worden«, ergriff High Noon wieder das Wort, obwohl es offensichtlich Bomokhi gewesen war, der die Neuigkeit in Erfahrung gebracht hatte. »Du erinnerst dich, die Gesichtslosen wollten eigentlich in das Gebiet der Banden gehen, sind aber versehentlich in der Freien Zone gelandet. Stell dir vor, Bomokhi weiß, weshalb die Söldner in die Stadt eingefallen sind.«

»Die Sache ist schier unglaublich«, nahm der Erfinder den Faden wieder auf. »In den Kolonien soll es zu einem schweren Zwischenfall gekommen sein. Irgendjemand hat es gewagt, einen Transport des Molochs zu überfallen.«

»Und weißt du was?« Vor Begeisterung beschrieb High Noon mit den Händen einen weiten Kreis. »Die haben es wirklich geschafft, die Gesichtslosen zu verdreschen, und angeblich haben sie jede Menge Beute gemacht.«

»Jedenfalls spielen die Söldner seitdem verrückt«, flüsterte der Erfinder und Zeron musste sich anstrengen, um ihn zu verstehen. Bomokhi begann immer zu lispeln, wenn er aufgeregt war. »Vermutlich haben die Kerle sogar Hightech-Waffen erbeutet. Das will der Moloch wohl nicht zulassen, und deshalb hat er die Dörfer der Umgebung gründlich aufgemischt. Dabei scheinen sie auf eine Spur gestoßen zu sein, die in unsere Stadt führt.«

»Klingt logisch«, raunte High Noon und beugte sich zu Zeron hinab. »Wer sich mit den Söldnern anlegen will, braucht dafür eine Menge Kämpfer. Nicht einmal eine Bande kann das schaffen, aber vielleicht gibt es ein neues

Bündnis und wir wissen bloß noch nichts davon. Jedenfalls würde ich mich auch im Verborgenen vorbereiten, wenn ich die Absicht hätte, die Gesichtslosen zu überfallen.

Aber egal, wer es war, es freut mich ungemein, dass jemand den Söldnern gezeigt hat, dass sie nicht die Herren der Welt sind. Jedenfalls laufen jetzt irgendwelche Leute durch die Kolonien, sind schwer bewaffnet und können jederzeit wieder zuschlagen.«

»Halt mal die Luft an.« Bomokhi hatte sich inzwischen beruhigt und hob die Hände. »Soweit ich weiß, sorgt der Moloch dafür, dass ein Gewehr immer nur von dem Söldner genutzt werden kann, dem es zugeteilt wurden.«

»Du meinst eine Art Schloss, für das man einen verdammten Schlüssel braucht?« High Noon war die Enttäuschung deutlich anzuhören.

»Nicht ganz, aber zumindest so ähnlich. Kannst du dir das vorstellen.«

»Mofertu«, zischte der Lange und schlug sich mit der Faust in die offene Hand. »Dann wären die erbeuteten Waffen also völlig wertlos.«

»Das würde ich so nicht sagen.« Der Erfinder fuhr sich mit der Hand durch das lange Haar. »Ich müsste erst mal einen genaueren Blick auf ihr Innenleben werfen. Vielleicht gibt es einen Weg, die eingebaute Sperre zu umgehen.«

»Nur zu dumm, dass wir wohl nie eine dieser Molochwaffen in die Hände bekommen werden. Ich mag mir gar nicht vorstellen, was ich für so ein Teil verlangen könnte.« High Noon ließ die Schultern hängen, hob sie jedoch nach einem kurzen Augenblick wieder an. »Aber immerhin ist eine Sache geklärt, auch die Söldner können besiegt werden. Das hätte ich vor einigen Tagen noch für unmöglich gehalten.«

»Sicher, doch wenn wir Pech haben, wird uns dieser Spaß teuer zu stehen kommen.« Bomokhi tippte sich mit dem Zeigefinger ans Kinn und senkte den Kopf. »Der Moloch wird die Leute suchen, die hinter dem Überfall stecken. Ich befürchte nur, dass uns eine ganz ungemütliche Zeit bevorsteht.«

»Das ist allerdings wahr.« High Noons Gesicht glühte vor Eifer, wurde aber mit einem Schlag ernst. »Jedenfalls verstehe ich jetzt, warum die Söldner in den letzten Wochen drei Dörfer plattgemacht haben.«

»Davon habe ich gehört«, flüsterte Bomokhi und fuhr sich erneut mit der Hand über den Kopf. »Die Händler haben mir erzählt, dass sie wichtige Tauschpartner verloren hätten. Das wird für uns nicht ohne Folgen bleiben. Du weißt, was es heißt, wenn es plötzlich weniger Waren gibt. Hunger, Streit und steigende Preise.«

»Verdammt, daran hatte ich noch gar nicht gedacht.« High Noon wurde immer nachdenklicher. »Das wird auch mir das Leben schwer machen.«

»Bleibt nur zu hoffen, dass sich der Moloch bald wieder beruhigt.« Der Erfinder blies die Wangen auf. Die anfängliche Begeisterung löste sich so schnell auf, wie ein Sturm eine dünne Rauchfahne davontrug.

Zeron verfolgte die Unterhaltung nur am Rande und sah sich stattdessen schweigend um. An den Zufahrtsstraßen reckten die Panzerwagen ihre Schnellfeuerkanonen und Maschinengewehre gen Himmel. Er konnte nicht glauben, dass jemand die Söldner im Kampf geschlagen hatte. Mit ihren Panzern, den Hornissen und den gefürchteten Walzen war es ihnen bisher immer gelungen, jeden Widerstand zu brechen. Auch auf dem Verteilungsplatz hatte der Moloch schon mehrfach seine Macht demonstriert und war bei Unruhen nicht davor zurückgeschreckt, mit brutaler Gewalt vorzugehen.

Auch jetzt herrschte auf dem Platz eine angespannte Stimmung. Die langen Wartezeiten nervten die Leute und es bedurfte nur noch eines kleinen Anlasses, um die Lage außer Kontrolle geraten zu lassen. Trotz des ARAS und der Spenden ging niemand gern auf den Platz. Die Leute hassten die Söldner, sie hassten die minderwertigen Gaben und sie hassten ihr eigenes Leben, das sie dank des Molochs in der Ruinenstadt verbringen mussten.

»Koloniebewohner! Hören bedeutet gehorchen! Befolge die Anweisungen des Schutzpersonals. Wir sind gekommen, um euch ARAS zu schenken und Spenden zu verteilen. Zeig deine Dankbarkeit, indem du Ruhe bewahrst und dich diszipliniert verhältst. Bedenke also: Hören bedeutet gehorchen und Gehorsam bedeutet ARAS.«

Die Reihe rückte weiter vor und sie kamen endlich in die Nähe der Verteilungsstände. Zeron sah, wie Bomokhi in die Tasche seiner verschlissenen Jacke griff und etwas hervorzog.

»Weißt du, was das ist?«

»Ein Ring«, stellte Zeron fest. Er verstand nicht, warum ihm der Erfinder das Schmuckstück zeigte.

»Ja, das weiß jedes Kind.« Bomokhis Augen funkelten belustigt. »Aber was für ein Ring ist das? Hast du eine Ahnung?«

»Ich nehme an, dass er von einer Frau getragen wurde.«

»Oder von einem Mann, aber das spielt keine Rolle. Sieh mal hier, die Zahlen.«

Bomokhi hielt Zeron den Ring unter die Nase und wies mit dem Zeigefinger der anderen Hand auf die Innenseite des Schmuckstücks.

»Ich sehe nur drei Kreise, die am unteren Ende einen Haken haben.« Die Zeichen erinnerten Zeron an das Metallstück, das er im Neutralen Gürtel gefunden hatte.

»Das sind Zahlen! Neun, neun, neun. Oder anders ausgedrückt, neunhundertneunundneunzig. Gold, Mann, und das ist ein verdammt wertvolles Metall. Je größer die Zahlen, desto höher der Reinheitsgrad und der bestimmt letztendlich den Wert des Rings.«

»Ach.« Zeron blieben die Worte im Hals stecken.

»Ja, früher, so erzählt man sich, also vor unserer Zeit, da hat man oft Gold gefunden. In den Wohnungen, bei den Leichen oder in kleinen Kästchen. Aber jetzt zählt es eher zu den seltenen Metallen. Ich werde den Ring nachher eintauschen und dafür sicher einen ganzen Streifen ARAS bekommen. Drei Neunen sind verdammt gut, und etwas Wertvolleres kannst du heutzutage kaum noch finden.«

»Für den dünnen Ring zehn ARAS?« Mit weit aufgerissen Augen beugte sich High Noon nach vorn und nahm den Ring in Augenschein.

»Klar, und wenn ich einen ganzen Goldbarren hätte, wäre ich ein gemachter Mann.«

»Das wage ich mir erst gar nicht vorzustellen.« High Noon bekam große Augen, während sich Zeron auf die Lippen biss. »Dann wäre ich mit einem Schlag der reichste Mann der Stadt. Schade, dass ich Otho nicht mitgebracht habe. Der könnte nach dem Tausch dem Söldner den Ring wieder wegnehmen. Stellt euch vor, so könnte ich das Gold endlos viele Male eintauschen. Wäre das nicht toll?«

»Träumt aus, ihr Penner!« Von ihnen unbemerkt war die Reihe weiter gerückt. Sie standen vor dem langen Tisch der Ausgabestelle, hinter dem ein Mann ungeduldig auf sie wartete. »Chip vorzeigen!«

Erschrocken fuhr Zeron zusammen, trat dann aber vor und stellte sich neben den Scanner. »Zeron – Koloniebewohner – Ruinenstadt C4B2 – Ein Eintrag: Kategorie D.«

»Hey Mann, seit wann hast du einen Vermerk?« Für High Noon waren alle Neuigkeiten eine Sensation. »Was hast du ausgefressen?«

»Warte ab«, blaffte Zeron zurück und ging einen Schritt zur Seite.

»High Noon – Koloniebewohner – Ruinenstadt C4B2 – Ein Eintrag: Kategorie D.«

»Beim Riesenbovist. Woher kommt dieser verdammte Eintrag?«

»Denk mal nach.« Zeron konnte sich ein Grinsen nicht verkneifen.

»Was soll … Moment einmal. Die Söldner, die haben uns letzte Nacht den Eintrag verpasst! Das ist – das ist …« Für einen Moment schien es High Noon tatsächlich die Sprache zu verschlagen. Mit weit aufgerissenem Mund schob er den Hut in den Nacken und versuchte mehrmals, den angefangenen Satz zu vollenden, ohne dass ihm dies gelingen wollte.

»Mit dieser Vermutung dürftest du ziemlich richtig liegen.« Zeron zwinkerte dem Langen schadenfroh zu.

»Aber – aber weshalb?« High Noon hob die Hände, als wollte er das Schicksal beschwören, die Ungerechtigkeit sofort rückgängig zu machen. »Wir haben nichts verbrochen, und wenn es ganz schlecht kommt, sind wir für eines ihrer ruchlosen Vorhaben markiert worden. Du weißt schon, wegen der Gelbpest.«

»Siebzehn Streifen.« Der Mann an der Ausgabe schob die halbjährige ARAS-Ration in einem Packen über den Tisch.

»Siebzehn Streifen nur?« Zeron gab sich erst gar nicht die Mühe, seine Entrüstung zu verbergen. »Da fehlen über zehn Tabletten.«

»Die Rationen sind gekürzt worden.«

»Wir brauchen das ARAS aber.« Zeron widerstrebte es, sich mit einem einzigen Satz abwimmeln zu lassen.

»Dann müsst ihr eben mal die Zähne zusammenbeißen.« Der Mann klang zunehmend genervt. Wahrscheinlich lagen ihm die Leute schon den ganzen Tag mit ihren Protesten in den Ohren.

»Siebzehn Streifen sind wirklich ziemlich wenig.« Die Kürzung der Ration ließ sogar High Noon nach Luft schnappen. »Habt ihr eigentlich eine Ahnung, wie ein Tag ohne ARAS aussieht?«

Der Mann war gerade im Begriff, auch ihm das Antistrahlungsmittel zu reichen, hielt aber mitten in der Bewegung inne. »Hört zu, Mutis. Ihr geht mir heute gehörig auf den Zeiger. Entweder nehmt ihr jetzt euer ARAS oder ihr macht euch ohne die Tabletten aus dem Staub. Ihr habt die Wahl. Also was ist? Ich nehme euren Anteil auch gern zurück.«

Zeron rümpfte die Nase, nahm die ihm zustehenden Streifen und ließ sie in der Innentasche seiner Jacke verschwinden. Es war sinnlos, sich mit dem Mann zu streiten. Im schlimmsten Fall würde er die Söldner rufen und wer erst einmal von diesen verhaftet wurde, verschwand zumeist auf Nimmerwiedersehen.

»Regt euch nicht auf.« Der Erfinder blieb erstaunlich gelassen und bedeutete High Noon, das Antistrahlungsmittel zu nehmen. »Ihr wisst doch, wie der Laden läuft. Am Ende des Tages müssen wir mit dem zufrieden sein, was der Moloch in seiner grenzenlosen Gnade vom Tisch fallen lässt.«

»Also gut«, maulte der Lange und nahm die Tabletten. »Dreizehn ARAS zu wenig, bedeuten schließlich auch bloß dreizehn Tage Kopfschmerzen, Übelkeit und Gliederschmerzen. Da kann man doch die Krämpfe schon fast vernachlässigen, ganz davon abgesehen, dass ich mich total schlapp fühlen werde. Ihr wisst, was ich meine.«

Geduldig ließ Zeron High Noons Klagen über sich ergehen und rückte zur Spendenausgabe weiter. Der Mann, der vor ihm an der Reihe war, bekam zwei Shirts, einige Socken und eine Tüte Trockensuppe gereicht.

Zeron traf es etwas besser, denn er erhielt eine Tafel Dauernahrung, zehn Entkeimungstabletten, Zündhölzer und einen braunen Stiefel.

Dafür erhielt Bomokhi eine Dose, die ganz offensichtlich unter Blähungen litt.

»Was sich auch immer in diesem Blechding befindet, es ist verdorben«, merkte der Erfinder an.

»Wieso könnt ihr nicht einfach einmal eure Klappe halten und dankbar sein?« Der Mann an der Ausgabe schob Bomokhi die Konserve mit Nachdruck über den Tisch. »Koste doch erst einmal, bevor du meckerst.«

Der Erfinder murmelte einige unverständliche Worte vor sich hin, ließ die Dose in einem Beutel verschwinden und trat zwei Schritte zurück. Zeron zog es vor zu schweigen, auch wenn der Stiefel kaum der Größe seiner Füße entsprach. Immerhin besaßen Schuhe einen hohen Tauschwert.

»Koloniebewohner! Hören bedeutet gehorchen! Neben der ARAS-Ration verteilen wir heute wieder zahlreiche Spenden, die in Radiupolis für euch gesammelt wurden. Seid dankbar, befolgt die Anweisungen des Schutzpersonals und vergesst niemals: Hören bedeutet gehorchen!«

»Was soll denn das sein?« High Noon hatte ein Glasröhrchen erhalten, in dem sich weißes Pulver befand.

»Das kannst du dir auf den Kopf oder in die Hose schütten«, erklärte ihm der Mann, der die Spenden verteilte. »Nach zwei Tagen aber bitte ausschütteln und dann fällt auch das tote Ungeziefer heraus.«

»Wie? Was?« Dem Langen blieb der Mund offen stehen.

»Es gibt aber auch noch eine andere Verwendung für das Pulver. Falls du eines Tages vom Leben die Schnauze restlos voll haben solltest, kannst du es dir durch Nase einziehen. Das wird zwar hinter der Stirn etwas kribbeln, aber nicht lange, das verspreche ich dir. Und jetzt pack dich, Steini.« Der Mann wandte sich dem nächsten Besucher zu.

»Früher gab es mehr Spenden, aber die größte Frechheit ist, dass sie die ARAS-Ration gekürzt haben.« High Noon, der für seine grenzenlose Zuversicht bekannt war, zeigte ein bekümmertes Gesicht.

»Lasst uns weitergehen«, drängte Bomokhi zum Aufbruch. »Ich will noch den Ring eintauschen.«

Dem Erfinder ging zwar der Ruf voraus, hart verhandeln zu können, doch Zeron bezweifelte, dass der Moloch sich auf lange Diskussionen einlassen würde. Am Tag der ARAS-Verteilung galt eine denkbar einfache Regel. Man akzeptierte die angebotenen Spenden oder ging leer aus.

Obwohl es ihm egal sein konnte, was Bomokhi für den Ring erhalten würde, schloss sich Zeron den Männern an. Er war unbewaffnet gekommen und der Weg bis zur Freien Zone war lang und gefährlich. Mit High Noon und Bomokhi an seiner Seite musste er nicht befürchten, von Wegelagerern als leichtes Ziel wahrgenommen zu werden.

Sie ließen die Verteilungsstände hinter sich und liefen an zwei Panzerwagen vorbei, die neben der Verteilungshalle Posten bezogen hatten. Auf den Fahrzeugen standen vier Gesichtslose, die das Treiben auf dem Platz schweigend beobachteten.

»Vorsicht Männer! Vorsicht!« High Noon war stehen geblieben und wies auf die immer noch endlos langen Wartereihen. Vier Söldner hatten sich dort auf eine Frau gestürzt und obwohl sie lauthals um Hilfe rief, wurde sie von den Männern kurzerhand zu Boden geworfen. Erschrocken wichen die Leute zurück, blieben dann aber stehen, da sie ihren Platz in der Warteschlange nicht verlieren wollten. Die Frau wand sich wie eine Schlange, wodurch es ihr gelang, sich immer wieder den Griffen der Gesichtslosen zu entziehen. Während einer der Söldner sie an ihrem knallroten Halstuch packte, ließ sich sein Kumpan mit dem Knie auf den Rücken der Frau fallen und zog einen Kabelbinder aus der Tasche. Obwohl er von seinen Kameraden unterstützt wurde, gelang es ihm nicht, den Widerstand der Frau zu brechen. Aus der Menge heraus bedachte irgendjemand die Söldner mit einem wüsten Fluch, woraufhin weitere Beschimpfungen folgten.

Zeron hielt den Atem an. Was auch immer die Frau in den Augen des Molochs verbrochen hatte, dass Schicksal, das ihr bevorstand, wagte er sich nicht auszumalen.

Die Stimmung drohte zu kippen. Ein erster Pflasterstein flog in Richtung der Söldner und Zeron sah, wie in die gaffende Menge plötzlich Bewegung kam. Eine weitere

Frau drängte nach vorn und sprang kaum, dass sie freie Bahn hatte, mit einem gewaltigen Satz dem Gesichtslosen in den Rücken, der sich in das Tuch der Frau verkrallt hatte. Der Söldner überschlug sich mehrmals und blieb benommen liegen. Die Angreiferin hatte unterdessen mit überkreuzten Armen den Kopf des Mannes gepackt, der auf der am Boden liegenden Frau kniete. Mit fast spielerischer Leichtigkeit riss sie den Schädel des Söldners zur Seite. Der geschickt angesetzte Hebel sorgte dafür, dass der Mann einige Meter über den Platz geschleudert wurde.

»Pelopa!« Zeron setzte sich Bewegung. Mit ihrer Aktion hatte sie sich zum Ziel aller Söldner gemacht, die sich in Sichtweite befanden. Selbst wenn es ihr gelingen sollte, in der Menge unterzutauchen, würde sie jede Hilfe brauchen, um den Häschern des Molochs zu entkommen.

Er war noch keine zwei Schritt weit gekommen, als sich über zehn Männer aus der Warteschlange lösten und mit lautem Geheul die Söldner angriffen. Da sie unbewaffnet waren, blieb ihnen nichts anderes übrig, als den Nahkampf zu suchen.

Der Donner eines Kanonenschusses ließ Zeron innehalten. Zugleich fegte die Garbe eines Maschinengewehres, über die Köpfe der Leute hinweg. Augenblicklich verwandelte sich der Platz in ein Tollhaus.

Die meisten Besucher erwachten sehr schnell aus der allgemeinen Erstarrung. Erschrocken stoben sie in alle Richtungen auseinander. Andere hingegen nutzten das Durcheinander und stürzten sich auf die Söldner. Diese rissen sofort ihre Waffen in die Höhe und feuerten in die Menge der Angreifer.

»Koloniebewohner! Hören bedeutet gehorchen! Der Platz wird geräumt! Befolge die Anweisungen. Widerstand wird bestraft. Hören bedeutet gehorchen.«

Entsetzliche Schreie schallten über den Platz. Wer noch kein ARAS erhalten hatte, mussten befürchten, nicht mehr an die Reihe zu kommen. Die Reste der Warteschlangen lösten sich auf. Eine Gruppe besonders verzweifelter Frauen und Männer versuchte in dem Durcheinander, die Verteilungsstände zu stürmen. Sogleich schlug ihnen das Abwehrfeuer der Wachen entgegen.

»Koloniebewohner! Hören bedeutet gehorchen! Der Platz wird geräumt! Das Schutzpersonal ist zur Gewaltanwendung ermächtigt. Widerstand wird bestraft. Hören bedeutet gehorchen!«

Die Motoren zweier P1-Walzen heulten auf. Kreischend wichen die Menschen zurück. Innerhalb weniger Sekunden schwappte die aufkommende Panik über den gesamten Platz. Das Chaos steigerte sich noch weiter, als sich auch von Norden drei moderne P2-Walzen näherten. Einige hundert Leute waren in diese Richtung geströmt und fluteten nun zurück. Menschen fielen zu Boden und wurden bei dem Versuch, wieder auf die Beine zu kommen, erneut umgerissen.

In die Schreie der Flüchtenden mischten sich weitere Schüsse, was die Panik zusätzlich schürte. Da niemand wusste, wo man sich vor den Schützen in Sicherheit bringen konnte, irrten die meisten Leute hilflos auf dem Platz umher. Der Weg zu den Ausgängen war weit und gefährlich.

Unterdessen stießen drei Hornissen im Sturzflug herab. Unter dem ohrenbetäubenden Lärm der Rotoren richteten sie ihren Bug auf die Verteilungsstände. Zeron sah, wie sich am Rumpf der Hubschrauber lange Kästen öffneten, metallisch schimmernde Rollen herausglitten und sich zu dichtmaschigen Netzen entfalteten. Das dünne Flechtwerk schimmerte im Tageslicht bedrohlich.

In wilder Panik versuchten die Menschen, aus dem Umkreis der Hornissen zu gelangen. Doch die Netze waren schneller und begruben all jene unter sich, die nicht rechtzeitig die Flucht ergriffen hatten.

Obwohl Zeron die Szene aus sicherer Distanz beobachtete, zog er sich einige Schritte zurück. Das Spinnennetz war gefürchteter als die Elektrostäbe der Söldner. Wer dem dünnen Drahtgeflecht nicht zu entkommen vermochte, war verloren. Die ersten Blitze begannen sich zu entladen. Wie kurz aufleuchtende Würmer huschten sie über das Netz und verwandelten die gefangenen Menschen in eine zuckende Masse, deren Hilferufe schon bald in ein unartikuliertes Geheul überging.

Unterdessen trieb ein Windstoß eine Wolke Tränengas über den Platz und zwang die Leute, in westliche Richtung auszuweichen. Doch dort schwenkten zwei Panzerwagen zur Seite und gaben den Weg für drei Sauger frei. Der

Anblick der gefürchteten Kolosse reichte aus, um die Menge in Angst und Schrecken zu versetzen. Unter der durch dicke Metallstreben geschützten Fahrerkabine befand sich ein monströser rechteckiger Trichter, der dem zahnlosen Maul eines gefräßigen Ungeheuers glich.

Warnende Rufe gellten über den Platz. Jene, die vor den Walzen geflohen waren, mussten erneut ausweichen und wandten sich nun nach Osten.

Zeron hörte, wie die Turbinen der Sauger aufheulten. Noch im selben Augenblick riss der Sog die ersten Leute von den Beinen. Verbissen versuchten sie sich, an herausstehenden Pflastersteinen festzukrallen, die aber viel zu glatt waren, um ausreichend Halt zu bieten. Mit unerbittlicher Konsequenz setzten sich die Maschinen in Bewegung und fuhren, den Sog stetig verstärkend, den hilflos auf den Boden zappelnden Menschen entgegen. Mit heller Stimme schrie ein Kind nach seiner Mutter und verstummt erst, als es in einem der Trichter verschwand.

»Mofertu, die Sauger kommen genau auf uns zu.« High Noon machte einen Schritt in südlicher Richtung, wurde aber von Zeron zurückgehalten.

»Nein, nicht dorthin!«

Vor dem Bewerbungskomplex hatten sich einige Dutzend Söldner in einer langen Reihe aufgestellt und ihre Universalgewehre in Anschlag gebracht.

»Wir haben die Wahl«, stellte Bomokhi mit weit aufgerissenen Augen fest. »Sauger, Walzen oder die Gesichtslosen.«

»Dorthin!« Zeron stieß den Erfinder an und rannte los.

»Im Osten sind die Ausgänge noch frei!«

Schon nach wenigen Schritten steckten sie in einer Wolke des über den Platz wabernden Tränengases. High Noon heulte vor Schmerz auf, während Zeron sich die Nase zuhielt. Mit aller Kraft versuchte er, sich von der panischen Stimmung nicht anstecken zu lassen. Auch er hatte Angst, doch genau diese war im Moment sein gefährlichster Feind. Angst lähmte den Verstand und den Körper. Wer dem Wahnsinn dieser Stunde entkommen wollte, musste die Übersicht behalten. Eine falsche Entscheidung zu treffen war nicht erlaubt und würde mit tödlicher Sicherheit ins Verderben führen.

Nach fünfzig Metern war die Atemnot so groß, dass Zeron gezwungen war, Luft zu holen. Augenblicklich schossen ihm die Tränen in die Augen. Dennoch lief er unentwegt weiter, stolperte über eine am Boden liegende Frau, rollte einige Meter an einer Bordsteinkante entlang und sprang wieder auf die Beine. Er musste weiter. Immer weiter. Wer stehen blieb, war verloren. Wer das Tränengas scheute, drohte in den Sog der Sauger zu geraten oder von den Walzen zerquetscht zu werden.

Zerons Augen brannten so schrecklich, dass er nichts mehr sah. Nur noch dunkle und helle Flecken vermochte er wahrzunehmen. Dennoch, er musste weiter und durfte keinesfalls stehen bleiben. Die vielen Schreie ließen ihn alle Vorsicht vergessen. Da er nicht sah, wohin er trat, hob er die Füße kräftig an, um nicht zu stolpern. Dennoch drohte er für einen Augenblick das Gleichgewicht zu verlieren, als er in ein Erdloch trat, das der Regen ausgewaschen hatte. Nachdem er noch einige Schritte weitergetaumelt war, blieb er erschöpft stehen und versuchte herauszufinden, wo er sich befand. Vier, fünf Schatten huschten an ihm vorbei. Die Männer husteten um die Wette und zogen das Tränengas, das sich in ihren Kleidern festgesetzt hatte, wie ein Schlepptau hinter sich her.

Erschöpft blieb Zeron stehen und versuchte sich zu orientieren. Er hatte den Platz bereits verlassen und befand sich einige Häuserblöcke hinter dem Einlassposten. Da ihm die Augen heftig tränten, vermochte er die Umgebung nur schemenhaft wahrzunehmen. High Noon und Bomokhi waren nirgends zu sehen und schienen in einer der angrenzenden Ruinen Zuflucht gesucht zu haben.

Wütend klopfte er sich das Reizgas aus der Kleidung. Die Mundhöhle brannte, als hatte er mit Kakiri gegurgelt. Zugleich fühlte sich die Brust an, als würde sie von einem Eisenband zugeschnürt werden. Hinzu kam ein Hustenreiz, der ihn daran hinderte, tief durchzuatmen.

Da zu befürchten stand, dass die Söldner die Umgebung des Verteilungsplatzes bald absichern würden, beschloss er, nicht weiter zu warten, und setzte sich wieder in Bewegung.

Er musste sich so schnell wie möglich in seinen Jagdgrund zurückziehen, die ARAS-Ration auf verschiedenen Beutestöcke verteilen und seine Ersatzwaffen holen.

Die nächsten Monate würden hart werden und das nicht nur, weil er kaum noch etwas besaß. Es ging um mehr als um sein Revier, das Kalo ihm abjagen wollte. Es ging ums nackte Überleben.

12. Kapitel

Mit einem lauten Scheppern rollte die Tonne über die Straße. Es tat Kalo gut, an irgendetwas seine Wut auszulassen. Was bildete sich dieser völlig verblödete Ugey eigentlich ein? Und sein Kumpel, dieser Goro, war keinen Deut besser, diese widerliche Wanze. Sie hatten es gewagt, ihn zu versetzen. Ihn, Kalo, als wäre er ein Niemand, der in irgendeinem Kellerloch saß und sich von Asseln ernährte. Was für eine Frechheit. Aber sein ARAS, das hatten sie nur zu gern genommen. Dabei waren die zwei höchstens für niedere Arbeiten zu gebrauchen.

Kalo blieb stehen und trat noch einmal zu. Die Tonne rollte weiter und zog eine Spur rostiger Späne hinter sich her.

Er war ein guter Anführer, streng aber gerecht und er sorgte für seine Leute. Es gab nur wenige Banden, die es sich leisten konnten, kurz vor dem Verteilungstag ARAS zu verschenken. Er schon, er hatte es getan. Und was war der Dank?

Er hatte diesen Blödmännern sogar noch eine Hure bezahlt. Natürlich mit ARAS, womit denn sonst? Die zwei Ratten hatten es dennoch gewagt, nicht zu erscheinen und am Ende war er gezwungen gewesen, sich allein an den Verteilungsständen anzustellen. Das hatte er schon seit Jahren nicht mehr nötig gehabt. Zu allem Überfluss war er dann auch noch in den Tumult geraten, den irgendein Blödmann ausgelöst haben musste. Dabei hätte ihn eine P2-Walze um ein Haar plattgemacht. Die aufgebrachte Menge hatte alle Fluchtwege versperrt, was ihm fast das Leben gekostet hatte. Erst als noch die Sauger herangerückt waren, hatte er dem um sich greifenden Wahnsinn entkommen können.

Kalo spuckte dreimal aus. Er hatte noch einmal Glück gehabt. Verdammt großes Glück sogar.

Dennoch, dass ihn die zwei Kakerlaken versetzt hatten, konnte er sich nicht gefallen lassen. Er musste ein Zeichen setzen, sonst würde bald jeder glauben, dass man ihm ungestraft auf der Nase herumtanzen konnte. Wer auch immer für ihn arbeitete, musste wissen, dass man ihm zu gehorchen hatte.

Wütend lenkte er seine Schritte in Richtung eines Flachbaus, wo er zumindest auf Sodar und Wofdur treffen würde. Er musste mit ihnen besprechen, wie mit Zeron weiter zu verfahren war. Besaß er erst einmal auch dessen Jagdgrund, würden die Händler, die aus Nordwesten kommend ins Asylum wollten, gezwungen sein, durch die von ihm kontrollierten Gebiete zu reisen. Die Gefahr, dass sie sich bei zu hohen Wegegeldforderungen eine andere Passage suchen würden, wäre mit der Übernahme von Zerons Jagdgrund gebannt. Zu große Umwege konnten sich auch die erfolgreichsten Händler nicht leisten. Doch zunächst einmal musste er im eigenen Lager für Ordnung sorgen.

Diese Erkenntnis brachte ihn wieder zum Ausgangspunkt seiner Überlegungen zurück. Kalo blieb stehen und versuchte, seine Gedanken zu ordnen. Blinde Wut war kein guter Ratgeber. Er musste einen kühlen Kopf bewahren. Vermutlich hatten sich Ugey und Goro irgendwelche Drogen reingezogen und schliefen in einem der zahlreichen Hinterhöfe ihren Rausch aus. Wahrscheinlich Engelsextrakt. Oder sie waren immer noch mit dieser Hure beschäftigt. Wie hieß sie doch gleich? Yestula? Was für ein furchtbarer Name. Keine Ahnung, was die Kerle an ihr fanden. Sie war klein, hatte nur noch einen Schneidezahn und hübsch … na ja, da gab es andere Mädchen. Aber die Männer hatten dennoch darauf bestanden, sich mit ihr zu vergnügen. Das konnten sie seinetwegen auch, sogar auf seine Kosten. Aber dann hatten sie gefälligst seinen Befehlen nachzukommen!

Früher oder später würden die zwei dreckigen Würmer bestimmt wieder auftauchen. Dann konnten sie sich auf eine gehörige Abreibung gefasst machen. Hören bedeutet gehorchen. Das war Gesetz, bei ihm noch viel mehr als beim Moloch.

Der Flachbau schloss sich an eines der halb verfallenen Wohnhäuser an, von denen Tausende die alten Straßen säumten. Sein Vorteil lag in einem noch halbwegs dichten Dach, weshalb Kalo oftmals in dem Gebäude übernachtete. Außerdem gab es neben einem Hinterausgang auch noch zwei weitere Fluchtmöglichkeiten und diese waren bei der Wahl eines Lagers stets von größter Bedeutung.

Wofdur und Sodar erwarteten ihn bereits. Sie hatten ihre ARAS-Rationen am zeitigen Vormittag geholt und saßen auf einem Mauersims, der sich quer durch den Raum zog. Wie es sich in Kalos Augen gehörte, erhoben sich die beiden Männer, als sie ihn erblickten.

»Was ist los? Warum steht ihr hier herum?«

»Wir müssen dir etwas sagen.« Während Sodar sprach, zog er den Kopf immer weiter ein. »Wegen Goro und Ugey.«

»Was ist mit diesen Rattenhirnen? Wir hatten uns verabredet, aber sie sind nicht erschienen.«

»Genau darum geht es. Also – am besten du siehst es dir selbst an.« Der Büttel zeigte in Richtung eines hohlen Türrahmens, der sich einige Meter hinter ihm befand.

Sodars unterwürfiger Tonfall machte Kalo stutzig, vor allem, weil auch Wofdur ganz betreten dreinschaute. »Was ist los?«

»Sie konnten dich nicht treffen«, druckste Sodar weiter herum. »Sie liegen dort hinten.«

»Sie sind hier, diese faulen Eier?« Kalo fühlte sich wie ein bis zum Rand gefüllter Kessel, der über einem Feuer hing und im nächsten Augenblick überzukochen drohte. »Ausgezeichnet! Wirklich! Sehr gut!«

Hinter dem Durchgang lag ein völlig verwahrloster Nebenraum, der nur durch das fahle Tageslicht erhellt wurde, das durch ein schmales Fenster drang. Kalo blieb in der Tür stehen und sah sich in seinen Befürchtungen bestätigt. Ugey und Goro lagen unweit eines längst ausgeschlachteten Gefrierschranks auf dem Boden.

»Aufstehen, ihr Ratten!« Wutentbrannt trat Kalo zu.

Mit geschlossenen Augen und ohne einen Ton von sich zu geben, drehte sich Ugey auf den Rücken.

»Mofertu!« Entsetzt wich Kalo zwei Schritte zurück.

Das gelb angelaufene Gesicht des Toten hob sich von dem dunklen Boden deutlich ab. Um die Lippen hatte sich weißer Schaum gebildet. Ugey musste sich im Todeskampf übergeben haben.

Nach einigen Atemzügen hatte sich Kalo von dem Schreck erholt, kniete sich neben die Männer und versicherte sich, dass auch Goro an der Seuche gestorben war. Das aufgequollene Gesicht des Toten leuchtete wie die Fratze eines Gespenstes.

»Auch das noch.« Kalo schlug mit der geballten Faust auf den Boden. »Verdammte Gelbpest!«

Bisher hatte die Seuche um seinen Jagdgrund einen Bogen gemacht, doch nun war sie gekommen und hatte gleich zwei seiner Männer geholt.

»Wie ich sagte, sie konnten nicht zum Treffpunkt kommen.« Sodar und Wofdur standen am Durchgang und wagten es nicht, den Raum zu betreten.

»Das sehe ich auch ohne deinen blöden Kommentar.« Kalo fuhr sich mit der Hand über den kahlen Schädel. »Konntet ihr mir nicht Bescheid geben? Ich rase auf der Suche nach den Halunken durch die halbe Stadt, und ihr sitzt derweil hier und genießt den Tag.«

»Ich habe gleich gesagt, dass einer von uns Kalo Bescheid geben sollte«, zischte Sodar.

»Was heißt ›einer von uns‹?«, ließ Wofdur den Vorwurf nicht auf sich sitzen. »Du wolltest, dass ich gehe, aber …«

»Geht mir aus den Augen!« Kalo bebte vor Wut. Die Situation war auch ohne das kindische Gezänk der beiden Männer schlimm genug. Sollte sich die Gelbpest in seinen Jagdgründen ausbreiten, konnte er sich von seinen Plänen verabschieden. Dabei hatte er in den letzten Monaten gute Fortschritte gemacht. Idor war bereits seit einigen Tagen in seiner Gewalt und es war nur mehr eine Frage der Zeit, bis auch Zerons Revier an ihn fallen würde. Doch um den stetig wachsenden Einflussbereich überwachen zu können, benötigte er genügend ihm treu ergebene Leute und diese anzuwerben kostete viele ARAS. Die zwei Toten zu ersetzen würde nicht das Problem sein, aber sollten in den nächsten Tagen die Verluste in die Höhe schnellen, war guter Rat teuer. Auch seine ARAS-Reserven waren endlich.

Wenigstens stand ihm der Besitz von Goro und Ugey zu. Mit etwas Glück würde er die anstehenden Mehrkosten damit zumindest teilweise decken können. Vorsichtig und immer drauf bedacht, die Haut der Toten nicht zu berühren, begann er ihre Taschen zu leeren. Besonders viel hatten die Männer nicht dabei. Einige Würfel Notnahrung, einen Langdolch, etwas mehr als zwanzig Zündhölzer, einen Kamm, der nur noch fünf Zinken besaß, einen Kurzspieß nebst Steinschleuder und zwei ARAS.

Zwei ARAS! Kalo stöhnte auf und widerstand nur mit Mühe dem Drang, den Toten mitten ins Gesicht zu schlagen. Zwei ARAS!

Kalos Stimmung erreichte einen weiteren Tiefpunkt. Hätten diese Kakerlaken nicht wenigstens ihr ARAS abholen können, bevor sie krepierten? Wie dumm musste man sein, völlig umsonst zu sterben! Was für ein nutzloser Tod. Was für eine Vergeudung! Zu allem Überfluss taugten die Kerle nicht einmal für die Mader. Die Madenzüchter weigerten sich, die Leichen von Leuten anzukaufen, die an der Gelbpest gestorben waren. So gesehen waren sich die Nichtsnutze bis in den Tod treu geblieben.

Die zwei Tabletten mussten aus der Beute stammen, die sie am Morgen Zeron abgenommen hatten.

Kalo wog die ARAS in der Hand, als würde sich der Wert des Antistrahlungsmittels nach seinem Gewicht bemessen. Er hatte den Männern jeweils zwei Pillen gegeben, als Dank dafür, dass sie Idor in die Falle gelockt hatten. Da nur noch die Hälfte übrig war, hatten sie vermutlich die anderen ARAS bereits geschluckt.

Sieben Tabletten hatten sie von Zeron erbeutet und keine einzige hatte er für sich behalten. So gut war er zu seinen Männern. Zu gut vielleicht sogar.

Kalo schüttelte den Kopf. Zwei ARAS waren an Wofdur und Sodar gegangen, vier an Goro und Ugey und mit der letzten, ihm verbliebenen Tablette hatte er Yestula bezahlt. So leicht konnte einem das Raubgut durch die Finger rinnen.

Kalo nahm sich vor, mit der Beute zukünftig knausriger umzugehen, und Sodar und Wofdur würden die Ersten sein, die nicht mehr auf zusätzliche Belohnungen zu hoffen brauchten.

Hätte er gewusst, dass die zwei Blödmänner der Seuche zum Opfer fallen würden, wäre er sparsamer mit dem Antistrahlungsmittel umgegangen. So aber waren ihm nur zwei ARAS geblieben. Zwei ARAS.

Wütend starrte er auf die Tabletten und wollte sie schon in der Jackentasche verschwinden lassen, als er mitten in der Bewegung innehielt.

Im Laufe seines Lebens waren mehr ARAS durch seine Hand gegangen, als er zählen konnte. Daher kannte er die vier Zeichen sehr genau, die der Molch in die Tabletten ritzte. Er hatte die Buchstaben, die er ärgerlicherweise nicht einmal lesen konnte, mittlerweile so oft gesehen, dass er ihnen schon seit einer halben Ewigkeit keinerlei Beachtung mehr schenkte. Wozu auch? Sie sahen immer gleich aus. Immer. Außer – auf diesen Tabletten.

Es war nur eine Kleinigkeit, die ihm plötzlich aufgefallen war, eine unscheinbare Winzigkeit, die ihm seit Monaten entgangen sein musste. Das dritte Zeichen hatte sich verändert. Es war zwar dem ersten Buchstaben immer noch ähnlich, verdammt ähnlich sogar, aber sie waren nicht mehr völlig gleich, so wie es früher der Fall gewesen war. Der mittlere, leicht aufsteigende Querstrich endete, bevor er die linke Linie erreicht hatte. Das war bei dem ersten Zeichen anders, und er wollte fortan Blödmann heißen, wenn dies schon immer der Fall gewesen war.

Kalos Blick verfinsterte sich. Offensichtlich verteilte der Moloch neuerdings Tabletten mit einem anderen Buchstaben. Dafür musste es einen triftigen Grund geben und diese Neuigkeit versprach eine Menge Ungemach. Immerhin hatte der Moloch auch die ARAS-Rationen gekürzt.

Kalo schob die Unterkiefer vor und blickte voller Misstrauen auf das Antistrahlungsmittel. Das neue Zeichen wollte ihm überhaupt nicht gefallen.

Gedankenverloren zog er einen der ARAS-Streifen aus der Jackentasche, die er auf dem Verteilungsplatz erhalten hatte. Nichts, keine Veränderung. Zumindest die Verpackung war gleich geblieben. Das musste jedoch nichts bedeuten, denn letztendlich kam es auf den Inhalt an. Sollten die ARAS noch größerer Dreck sein als die Tabletten, die der Moloch ansonsten verteilte, würde er gezwungen sein, viel mehr von dem Antistrahlungsmittel zu erbeuten. Er musste seine Leute bei Laune halten und dafür benötigte ausreichend ARAS.

Dennoch, die Sache mit dem geänderten Zeichen war seltsam und dem musste er unbedingt auf den Grund gehen.

Kalo drückte eine der Tabletten aus dem neuen Streifen und erstarrte, als er einen Blick auf sie warf. Der erste und der dritte Buchstabe glichen einander wie Zwillinge. So wie es auch in den Jahren zuvor gewesen war, außer – außer bei den ARAS, die er Zeron abgenommen hatte.

Mit einem lauten Zischen sog Kalo die Luft ein und hielt den Atem an. Goro und Ugey waren an der Gelbpest verreckt. Könnte es sein …? Gift? Vergiftete ARAS?

Mit zusammengekniffenen Augen starrte Kalo auf die leblosen Körper seiner Helfer. Dieser Zeron! Dieser hinterhältige Dreckskerl! Er wagte es, krankmachende ARAS zu verteilen. Offensichtlich wusste sich dieser Wurm nicht mehr anders zu helfen, als sich seiner Gegner durch Gift zu entledigen. Natürlich, genau so musste sein. Der Kerl war weder besonders groß, noch besaß er die Kräfte eines echten Mannes. Dafür stand er im Ruf, klug zu sein und selbst viel stärkere Feinde zu überlisten. Angeblich war er ein Meister darin, seinen Gegnern bösartige Fallen zu stellen, und der Grat zwischen Klugheit und Hinterlist war bekanntlich schmal.

Kalo verzog das Gesicht zu einer hässlichen Fratze. Wer mit einem Blasrohr auf Jagd ging, dem war alles zuzutrauen. Todbringende ARAS und Zeron, das passte zusammen wie Kakerlaken und Kakiri.

Andererseits war es mit Sicherheit nicht einfach, das Antistrahlungsmittel zu vergiften. Immerhin hätte er, Kalo, auch nicht gewusst, wie er das machen konnte. Wieso also sollte dieser Zeron dazu in der Lage sein? Doch eines stand unwiderruflich fest, die seltsamen ARAS stammten von ihm und er war nicht krank geworden. Natürlich würde der hinterhältige Kerl nicht so dumm sein, die von ihm vergifteten Tabletten an sich selbst auszuprobieren.

Kalo kratzte sich den Kopf. Seine Überlegungen brachten ihn nicht weiter. Trotz der vielen Hinweise, die allesamt auf Zeron hindeuteten, konnte er nicht ausschließen, dass sich Goro und Ugey die Gelbpest woanders eingehandelt hatten. Bei dieser Yestula zum Beispiel.

Erneut schlug er mit der blanken Faust auf den Boden. Es machte ihn wütend, dass er nur raten konnte, was es mit diesen komischen ARAS auf sich hatte. Davon abgesehen, dass er der Nächste sein konnte, den sich die Gelbpest holte. Doch auf welchem Weg die Seuche auch in die Stadt gekommen sein mochte, Zeron musste sterben. Unbedingt und am besten schon in den nächsten Tagen. Dann würde sich in den darauffolgenden Wochen zeigen, ob der Kerl wirklich hinter der Seuche gesteckt hatte.

In Kalos Kopf begannen sich die Gedanken zu überschlagen. Er drohte die Übersicht zu verlieren. Langsam, ganz langsam. Nicht durchdrehen. Geduldig atmete er mehrmals tief durch und versuchte, sich zu beruhigen.

Falls tatsächlich Zerons ARAS die Gelbpest verursachten, konnte er nicht nur diesen Kerl ungestraft umbringen, im Asylum würde man ihn dafür als Held feiern. Seinen eigentlichen Plänen stünde dann kaum noch etwas im Wege.

Das wäre gut. Das wäre sogar verdammt gut. Doch dafür musste er herausfinden, ob es tatsächlich Zerons ARAS waren, die seine Männer umgebracht hatten. Stellte sich nur die Frage, wie er das anstellen sollte, denn es gab mit Sicherheit genügend Leute, die darauf bestehen würden, dass er die Richtigkeit seiner Behauptung bewies.

Kalo starrte auf das Antistrahlungsmittel, das er immer noch in seiner Hand hielt. Auch Sodar und Wofdur hatten aus Zerons Beute eine Tablette erhalten und schienen sich trotzdem bester Gesundheit zu erfreuen. Eigentlich hätten die ARAS auch sie umbringen müssen.

Ohne den restlichen Besitz der Toten an sich zu nehmen, sprang Kalo auf und verließ den Raum.

»Ihr da.« Wofdur und Sodar saßen wieder auf dem Mauersims. »Habt ihr noch die ARAS, die wir Zeron abgenommen haben?«

»Ja.« Wofdur klopfte auf die Tasche seiner Jacke und auch Sodar gab ihm zu verstehen, dass er noch im Besitz der Tablette war.

»Verdammt!« Kalo hatte auf eine andere Antwort gehofft und wollte sich bereits abwenden, als ihm eine Idee kam. »Habt ihr eure Tagesration schon eingenommen?«

»Nein.« Die Verwunderung über Kalos Frage stand Sodar ins Gesicht geschrieben. »Der Moloch hat die Zuwendung gekürzt und deshalb wollen wir die Einnahme so lange wie möglich hinauszögern.«

»Unsinn!«, bellte Kalo zurück. »Ihr wisst genau, dass ich für euch sorgen werde. Also ihr nehmt auf der Stelle die erbeuteten ARAS ein.«

»Wieso denn?« Wofdur schob die Unterlippe etwas vor und betrachte nachdenklich die Tablette, die er zwischen Daumen und Zeigefinger hielt.

»Weil ich es verlange, Blödmann. Ihr müsst nachher bei vollen Kräften sein. Also werft euch das Zeug jetzt ein. Noch einmal sage ich es nicht.«

»Meinetwegen.« Wofdur führte das Antistrahlungsmittel zum Mund, während Sodar ein missbilligendes Gesicht zog, aber auf weiteren Widerspruch verzichtete.

»Halt!« Kalo ging auf die Männer zu und streckte ihnen die geöffnete Hand entgegen. »Ich habe es mir anders überlegt. Ihr gebt mir besser die verdammten ARAS.«

»Ja, was denn nun?« Sodar zog die gespaltene Oberlippe hoch, wodurch seine Schneidezähne bis zu den freiliegenden Zahnhälsen sichtbar wurden.

»Das ist jetzt aber kein guter Tausch.« Wofdur ließ die Hand mit dem Antistrahlungsmittel sinken. »Dann würde ich sie doch lieber selber einnehmen.«

»Geht mir nicht auf den Geist.« Kalo ging zu den Männern und streckte ihnen die Hand entgegen. »Ich ersetze euch das ARAS.« Er zog den angebrochenen, frischen Streifen aus der Tasche.

»Ich verstehe zwar nicht, warum du unbedingt Zerons ARAS haben möchtest, aber wenn dich der Tausch glücklich macht ...« Sodar reichte Kalo das Antistrahlungsmittel und erhielt dafür eine andere Tablette.

»Ich weiß nicht.« Wofdur Mundwinkel schienen auf sein Kinn zeigen zu wollen. »Kann es sein, dass Zerons Pillen irgendwie besser sind, als der Dreck, den wir heute vom Moloch erhalten haben?«

»Erzähl keinen Unsinn.« Kalo wurde langsam ungeduldig. Das ausgerechnet der einfältige Wofdur eigene Überlegungen anstellte, regte ihn zunehmend auf. Nachzudenken war seine Aufgabe und sollte auch ihm überlassen werden.

Ungeduldig schnippte Kalo mehrmals mit den Fingern und Wofdur übergab ihm endlich die Tablette. »Statt wild herumzuspekulieren, könntet ihr mir sagen, wie es Idor geht.«

»Was soll mit ihm sein?« Wofdur zuckte mit den Schultern. »Ich war erst vorhin bei ihm und da wurde er von Krämpfen geplagt. Kein Wunder, wenn man fünf Tage ohne ARAS auskommen muss.«

»Dennoch scheint er nicht einsichtiger geworden zu sein.« Wie immer musste Sodar zu allem seine Meinung kundtun.

»Dann werde ich ihn mal besuchen gehen.« Kalo eilte aus dem Raum und betrat das Treppenhaus des Gebäudes. Noch während er die Stufen in den Keller hinabstieg, entnahm er der Gürteltasche eine Schachtel Zündhölzer. Gleich neben der Treppe steckte in einem Mauerspalt eine erloschene Fackel, die sie Idor bei dessen Gefangennahme abgenommen hatten. Kalo grinste zufrieden, als eine erste kleine Flamme aus dem mit Pech getränkten Lappen züngelte, den sein Gefangener um den knochigen Ast gewickelt hatte. Mit der spärlichen Lichtquelle ausgerüstet, betrat er den langen Kellergang und folgte diesem bis zum Ende. Außer dem Quieken einer Ratte, die vermutlich Fleisch gewittert hatte und auf eine fette Mahlzeit hoffte, war nichts zu hören.

Die Türen, die einst die Kellerräume verschlossen hatten, waren längst verschwunden. Schon vor vielen Jahren hatte man sie benutzt, um im Winter ein wärmendes Feuer zu entzünden. Holz war begehrt, mindestens genauso sehr wie Wasser, ARAS oder ein fetter Rattenschenkel.

Am Ende des Ganges befand sich der einzige verschlossene Raum. Die Tür war nur deshalb noch nicht aus dem Rahmen gerissen worden, weil sie aus massivem Metall bestand und zu schwer war, um sie zum Verteilungsplatz zu bringen. Zudem war der Moloch kaum noch bereit minderwertiges Altmetall aufzukaufen.

Kalo blieb vor der Tür stehen und zog einen dicken Holzpflock aus dem Riegel. Wie schon an den Tagen zuvor, schlug ihm der widerliche Geruch von Fäkalien, Schweiß, Urin und Erbrochenem entgegen. Trotz des beißenden Gestanks betrat er den Raum, ohne dabei sein Gesicht zu verziehen. Im flackernden Licht der Fackel tauchten die Umrisse eines Mannes auf, der mit hängendem Kopf auf einem Stuhl saß.

»Wie geht es dir heute, mein Freund?« Mit einem herablassenden Lächeln auf den Lippen betrachtete Kalo den gefesselten Mann.

»Bist du gekommen, um mir auch noch die restlichen Fingernägel auszureißen?« Idors Stimme klang kraftlos und matt. Seine Arme und Beine waren mit dicken Riemen an dem Stuhl fixiert worden.

»Ganz im Gegenteil, ich will dir helfen, Idor. Zum Beispiel dabei, die richtigen Entscheidungen zu treffen.«

Statt eine Antwort zu geben, lachte der Mann leise auf, ließ den Kopf aber weiter hängen.

»Sei doch vernünftig.« Kalo konzentrierte sich darauf, nicht herablassend zu klingen. »Mein Angebot ist auch für dich äußerst vorteilhaft. Du machst bei uns mit, kannst deinen Jagdgrund weiter verwalten und wir unterstützen dich, wenn Gefahr droht. In der Not wirst auch du auf echte Freunde angewiesen sein.«

»Du hast vergessen, den Preis zu nennen, den deine angeblichen Vorteile kosten.«

»Mein lieber Idor, nur der Tod ist umsonst. Du musst bedenken, dass wir unser Leben riskieren, wenn wir dir zu Hilfe kommen. Wer sich mit uns zusammentut, kann nie wieder ungestraft angegriffen werden. Sogar die Banden werden einen weiten Bogen um deinen Jagdgrund machen, wenn sich unsere Zusammenarbeit erst einmal herumgesprochen hat. Zudem muss sich keiner meiner Leute Sorgen darüber machen, woher er ARAS bekommt, wenn ihm diese ausgegangen sind.«

»Weißt du was?« Idor hob nun doch den Kopf. »Du wirst mich umbringen müssen, um mein Revier zu bekommen. Nur zu dumm, dass alle wissen, wie scharf du darauf bist, dir die Jagdgründe anderer Jäger anzueignen. Wenn ich verschwinde oder tot aufgefunden werde, kann sich jeder Schwachkopf denken, wer dahintersteckt.«

Kalo blieb stehen und sah auf Idor hinab, der ihn mit seinen kleinen Augen anfunkelte. Er hatte nicht übel Lust, so lange auf den Mann einzuschlagen, bis dieser seine Zähne einzeln ausspuckte. Ärgerlich war nur, dass der Blödmann die Wahrheit sprach. Die Freie Zone konnte ein sehr ungemütlicher Ort werden, wenn man in den Verdacht geriet, andere Jäger zu töten, nur weil man das eigene Revier vergrößern wollte. Natürlich konnte er Idors

Leichnam verschwinden lassen und das Gerücht streuen, er sei auf dem Verteilungsplatz von den Walzen zerquetscht worden. Da sollte erst mal jemand versuchen, ihm das Gegenteil zu beweisen. Aber vielleicht gab es noch eine andere, viel bessere Lösung.

»Wir werden sehen, Idor, wir werden sehen.« Der Widerstand des Jägers machte Kalo rasend. Wütend klemmte er den Griff der Fackel in den Spalt, der sich zwischen der offenstehenden Tür und der Mauer gebildet hatte. »Du scheinst immer noch nicht begriffen zu haben, in was für einer Lage du dich befindest.«

Kalo eilte um den Gefangenen herum und packte Idors Ohrmuschel.

»Falls du nicht willst, dass ich dir den Hals durchschneide, solltest du den Kopf jetzt stillhalten.«

»Was hast du …« Idor schrie auf, wagte aber nicht, sich zu bewegen. »Verdammt! Bist du völlig verrückt geworden?«

»Reiß dich zusammen.« Kalo steckte das blutige Messer in das Futteral und kam um den Stuhl herum. »Du weißt, was das ist?« Im Flackern der Fackel war das Ohrläppchen, das er zwischen Daumen und Zeigefinger hielt, kaum zu sehen.

»Verdammt, das ist mein Chip.« In Idors Gesicht spiegelten sich Schmerz und Wut gleichermaßen wider.

»Du verstehst rein gar nichts«, lachte Kalo höhnisch auf und ließ das blutige Stückchen Fleisch fallen. »Das ist kein Chip, mein Freund, das ist ARAS. Dein ARAS.« Mit einem hämischen Grinsen setzte er die Fußspitze auf das Ohrläppchen und bewegte diese langsam vor und zurück.

»Du Drecksack!« Idors Stimme übertönte das hässliche Knirschen, das Kalos Fuß auf dem schmutzigen Boden verursachte. »Gib mir meinen Chip!« Die Stimme des Jägers brach sich an den finsteren Kellerwänden.

»Zu spät, mein Freund, zu spät.« Kalo fühlte sich endlich besser und atmete kräftig durch. Er war jetzt die letzte Instanz. Ohne den Chip würde Idor nie wieder auf den Verteilungsplatz gelangen und damit war der Jäger auf seinen guten Willen angewiesen. »Außerdem denkst du viel zu schlecht von mir. Sieh nur, was ich hier Schönes habe.« Kalo griff in die Jackentasche und zog die ARAS hervor, die er von Sodar erhalten hatte. »Ich kann dich wie eine verlauste Ratte verrecken lassen, ich kann dir aber auch ein guter Freund sein, jemand, auf den du zählen kannst, – immer, – ein ganzes Leben lang.« Noch während Kalo sprach, öffnete er seine Feldflasche. »Du bist es, der die Wahl hat, — Schmerz oder ARAS, Leben oder Tod.«

Der Jäger reckte den Kopf nach vorn. Kalo steckte Idor das Antistrahlungsmittel in den Mund und führte ihm die Flasche an die Lippen.

»Wie vernünftig du doch sein kannst.« Kalo hob die Feldflasche so weit an, dass dem hastig schluckenden Jäger das Wasser aus den Mundwinkeln lief.

»Siehst du, so läuft das bei mir. Du kannst mich als Freund an deiner Seite wissen oder als Feind fürchten. Ganz wie du willst, und ich werde dir gern die Zeit geben, darüber nachzudenken.« Mit einem hämischen Lachen ließ Kalo die Feldflasche fallen, griff in Idors Haar und hielt die Fackel an die blutende Wunde.

Der Jäger brüllte auf, verstummte aber, als Kalo von ihm abließ. »Schon gut, mein Freund, kein Grund zur Aufregung. Ich wollte nur sichergehen, dass du nicht verblutest. Morgen unterhalten wir uns dann weiter, und ich denke, dass du mir noch verdammt gute Dienste erweisen wirst.«

13. Kapitel

Der Abend dämmerte bereits herauf, als Zeron das Asylum erreichte. In der Ruinenstadt war schon längst wieder die gewohnte Ruhe eingekehrt. Die Söldner hatten den Verteilungsplatz geräumt, ihn nach einer Stunde erneut geöffnet und wie üblich, am späten Nachmittag die Stadt verlassen. Mit etwas Glück würden sich die Gesichtslosen die nächsten drei Schocks nicht mehr blicken lassen.

Zeron lenkte seine Schritte in Richtung eines Hochhauses, das im Laufe der letzten Jahre vier Stockwerke verloren hatte. Im Gegensatz zu den anderen Tagen, an denen das Leben durch das Asylum pulsierte, lagen die Straßen heute verlassen vor ihm. Nach der ARAS-Verteilung ließ sich kaum jemand blicken, da jeder damit beschäftigt war, sein Antistrahlungsmittel in Sicherheit zu bringen. Erst am Abend, wenn die Dunkelheit heraufzog, würde das Viertel wieder zum Leben erwachen und eine lange Nacht anbrechen.

Das Asylum war ein lebendiger und zugleich seltsamer Ort. Hier galt, was es sonst nirgends in der Stadt gab, eine Waffenruhe, die niemand zu brechen wagte. So lange Zeron zurückdenken konnte, hatte es nur einen Verstoß gegen das Gesetz der stillen Waffen gegeben. Dem Übeltäter war seine Unbeherrschtheit teuer zu stehen gekommen. Gleich nach dem Mord hatten sich die Jäger der Freien Zone an seine Fersen geheftet und nicht geruht, bis sie ihn in einer U-Bahnstation gestellt hatten.

In der Ruinenstadt gab es nur wenige Gesetze, und da niemand lesen konnte, wurden sie, in Geschichten verpackt, an den abendlichen Lagerfeuern von den Eltern an die Kinder weitergegeben. Etwa die Gebote der Freundschaft oder eben das Gesetz, dass im Asylum keine Waffen gezogen werden durften. Streitigkeiten gab es trotzdem, vor allem wenn bei den Glücksspielen die Einsätze in die Höhe schnellten. Doch diese wurden dann in einer zünftigen Prügelei geklärt, oder man traf sich außerhalb des Asylums, was zumeist nur einer der Beteiligten überlebte.

Zeron erreichte die Ruine, die eher einem riesigen Schutthaufen glich. Die rostbraunen Ziegelsteine der eingestürzten Stockwerke hatten sich wie eine Lawine über die Straße ergossen. Nur im Erdgeschoss gähnte ein türloser Eingang die Passanten gelangweilt an. Für einen Moment blieb Zeron vor dem dunklen Loch stehen, lenkte dann aber seine Schritte in den finsteren Gang, bis er eine Treppe erreichte, die in den Keller führte. Ein halb verwittertes Schild machte mit einer darauf gemalten Kakerlake, die Passanten auf den Trinkkeller aufmerksam. Der ›Tote Kaki‹ war in der ganzen Stadt bekannt. Manche Besucher nahmen sogar die weite Reise aus dem umliegenden Steppland auf sich, nur um später erzählen zu können, dass sie den Trinkkeller einmal besucht hatten. Alle, denen der Sinn nach willigen Mädchen oder einem

Würfelspiel stand oder die einen Todbringer suchten, der für ein stattliches Handgeld eine unliebsame Person den Madern überantworten sollte, fanden sich in diesem Loch ein.

Obwohl ihm im Asylum kein bewaffneter Überfall drohte, sah sich Zeron vorsichtig um, bevor er die Treppe hinabstieg. Die Gewohnheit, sich nach allen Seiten abzusichern, war ihm schon von Kindesbeinen an in Fleisch und Blut übergangen und ließ sich nicht einfach abstellen.

Der weit verzweigte Gastraum war fast leer. Nur unweit der Theke saß eine Frau an einem schief zusammengezimmerten Tisch und starrte gedankenverloren in einen Trinkbecher. Im Licht der rostigen Laternen entdeckte Zeron die Reste einiger Stühle, die auf einem flachen Holzpodest lagen. Offensichtlich hatte es eine Schlägerei gegeben, bei der sie zu Bruch gegangen waren.

Zeron ging zum Tresen, den jemand aus glatt gehobelten Brettern zusammengezimmert hatte. Hinter ihm erstreckte sich ein Regal, das allein durch die zahlreichen Spinnweben an der Wand zu haften schien.

»Ein seltener Gast.« Die Frau hinter dem Tresen saß gelangweilt auf einer Kiste und kratzte mit den Fingerspitzen an einem Geschwür, dass sich quer über ihre Nase erstreckte. »Weiß gar nicht, wann ich dich das letzte Mal gesehen habe.«

»Ist eine Weile her.« Zeron stellte zwei leere Flaschen auf das fleckige Brett des Ausschanks. »Irgendwelche Neuigkeiten, Okora?«

»Was soll es schon geben?« Die Frau erhob sich, wobei sie leise stöhnte. »Abgesehen davon, dass meine Gelenke jeden Tag mehr schmerzen, hat es auf dem Verteilungsplatz eine Panik gegeben und dann die Gelbpest natürlich. Aber das weißt du besser als ich. Habe das von Jelanda gehört. Sie war ein braves Mädchen. Wirklich. Ich wünschte, es würde noch mehr solche Frauen geben. Aber statt Trübsal zu blasen, solltest du mir sagen, was ich für dich tun kann.«

»Auffüllen.« Zeron zeigte auf die Flaschen.

»Kakiri?« Die Frau bekam große Augen.

»Falls du nicht gerade das Blut ausgequetschter Steine im Angebot hast, würde ich auch den nehmen.«

»Meinetwegen«, seufzte die Frau. »Willst du dich mit dem Zeug vergiften oder nur deinen Kummer ertränken?« Okora griff nach den Flaschen und stellte sie neben einen schmutzigen Bottich, der am Rand der Theke stand. Zeron wartete geduldig, bis sie mithilfe eines Trichters und einer ausgebeulten Kelle die Glasflaschen gefüllt und verschlossen hatte.

»Zwei große Flaschen, macht zwei ARAS.«

Zeron legte die Tabletten auf den Tresen. In den Tagen nach der Verteilung stiegen die Preise jedes Mal in schwindelerregende Höhen. Er kannte das Spiel bereits und verkniff sich eine darauf abzielende Bemerkung. Mit dem Kakiri konnte er sich eine ganze Woche lang die Kante geben. Warum auch nicht? Er hatte allen Grund dazu und mit reichlich Umdrehungen im Kopf ließ sich die Welt leichter ertragen.

»Ein, zwei Gerüchte hätte ich da noch, für dich – sogar umsonst.« Okora strich die ARAS ein und zwinkerte ihm zu. »Angeblich treibt sich ein Alter in der Stadt herum, von dem man sagt, dass er zu Fuß die ganze Welt erkundet hat. Also ich meine, er soll ein richtig alter Alter sein. Und es wird gemunkelt, dass jemand die Söldner in den Arsch getreten hat, draußen in den Kolonien. Aber wenn du mich fragst, ich kann mir nicht vorstellen, dass es jemandem gelungen sein soll, die Gesichtslosen zu verprügeln. Das ist wohl wieder eines dieser Märchen, die sich irgendein Wichtigtuer ausgedacht hat.«

»Kann sein.« Zeron nahm die Flaschen, nickte Okora kurz zu, stieg die Treppe zum Ausgang hinauf und schlug den Weg zu seinem Jagdgrund ein. Es war ihm egal, ob die Geschichte um die Söldner stimmte oder nicht. Er wollte sich nur noch betrinken und tagelang an nichts mehr denken müssen. Nicht an Kalo und sein fast wertloses Revier, nicht an die Gesichtslosen, nicht einmal an Jelanda, die er nie wiedersehen würde. Er wollte nur noch die Welt und alle Sorgen vergessen und sich so leicht wie ein Vogel fühlen, der es sogar schaffte, sich in die Lüfte zu erheben.

Zeron trank einen ersten Schluck und genoss das nicht enden wollende Brennen in seinem Rachen. Der Nachgeschmack war furchtbar und füllte die gesamte Mundhöhle aus. Der Kakiri schmeckte genauso übel, wie Kakerlaken rochen. Scheußlich, einfach nur scheußlich.

Zeron setzte die Flasche noch einmal an die Lippen und schüttelte sich. Der Fusel hatte die Eigenart, dass man sich sehr schnell an das widerliche Aroma gewöhnte und dann nicht mehr aufhören konnte zu trinken.

Mit einem Seufzer setzte er die Wanderung fort, wobei er die Flaschen wild durch die Luft schwenkte. Der Kakiri war zwar teuer, aber mit ihm konnte man zumindest einen Teil jener Zeit ganz gut überbrücken, die man ohne ARAS auskommen musste. Dass der Moloch an dem Antistrahlungsmittel sparte, war kein gutes Zeichen.

In seinem Kopf begannen die Gedanken Fahrt aufzunehmen. Sie purzelten so schnell durcheinander, dass er Mühe hatte, ihnen überhaupt noch zu folgen.

Um sich dafür zu stärken, genehmigte er sich einen weiteren Schluck. Obwohl er sich mehrmals räuspern musste, schmeckte ihm der Kakiri langsam immer besser. In seinem Magen breitete sich eine angenehme Wärme aus, die ihn an den Doktor des Molochs erinnerte. Der Mann musste bei der Untersuchung etwas gesehen haben, dass sein Leben bedrohte. Hatte er den Arzt richtig verstanden, war da in seinem Magen irgendetwas gewachsen, dass nicht dorthin gehörte. Vielleicht waren seine Eingeweide ganz fleißig dabei gewesen, sich selbst zu verdauen. Immerhin würde das erklären, warum er sich jeden Tag übergeben musste.

Zeron gab es auf, über seine Krankheit nachzudenken. Letztendlich war es egal, ob sich in seinem Bauch gefräßige Tierchen tummelten oder ob er durch Kalos Hand sterben würde.

Der nächste Schluck brannte schon fast gar nicht mehr und rann die Kehle wie Wasser hinab. Dafür begannen die

Ruinen vor Zerons Augen zu kreisen. Gerade so, als würde es sich bei ihnen um die sich drehenden Flügelbretter einer Hornisse handeln.

Verdutzt blieb er stehen. Er hatte seinen Jagdgrund längst erreicht und musste schon eine ganze Zeit lang ziellos in ihm umhergeirrt sein. Nur einen Straßenzug weiter lag jene Ruine, in deren Innenhof sich seine zweite Baumplantage befand. Vermutlich war auch die von den Holzdieben geplündert worden. Um sich den Anblick der Baumstümpfe zu ersparen, verzichtete er darauf, nach der Pflanzung zu sehen. Sie würden ihn ohnehin nur daran erinnern, was für eine schwachsinnige Idee es gewesen war, Bäume anzupflanzen. Noch dazu mitten in der Stadt.

Bäume! Ausgerechnet Bäume!

Die wuchsen so langsam, dass er sie in seinem ganzen Leben höchsten dreimal abholzen und verkaufen konnte.

Zeron musste lachen und genehmigte sich einen kräftigen Schluck von der bräunlichen Flüssigkeit.

Früher, als die Händler noch durch seinen Jagdgrund gezogen waren, hätte er sich nicht träumen lassen, eines Tages mit zwei Flaschen Kakiri durch sein Revier zu ziehen. Blieben die Reisenden aus, gab es kein Wegegeld und er würde schon bald ein Jäger ohne Beute sein.

Da konnte ihm auch das Blasrohr nicht weiterhelfen, das in seinen Händen eine gefürchtete Waffe war.

Zeron stockte und legte die Stirn in Falten. Hatte er nicht aus einem seiner Verstecke, das alte Blasrohr geholt? Oder doch nicht? Jedenfalls war er im Moment so furchterregend bewaffnet wie ein Regenwurm. Eigentlich war es sehr leichtsinnig, ohne seine beste Waffe durch die Gegend zu laufen. Immerhin saß ihm Kalo im Nacken, und falls der Glatzkopf auftauchte, musste er sich gegen ihn verteidigen können.

Nachdem er noch einen kräftigen Schluck aus der Flasche genommen hatte, ging Zeron weiter und fragte sich, warum er überhaupt um sein Revier kämpfen sollte. An den meisten Tagen war er ohnehin allein und die Bäume … nun ja, darüber wollte er nicht noch einmal nachdenken. Der Jagdgrund war tot und es stellte sich die Frage warum, er sich mit Kalo um ein Stück wertloses Land streiten sollte.

Erschöpft blieb Zeron stehen. Sein Atem ging so schnell, als hätte er versucht, sein Revier im Dauerlauf zu durchqueren. Leer und ausgebrannt lehnte er sich mit dem Rücken an die Mauer eines Hauses und rutschte langsam an ihr herunter.

Kalo! Der schien schon fast vor Gier zu sabbern, wenn er nur daran dachte, andere Jagdgründe zu übernehmen. Aber warum nicht? Vielleicht ließ der Glatzkopf mit sich reden und kaufte ihm sein Revier ab. Damit würde er genügend ARAS besitzen, um ein Handelsgeschäft aufzubauen.

Zeron hob die Flasche, setzte sie aber wieder ab, als ihn ein Lachanfall durchschüttelte. Kalo würde nicht eine Tablette herausrücken. Überhaupt, wenn die ARAS vergiftete, waren sie als Zahlungsmittel so wertlos wie ein abgewetzter Rattenzahn.

Mit einem kräftigen Fluch auf den Lippen setzte er die Flasche erneut an, hielt dann aber inne und zog die

Augenbrauen kraus. Irgendetwas stimmte nicht. Er hatte den Kakiri mit zwei ARAS bezahlt und glaubte, auf ihnen die ganz normale Schrift gesehen zu haben. Mit flatternden Lippen ließ Zeron die Luft aus der Lunge entweichen. Nein, das musste ein Irrtum sein oder seine Augen spielten ihm einen üblen Streich.

Dennoch griff er in die Jackentasche und holte eine der Tabletten hervor. Das Antistrahlungsmittel schien mitsamt seiner Hand einen wilden Tanz aufzuführen. Zeron senkte den Kopf und zwang sich zugleich, die Augen weit zu öffnen. Die schaukelnden Bewegungen seiner Hand ließen langsam nach und als er noch den Atem anhielt, begann sich sein Blick endlich zu beruhigen. Der Schriftzug sah aus wie immer und der erste und dritte Buchstabe glichen einander wie die Sterne, die des Nachts am Himmel funkelten.

Erschöpft ließ Zeron die Hand sinken. Langsam beschlich ihn das ungute Gefühl, überhaupt nichts mehr zu verstehen. Dabei war doch alles ganz einfach und klar gewesen. Der Moloch stellte die ARAS her und bei Jelanda hatte er Tabletten gefunden, von denen sie krank geworden war. Zumindest hatte er das bisher gedacht. Oder sollte sich doch alles ganz anders verhalten?

Die Söldner hatten vorgegeben, nichts von der Gelbpest zu wissen, und dass der Moloch wieder zu den alten Schriftzeichen zurückgekehrt war, ergab keinen Sinn.

In Gedanken versunken nahm er einen großen Schluck aus der Flasche. Natürlich hatte der Moloch längst bemerkt, dass aus der Ruinenstadt kaum noch etwas herauszuholen war. Folglich gab es keinen Grund, an die Bewohner der Stadt weiterhin ARAS zu verteilen. Sie hatten ihre Aufgabe erfüllt und wer nutzlos wurde, war nur noch eine unnötige Last und konnte sterben. Je eher, desto besser.

Zeron schüttelte den Kopf so heftig, dass die Ruinen sich vor seinen Augen im Kreis zu drehen begannen.

Dass der Moloch wieder dazu übergegangen war, die normalen ARAS zu verteilen, gab ihm schwer zu denken. Hätten die Gesichtslosen vor einem halben Jahr ausschließlich vergiftete Tabletten verteilt, wäre die Stadt schon längst menschenleer. Aber nur Jelanda schien diese seltsamen ARAS erhalten zu haben.

Vielleicht hatten die Söldner doch die Wahrheit gesagt, als sie sich unwissend gestellt hatten. Konnte es sein, dass ...? Nein ... den Gesichtslosen war nicht zu trauen. Immerhin, der Knochensäger des Molochs hatte auch so geklungen, als hätte er noch nie von der Gelbpest gehört.

Zeron rülpste und gestand sich ein, dass er keinen klaren Gedanken mehr fassen konnte. Wie konnte er auch nur annehmen, dass dem Moloch die Seuche unbekannt war? Er musste den Verstand verloren haben. Restlos sogar, wirklich.

Seit jeher war es der Moloch, der die ARAS herstellte, und nur er wusste, wie man das machte. Folglich konnte auch nur er es sein, der die Tabletten vergiftete. Wäre der Moloch unschuldig, würde das bedeuten, dass ... nein, ganz bestimmt nicht. Unmöglich. Das würde bedeuten, dass es noch jemanden gab, der das Geheimnis des Antistrahlungsmittels kannte.

Mit einem irren Lachen hob Zeron die Flasche und prostete dem endlosen Himmel zu. Dass es außer dem Moloch noch jemanden geben sollte, ... nein, das war schlichtweg unmöglich!

Bisher war für ihn die Welt ein einfaches Gebilde gewesen, etwas, das klare Strukturen besaß. Der Moloch und ARAS war untrennbar miteinander verbunden. Und jetzt sollte das plötzlich anders sein? Das war nicht einmal im Ansatz denkbar.

Zeron hatte das Gefühl, dass sich die Welt vor seinen Augen nur deshalb drehte, weil sie ihn unbedingt durcheinanderbringen wollte. Erschöpft schloss er die Lider und kam zu der Überzeugung, einem Denkfehler aufzusitzen.

Verdammter Kakiri. Der Fusel ließ das Leben so einfach erscheinen, so unendlich einfach. Doch in Wahrheit war es schwer, richtig schwer sogar, so schwer, dass es sicher mehr wog als die Ruinenstadt und der Moloch zusammen. Er musste noch einmal über alles nachdenken – später – viel später – dann, – wenn er die Flaschen geleert und mit dem Kakiri den Kummer aus seinem Kopf gebrannt hatte.

14. Kapitel

»Anstecken! An der Gelbpest! So ein Blödsinn.« Kalo griff nach dem flachen Bruchstück eines Ziegelsteins, stieß es in den Boden und begann das lockere Erdreich zur Seite zu schieben. Die Feiglinge hatten alle mehr Angst als Verstand.

Da er Yestula nirgends gefunden hatte, war er stundenlang durch die Gegend geirrt. Nachts, mitten im Gebiet einer Bande und noch dazu ohne Begleitung. Und das alles nur wegen dieser Seuche. Erst am frühen Morgen hatte er von Mira erfahren, dass Yestula an der Gelbpest gestorben war. Um mit dem Leichnam kein Ungeziefer anzulocken, hatte man sie neben der eingefallenen Schwimmhalle begraben, angeblich mit allem, was sie bei sich trug.

Ein erster Schweißtropfen rann ihm über die Stirn. Wie tief hatten die Idioten die Leiche eigentlich vergraben? Da es in der Stadt kaum noch Hunde gab, brauchte man sich doch nicht bis zur anderen Seite der Erdplatte durchgraben. Die meisten Leichen wurden sowieso zu den Madern geschafft. Dann waren die Toten wenigsten nicht ganz umsonst gestorben. Deshalb war es auch so ärgerlich, dass Goro und Ugey an der Gelbpest verreckt waren, diese Blödmänner. Ihre Körper waren damit unverkäuflich geworden und ihm entgingen dadurch mindestens vier ARAS.

Endlich traf der Stein auf größeren Widerstand. Kalo tastete den Boden ab und begann den Gegenstand freizulegen, auf den er gestoßen war. Ein Arm. Ein verdammt dünner Arm, der zudem in einer Jacke steckte. Zweifellos gehörte er zu einer Frau. Oder jemand hatte hier High Noon verscharrt. Aber wahrscheinlich nicht. Der Blödmann war noch viel dürrer als diese Leiche und neuerdings rannte er sogar mit einer Ratte herum. Die wartete bestimmt nur darauf, ihm bei der erstbesten Gelegenheit die Haut von den Knochen zu nagen. Nach Fleisch und Muskeln würde sie bei ihm umsonst suchen. Arme Ratte.

Kalo packte den Arm und riss ihn mit aller Kraft in die Höhe. Tatsächlich kam die schlanke Hand einer Frau zum Vorschein. Mit einem weiteren Ruck zog er schließlich die Leiche aus dem losen Erdreich. Das schmutzverschmierte Gesicht zeigte alle Anzeichen der Gelbpest. Niemand hatte sich die Mühe gemacht, ihr die Augen zuzudrücken. Kalo verstand immer noch nicht, was seine Leute an Yestula gefunden hatten. Außer dem beachtlichen Vorbau natürlich, aber große Brüste waren nicht das, worauf er bei einer Frau besonderen Wert legte. Er stand eher auf die zierlichen Mädchen, die sich von ihm leichter beherrschen und zurechtlegen ließen.

»Dann wollen wir mal sehen, was du Schönes bei dir hast.« Hastig durchsuchte er die Kleidung des toten Mädchens. Streichhölzer, Tabletten zur Entgiftung des Trinkwassers, eine Packung ausgewaschener Kondome und zwei Riegel Dauernahrung. Keine ARAS.

Kalo richtete sich auf, und nachdem er die wenigen brauchbaren Habseligkeiten eingesteckt hatte, schlug er den Weg zu seinem Jagdgrund ein.

Die Gelbpest hatte sich also auch Yestula geholt. Verdammte Seuche, aber egal. Wichtig war nur, dass Zerons ARAS fehlte. Sie konnte es zwar eingetauscht oder irgendwo versteckt haben, doch das war eher unwahrscheinlich. Vielmehr schien es so zu sein, dass sie die Tablette geschluckt und Ugeys und Goros Schicksal geteilt hatte. Mofertu! Mofertu! Mofertu! Die Gelbpest wurde immer gefräßiger. Das Sterben musste unbedingt aufhören!

Der Morgen tauchte die Ruinen in ein trostloses Licht, als Kalo endlich den Flachbau erreichte, der dem dahinterliegenden Gebäude einmal als Eingangsbereich gedient haben mochte.

Wofdur und Sodar saßen trotz der frühen Stunde an einem Lagerfeuer, über dem ein Topf hing.

»Wir haben uns gestern Abend eine Suppe gekocht und für dich etwas aufgehoben«, verkündete Sodar und zeigte auf den völlig verrußten Kessel.

Kalo zögerte einen Moment, setzte sich dann aber zu den Männern. Er hatte seit dem gestrigen Nachmittag nichts mehr gegessen und es wurde Zeit, den knurrenden Magen zu besänftigen. Ohne sich zu bedanken, zog er einen Holzlöffel aus dem Gürtel und tauchte ihn in die trübe Brühe.

»Das meiste Fleisch haben wir drin gelassen«, machte sich Sodar weiter Liebkind.

Kalo brummte einige unverständliche Worte vor sich hin und rührte die Suppe um. Dass die Männer seinen Anteil zurückgehalten hatten, war in seinen Augen eine Selbstverständlichkeit, und natürlich war er es, dem das meiste Fleisch zustand. Wem denn auch sonst? Er war der Alpha der Gruppe, der Anführer, der Herr über alle Entscheidungen, der Ernährer dieser Leute und deshalb hatten sie ihm gefälligst das Leben so angenehm wie möglich zu machen.

In der Suppe schwammen einige Regenwürmer. Vermutlich hatten die Männer sie gefunden, als sie die Gräber für Goro und Ugey ausgehoben hatten. Fleisch war immer gut, obwohl ihm ein saftiger Rattenschenkel oder ein gebratener Vogel lieber gewesen wären.

Vorsichtig pustete Kalo über den gefüllten Löffel und steckte ihn anschließend in den Mund. Mit lautem Prusten spuckte er die Suppe umgehend wieder aus. »Wollt ihr mich umbringen, ihr Blödmänner?«

Sodar wich erschrocken zurück, während Wofdur nur verständnislos dreinblickte.

»Was habt ihr da für eine Plörre eingerührt? Total sauer.« Kalo spuckte noch einmal aus.

»Entschuldige.« Sodar zog den Kopf ein. »Die Suppe köchelt seit Stunden vor sich hin und dadurch scheint der Rhabarber mehr vorzuschmecken.«

»Das könnt ihr Idor zu fressen geben.« Kalo wischte den Löffel an seiner Jacke ab. »Wie geht es dem überhaupt?«

»Keine Ahnung«, knurrte Wofdur. »Er muss noch im Keller sein. Herausgekommen ist er jedenfalls nicht.«

»Dankeschön, das war jetzt eine echt hilfreiche Auskunft.« Kalo sprang auf. »Bringt mir was Genießbares oder ich werde einen von euch über dem Feuer braten.«

Wütend stapfte er davon und stiefelte die Treppe in den Keller hinab. Es war Zeit, nach Idor zu sehen.

Mit zusammengekniffenen Augen öffnete er die Tür, hinter der er am Vortag den gefangenen Jäger zurückgelassen hatte. Erneut schlug ihm der entsetzliche Gestank entgegen, der allerdings mit dem sauren Geschmack im Mund leichter zu ertragen war. Idor saß mit hängendem Kopf auf dem Stuhl und schien zu schlafen.

»Nun, wie geht es dir? Hast du über mein Angebot nachgedacht?« Kalo blieb vor dem Jäger stehen und zog das Jagdmesser aus der Scheide. »Was ist? Redest du nicht mehr mit mir?« Vorsichtig schob er das Messer unter Idors Kinn und hob mit der flachen Seite der Klinge den Kopf des Jägers an.

Die gelb unterlaufenen Augen des Toten blickten ins Leere. Die Seuche hatte sich ein weiteres Opfer geholt.

»Nein, du wirst nie wieder mit mir reden«, flüsterte Kalo und zog das Messer zurück. Wie ein Stein fiel Idors Kopf nach vorn und wirkte dabei für einen Moment seltsam lebendig. »Du redest mit gar niemanden mehr und weißt du was? Ich nehme dir das noch nicht einmal übel. Ganz im Gegenteil, du hast mir gerade einen großen Gefallen getan, sogar zwei Gefallen, mein Freund.«

Kalo verzichtete darauf, die Kellertür zu schließen und stieg die Treppen wieder hinauf. Wofdur war gerade dabei einige Zweige in das Feuer zu legen, während Sodar aus einer Tüte etwas Pulver in eine Schüssel schüttete.

»Wir kochen dir einen Brei.«

»Dafür ist jetzt keine Zeit. Ich habe eine Aufgabe für dich.« Kalo zeigte auf Wofdur, der sich sofort erhob. »Du gehst in den Keller, nimmst Idors Leiche und vergräbst sie hinter dem Haus.«

»Er ist tot?« Wofdurs entgeisterter Blick wanderte von Kalo zu Sodar.

»Frag nicht so blöd oder denkst du, dass ich ihn lebendig verbuddeln lassen will?«

»Nein, aber – wenn er tot ist, könnten wir ihn an die Totenträger verkaufen.«

»Er ist an der Gelbpest gestorben.«

»Was, Idor auch?« Sodar legte die Tüte neben das Feuer und stand nun ebenfalls auf. »Wenn das so weitergeht, werden wir die Nächsten sein, die an der Seuche verrecken.«

»Genau das werde ich zu verhindern wissen.« Kalo verschränkte die Hände hinter dem Nacken und streckt sich. »Zuerst einmal muss aber die Leiche verschwinden und in den nächsten Tagen erzählt ihr herum, dass Idor auf dem Verteilungsplatz von den Saugern erwischt worden ist.«

»Hey, hey, ein guter Plan.« Verstohlen rieb sich Sodar die Hände. »Könnte glatt von mir sein. Hat das Gerücht erst einmal die Runde gemacht, wird niemand vermuten, was wirklich geschehen ist.«

»Darf ich mal ausreden?« Es stresste Kalo, dass sich Sodar ständig seine Ideen anzueignen versuchte. »Du musst dich mit Idors Begräbnis beeilen. Anschließend nimmst du Sila und Nogula und besetzt sein Revier. Falls jemand auf die Idee kommt, den freigewordene Jagdgrund für sich zu beanspruchen, sollen sie dir beistehen.«

»Das ist ein gefährlicher Auftrag.« Wofdur sah etwas unschlüssig drein.

»Du willst den Jagdgrund nicht übernehmen?« Kalo hob die Augenbrauen und senkte den Kopf. »Nun gut, ich nehme an, dass sich Nogula über ein eigenes Revier freuen wird.«

»Schon gut, ich mach mich gleich an die Arbeit.« Wofdur packte seinen Spieß und verschwand in Richtung des Treppenhauses.

»Wir wachsen«, stellte Sodar grinsend fest. »Kommen noch mehr Reviere hinzu, werden sich sogar Pelopa und Derox überlegen, ob sie sich mit uns anlegen wollen.«

»Quatsch dich aus.« Kalo deutete auf das Feuer. »Den Brei kannst du später kochen. Es wird Zeit, dass wir unserem Freund Zeron einen kleinen Besuch abstatten. Ich habe gehört, dass den Madern die Leichen ausgegangen sind.«

15. Kapitel

Zeron erwachte, ohne zu begreifen, was mit ihm geschehen war. Er fühlte sich schlecht, sehr schlecht sogar und er vermochte keinen klaren Gedanken zu fassen. Vermutlich hatten ihm irgendwelche Leute den Kopf abgerissen. Auf jeden Fall fühlte es sich an, als würde ihm gleich der Schädel platzen.

Ein stechender Schmerz durchfuhr ihn, gefolgt von einem Dröhnen, das eine halbe Ewigkeit anhielt. Da, noch einmal und nochmal. Zeron hatte das Gefühl, dass jemand ein neues Spiel erfunden hatte. Kopffangen vielleicht oder zumindest etwas, das in diese Richtung ging.

Sein Kopf fühlte sich wie ein Gefäß an. Ja, wie ein Gefäß, randvoll gefüllt mit Schmerzen, die einem brutalen Orkan glichen. Hinzu kam, dass ihm die Wangen brannten, als würden sie in Flammen stehen und damit nicht genug, sprach auch noch irgendjemand in einem unverständlichen Kauderwelsch auf ihn ein.

Zeron verstand kein Wort und die Augenlider schienen für alle Ewigkeit miteinander verwachsen zu sein.

Ein Schwall kalten Wassers traf ihn mitten im Gesicht.

»Aufwachen, Blödmann!«

Erneut versuchte Zeron die Augen zu öffnen. Vergeblich, die Lider waren so schwer, als hätte jemand eine Ruine an ihnen befestigt.

Unvermittelt kamen ihm die letzten Gedanken in den Sinn, die ihm durch den Kopf gegangen waren, bevor er eingeschlafen war. Er hatte über die Gelbpest nachgedacht und über die ARAS und den Moloch. Den dreimal verfluchten Moloch. Den Moloch, der in ihm nur einen wandelnden Haufen Abfall gesehen hatte.

Aber da war noch mehr gewesen, eine Entdeckung, ein Gedanke, eine schier ungeheuerliche Erkenntnis.

Zeron stöhnte gequält auf. Die Erinnerung war verloren gegangen, versunken in dem bleichen Nebelschleier, der ihn für alle Zeiten einzuhüllen drohte.

Auch der nächste Versuch, die Augen zu öffnen, misslang. Dieser verdammte Kakiri. Zeron glaubte, plötzlich zu wissen, wie sich ein ausgetrockneter Bovistgummi fühlen musste. Zugleich geisterten ihm bruchstückhafte Gedanken durch den Kopf. Doch vor allem war ihm übel, speiübel sogar, und sein Magen fühlte sich an, als hätte er einen Ziegelstein verschluckt.

»Kipp ihm noch mehr von der Drecksbrühe über den Kopf.«

Die Stimme kam Zeron bekannt vor.

»Wie denn, die Feldflasche ist leer.«

Auch den zweiten Sprecher glaubte Zeron zu kennen.

»Verdammt, stell dich nicht so dumm an. Nimm den Kakiri.«

Erneut ergoss sich ein Schwall Flüssigkeit über Zerons Kopf. Zugleich bohrte sich ein scharfer, unangenehmer Geruch in seine Nase. Die Augen brannten, als hätten sie Bekanntschaft mit einem glühenden Eisen gemacht.

»Bist du endlich munter, oder müssen wir dir erst noch die Augenlider abschneiden?«

Für einen Moment vergaß Zeron den immer stärker werdenden Brechreiz. Kalo! Das war Kalos Stimme. »Seid ihr verrückt geworden?«

»Seltsam, diese Frage wollte ich gerade dir stellen.«

Endlich gelang es Zeron, die Augen zu öffnen. »Lasst mich in Ruhe.«

»Ganz im Gegenteil, mein Freund, ich bin gekommen, damit du mir einige Fragen beantworten kannst. Und falls du dich dumm stellen solltest, wird es dir verdammt schlecht ergehen.«

Zeron sah, wie sich ihm ein dunkler Schatten näherte und erst unmittelbar vor ihm stoppte.

»Was liegst du hier besoffen herum? Hast du mit dem Verkauf des ARAS so viel Gewinn gemacht, dass du dir den Kakiri leisten kannst?«

»Zwei ARAS«, stieß Zeron aus und kämpfte zugleich gegen den Brechreiz an. »Der Kakiri hat zwei ARAS gekostet.«

»Meinst du etwa diese ARAS?«

Zeron musste die Augen mehrmals schließen und wieder öffnen, bevor sein Blick aufklarte. Kalo hatte ihm eine ARAS in die Hand gedrückt und sah ihn mit wutverzerrtem Gesicht an. »Das ist eine der ARAS, die du mir gestohlen hast.«

»Gestohlen?« Über Kalos Gesicht breitete sich ein hämisches Grinsen aus. »Ich habe die Tabletten erbeutet und zwar von jemandem, der so leichtsinnig war, sich fangen zu lassen.«

»Du bist wie ein Dieb gekommen und hast wie ein Dieb gestohlen.«

»Ganz im Gegenteil, mein lieber Zeron. Ich bin gekommen, weil ich dir dein ARAS zurückgeben möchte. Ich bestehe sogar darauf, dass du sie auf der Stelle schluckst. Nicht das noch ein echter Räuber kommt und dir die Tablette wirklich abnimmt.«

»Wie großzügig von dir.« Trotz der Schmerzen, die ihm mit jedem Pulsschlag durch den Kopf hämmerten, versuchte Zeron spöttisch zu klingen.

»Na los, friss!« Kalos Stimme nahm einen lauernden Tonfall an.

Zeron ließ die Hand mit der Tablette sinken. »Was willst du? Mir meinen Jagdgrund abkaufen?«

»Wie? Was?« Kalo sah ihn verdattert an. »Träum aus, Freundchen! Du hast mit deinen Scheiß-ARAS zwei meiner Leute umgebracht und obendrein eine Hure, auch wenn die nicht weiter zählt. Ich kann zwar nicht lesen, aber gute Augen habe ich trotzdem. Das dritte Zeichen, Mann. Es ist anders als sonst und verrät, welche ARAS vergiftet worden sind.« Noch während Kalo sprach, schnellten seine Hände nach vorn und krallten sich in Zerons Jacke. »Sprich endlich, du Giftkröte!«

»Ich habe – deine Handlanger – nicht –«

Kalos Schüttelattacke machte es Zeron unmöglich, einen zusammenhängenden Satz zu bilden.

»Blödsinn!«

»Ich glaub, ich muss gleich kotzen.« Zeron war mit dem Hinterkopf mehrmals an die Mauer gestoßen, die ihm im Schlaf als Rückenlehne gedient hatte. Vor seinen Augen zuckten unablässig helle Blitze auf und sein Magen schien sich bis zum Hals heben zu wollen. Schließlich gelang es ihm, sich mit letzter Kraft loszureißen und zur Seite zu beugen.

»Da du gerade dabei bist, kannst du auch gleich noch die Wahrheit auskotzen«, ließ Kalo nicht locker.

Wortlos winkte Zeron ab und übergab sich nochmals. Erst als er den zweiten Brechanfall überwunden hatte, begann er sich etwas besser zu fühlen. Mit der nachlassenden Übelkeit dämmerte ihm langsam, dass auch Kalo bemerkt hatte, dass es zwischen dem ARAS und der Gelbpest einen Zusammenhang gab.

Darüber froh, es endlich überstanden zu haben, spuckte Zeron sauer schmeckenden Speichel aus. Zugleich erinnerte er sich erneut daran, zuletzt über den Moloch und die vergifteten ARAS nachgedacht zu haben. Doch auch jetzt wollte es ihm nicht gelingen, den Faden seiner Überlegungen wieder aufzunehmen. Stattdessen waberten die Gedanken wie träge Nebelschwaden durch sein Gehirn und vermittelten ihm das Gefühl, auf der Stelle zu laufen.

»Ich brauche jetzt einen Schluck.« Mit zitternden Händen tastete er nach der Kakiriflasche, die neben ihm lag und noch etwas Flüssigkeit enthielt. Ventodo hatte ihm einmal erzählt, dass der Fusel für einen klaren Kopf sorgte, wenn man nach einer durchzechten Nacht mit einem Brummschädel erwachte.

Der erste Schluck schmeckte so widerlich, dass sich Zeron schütteln musste. Dennoch zwang er sich, noch einmal von dem Kakiri zu trinken.

»Genug gesoffen.« Kalo entriss ihm die Flasche. »Du sollst mir meine Frage beantworten. Warum verteilst du vergiftete ARAS?«

Angestrengt starrte Zeron geradeaus. Er musste ganz dringend Ordnung in seinem Kopf schaffen. Jetzt gleich, nicht später. Kalo würde ihn umbringen, wenn er sich nicht sofort an jene Erkenntnis erinnerte, die seine Sicht der Dinge auf den Kopf gestellt hatte.

Ventodo hatte zwar die Wahrheit gesprochen und er begann sich langsam besser zu fühlen, doch an seine Entdeckung vermochte er sich immer noch nicht zu erinnern.

»Sprich endlich!«

Kalos Kopf kam Zeron so nah, dass ihm der Mundgeruch des Glatzkopfs entgegenschlug.

»Was willst du mit den verseuchten ARAS erreichen? Warum verteilst du diesen Dreck?«

»Die sind nicht von mir«, würgte Zeron mühsam hervor. In seinem Hals schien sich eine Kugel festgesetzt zu haben, die ihm das Sprechen erschwerte.

Zeron hob den Kopf und bemerkte erst jetzt, dass Sodar neben Kalo stand und einen Spieß auf ihn gerichtet hielt.

»Erzähl mir keinen Unsinn. Du hast dich mit den Gesichtslosen eingelassen. Was hast du davon, wenn du uns alle umbringst?«

»Ich habe die ARAS nur sichergestellt.«

»Natürlich und das Gift ist von allein in die ARAS gekommen.« Kalo packte erneut Zerons Jacke. »Verarsch mich nicht, Blödmann! Du machst mit dem Moloch gemeinsame Sache. Hat man dir etwa die Freie Zone versprochen, nur für dich ganz allein. Oder worum geht es dir?«

Zeron spürte, wie Kalo ihn mit jedem Satz enger an sich heranzog und wie sich dabei ein fester Gegenstand gegen seinen Bauch presste. Der Griff eines Messers. Kalos Messer.

»Du erzählst Schwachsinn.«

»Ich werde dich an die Mader verkaufen!«

Zeron sah, wie der Jäger die Augen bis auf einen schmalen Spalt zusammenkniff, den Kopf zurückzog und kurz darauf zustieß. Ohne zu zögern, riss Zeron seinen Oberkörper zur Seite. Die Stirn des Glatzkopfs verfehlte seinen Kopf nur um Haaresbreite. Da der erwartete Widerstand ausblieb, verlor Kalo das Gleichgewicht und stürzte vornüber.

»Mofertu, ich bring dich um!« Der Jäger versuchte, sich wieder aufzurichten.

Zeron nutzte die Gelegenheit, griff blitzschnell zu und zog das Messer aus dem Gürtel des Glatzkopfs. Zugleich krallte er sich mit der freien Hand in Kalos Shirt und drückte ihm die Spitze der Klinge gegen den Bauch. »Sag deinem Büttel, dass er den Spieß fallen lassen soll.«

Der Jäger erstarrte sofort, fand aber recht schnell seine Sprache wieder. »Das wagst du nicht. Sodar würde keinen Augenblick zögern und dich abstechen.«

»Kann sein«, keuchte Zeron. »Aber zuvor wirst du den Stahl zu spüren bekommen.«

Einen endlosen Moment lang sahen die Männer einander in die Augen.

»Nimm den verdammten Spieß runter!« Kalos Stimme klang, als würde ihm jemand den Hals zudrücken.

Sodar zögerte einen Augenblick, kam dann aber dem Befehl seines Anführers nach.

»Nicht nur absenken!«, blieb Zeron seiner Forderung treu. »Fallen lassen!«

»Gut, gut.« Mit einem Klirren schlug die verrostete Spitze des Spießes auf einen Pflasterstein.

»Fünf Schritte zurück!« Wie jedes Mal, wenn er sich in Gefahr befand, verfiel Zeron in eine sparsame Sprechweise.

Sodar folgte auch dieser Anweisung und hob beschwichtigend die Hände.

»Und nun zu dir, Kalo«, wandte sich Zeron wieder dem Glatzkopf zu, der sich immer noch nicht zu rühren wagte. »Aus welchem Grund sollte ich dem Moloch dabei helfen, hier alle Leute umzubringen? Um mir die Freie Zone anzueignen? Kannst du mir sagen, was ich mit einem Jagdgrund anfangen soll, wenn es niemanden mehr gibt, der Wegegeld bezahlt?«

»Was weiß ich«, presste der Glatzkopf hervor. »Die ARAS habe ich jedenfalls von dir.«

»Du hörst mir nicht zu!« Zeron widerstand nur ungern dem Drang, Kalo einen Blödmann zu nennen. »Ich habe die gleichen Beobachtungen gemacht wie du und die Tabletten deshalb sichergestellt. Hättest du mir die ARAS nicht abgenommen, würden deine Kumpane noch leben.«

»Natürlich, jetzt habe ich meine Leute umgebracht.« Kalo lachte höhnisch auf, wagte aber nicht, sich zu rühren. »Sag endlich, woher du die ARAS hast.«

»Du wirst es nicht glauben, von Jelanda.« Zeron stieß die Luft durch die Nase aus, um den Schweißgeruch loszuwerden, den der Jäger verströmte. »Wie interessant.« Kalos Augen verengten sich, bis seine Pupillen kaum noch zu sehen waren. »Es ist also Jelanda, die hinter der Seuche steckt. Ich werde diese Schlampe …«

»Halt!« Zeron erhöhte den Druck auf das Messer. »Niemand nennt Jelanda eine Schlampe. Verstanden?«

»Nimm das Messer weg! Wer im Auftrag des Molochs vergiftete ARAS verteilt, wird sich einige Fragen gefallen lassen müssen.«

»Du wirst ihr gar keine Fragen stellen.« Zeron spürte, wie sich in seinem Hals ein Knoten bildete. »Sie ist tot … die Gelbpest … deshalb habe ich die ARAS an mich genommen. Sie hat diese verdammten Tabletten eingenommen, weil sie von dem Gift nichts wusste. «

»Mofertu.« Kalo war anzusehen, dass er angestrengt nachdachte. »Das bedeutet aber dennoch, dass der Moloch die Gelbpest in die Stadt gebracht hat und uns alle tot sehen will.«

»Du verstehst immer noch nicht, was da läuft!« Zeron stieß den Jäger von sich und sprang auf die Beine. »Ist dir eigentlich schon aufgefallen, dass der Moloch gestern ganz normale ARAS verteilt hat? Sieh sie dir an, die Zeichen sehen aus wie immer.«

»Ja, und?« Kalo lag auf dem Rücken und stützte sich mit den Ellenbogen ab. »Was willst du mir damit sagen?«

Zeron ließ das Messer sinken und fühlte sich plötzlich so gut wie schon seit Tagen nicht mehr. »Denk nach! Warum sollte der Moloch so dumm sein und die vergifteten Tabletten mit einem anderen Zeichen versehen? Damit Leute wie du und ich herausfinden können, wer hinter der Seuche steckt?«

»Nicht so schnell.« Kalo setzte sich auf und fuhr sich mit der Hand über die Glatze. »Willst du damit sagen, dass der Moloch mit der Gelbpest gar nichts zu tun hat?«

»Sieht so aus, oder?«

»Aber irgendwoher müssen doch die vergifteten ARAS kommen.«

»Allerdings.« Zeron ließ das Messer fallen und schob es mit dem Fuß in Kalos Richtung. »Und genau das sollten wir so schnell wie möglich herausfinden.«

16. Kapitel

Mit fast jedem Schritt fühlte sich Zeron besser und als sie das Denkmal erreichten, waren die Kopfschmerzen bis auf ein unterschwelliges Dröhnen verschwunden. Die Statue zeigte einen Mann in knielangen Hosen, der eine Schriftrolle in der Hand hielt und nach etwas Ausschau zu halten schien. In seiner Kindheit hatte Zeron gedacht, dass der Mann den Himmel beobachtete, um die Menschen vor dem schwarzen Regen zu warnen.

Die Statue des Regenmannes markierte die östliche Grenze des teuren Paradieses, wie Bomokhi das Asylum gern nannte.

Obwohl sich Kalo und Sodar nur wenige Schritte hinter ihm befanden, fühlte sich Zeron von den beiden Männern nicht bedroht. Die Trauer über Jelandas Verlust und die Enttäuschungen der letzten Tage waren einer wilden Entschlossenheit gewichen. Mit dem Wissen, dass er eine wichtige Entdeckung gemacht hatte, war sein Selbstbewusstsein zurückgekehrt. Kalo mochte groß und kräftig sein, doch auch wenn er bemerkt hatte, dass die Seuche von den seltsamen ARAS ausging, war es ihm nicht gelungen, die richtigen Schlussfolgerungen zu ziehen. Der Glatzkopf stellte für ihn somit keine wirkliche Gefahr dar. Zumindest im Moment, denn Kalo brauchte ihn, wenn er der Gelbpest auf die Spur kommen wollte.

Im Laufe der Jahre war er mit vielen Feinden fertig geworden und auch für Kalo würde er sich noch etwas einfallen lassen. Doch vorerst gab es Wichtigeres zu erledigen. Im Moment verfolgten sie ohnehin das gleiche Ziel, wenn auch aus unterschiedlichen Gründen. Während der Glatzkopf die Arbeit vieler Monate in Gefahr sah, ging es ihm vor allem um Gerechtigkeit. Jelanda sollte nicht umsonst gestorben sein. Außerdem musste der Seuche endlich Einhalt geboten werden, unabhängig davon, woher sie kam und wer für ihren Ausbruch verantwortlich war.

»Wohin, zum Geier, willst du eigentlich?« Kalo hatte mit einigen schnellen Schritten zu ihm aufgeschlossen und sah ihn fragend von der Seite an.

Zeron beschloss, sich vorerst bedeckt zu halten. »Informationen einholen.«

»Es gibt jemanden, der die Quelle der vergifteten ARAS kennt?« Kalo kratzte sich am Kopf und hob die linke Augenbraue.

»Ich weiß nur, dass Jelanda durch einen Handel an die Tabletten gekommen ist. Falls aber Alui und Xirces mehr wissen, haben wir eine Spur, der wir folgen können.«

»Ihre Geschwister«, stellte Kalo leise fest und schien für kurze Zeit in Gedanken zu versinken. Doch bereits nach wenigen Schritten hob er den Kopf und sah Zeron aus zusammengekniffenen Augen an. »Du hättest dir Jelandas Revier nehmen können. Sie war deine Gefährtin.«

»Habe ich aber nicht.«

»Was die Frage aufwirft, wer sich jetzt dort breitgemacht hat.«

»Wer wohl? Alui und Xirces haben es übernommen.«

»Interessant, Alui und Xirces.«

Zeron hielt mitten im Schritt inne, drehte sich zur Seite und stieß Kalo gegen die Brust. »Darüber solltest du nicht einmal im Traum nachdenken!«

»Worüber?« Der Glatzkopf hob die Schultern und zupfte den Halsausschnitt seines Shirts zurecht.

Doch Zeron ließ sich nicht beirren. »Spiel nicht den Unwissenden. Die zwei stehen unter meinem und Pelopas Schutz.«

»Reg dich ab.« Kalo hob die Arme und zeigte seine geöffneten Hände. »Ich habe nicht vor, den Kleinen den Jagdgrund streitig zu machen, und falls doch, dann könnte mich weder Pelopa noch ein anderer Jäger davon abhalten.«

Zeron schnaufte verächtlich und nahm den Weg wieder auf. Kalo log. Kalo log sogar zweifellos. Niemand war so sehr darauf bedacht, sich weitere Reviere anzueignen wie der Glatzkopf, und dass er Pelopa nicht fürchtete, war eine Lüge, die er höchstens seinen Männern, aber nicht ihm erzählen konnte. Sogar Derox, und der war der gefürchtetste Jäger der Freien Zone, war nicht darauf erpicht, sich mit der Jägerin anzulegen.

»Meinetwegen können die zwei Möchtegernjäger ihr Revier behalten. Ich will von ihnen nur wissen, welcher Idiot Jelanda die vergifteten ARAS angedreht hat. Die verdammte Ratte hat zwei meiner besten Leute umgebracht.«

»Oder auch nicht«, entgegnete Zeron. »Wer weiß, durch wie viele Hände die ARAS schon gegangen waren, bevor Jelanda sie bekam. Es ist also gut möglich, dass wir unter Umständen einer langen Spur folgen müssen, bis wir den Giftmischer finden. Der wird sich auch kaum freiwillig zu erkennen geben und seine Schuld abstreiten.«

»Keine Sorge, Leute zum Sprechen zu bringen, ist mir noch nie schwergefallen.« Kalo ließ die Gelenke seiner Finger knacken. »Nicht jeder hat bei mir so viel Glück, wie du es in den letzten Tagen hattest.«

»Glück?« Zeron glaubte, sich verhört zu haben.

»Immerhin lebst du noch, oder? Die Ratten, die meine Männer vergiftet haben, werden nicht so leicht davonkommen, das kann ich dir versprechen.« Deutlich vernehmbar knirschte Kalo mit den Zähnen.

Zeron senkte den Kopf und verbarg damit ein flüchtiges Lächeln. Der Verlust seiner Leute musste Kalos Plänen einen noch viel schwereren Schlag versetzt haben, als er bisher angenommen hatte. Es konnte gut sein, dass der Glatzkopf zwar den starken Mann heraushängen ließ, in Wahrheit aber gar nicht mehr in der Lage war, nach anderen Jagdgründen zu greifen.

Zeron nahm sich vor, dennoch weiterhin auf der Hut zu sein. Die gemeinsame Suche nach dem Ursprung der Seuche verschaffte ihm zwar eine Atempause, doch das Zweckbündnis würde nicht ewig halten.

»Hey, ist das nicht Alui? Und seine Schwester ist auch dabei.«

Sodars Stimme unterbrach Zerons Überlegungen abrupt. Tatsächlich konnte er gerade noch sehen, wie der Junge und seine Schwester im ›Toten Kaki‹ verschwanden.

»Sehr gut.« Kalo rieb sich die Hände und steuerte sogleich auf den Trinkkeller zu. »Dann sparen wir uns den Weg zu ihrem Jagdgrund. Ein Becher Kakiri wird ihre Zungen bestimmt lockern.«

»Das wird nicht notwendig sein«, schritt Zeron sofort ein. »Sie werden mir alle Fragen beantworten und zwar, ohne dass du sie zuvor abfüllst.«

»Wer weiß, vielleicht haben sie doch etwas zu verbergen? Für ein gut gelegenes Revier wären viele Leute bereit, sogar den besten Freund abzustechen.«

»Du erzählst Schwachsinn.« Zeron blieb auf der untersten Stufe der Treppe stehen. »Jelanda hat sich um sie gekümmert und ganz nebenbei angemerkt, auch Sama ist an der Gelbpest gestorben. Erst dadurch bin ich auf die ARAS aufmerksam geworden.«

»Schon gut.« Kalo öffnete die Tür, die ein leises Ächzen von sich gab. »Meinetwegen kannst du deine Fragen stellen. Aber wenn …«

»Kein ›Aber‹«, unterbrach Zeron den Redefluss des Glatzkopfs. »Ich werde reden.«

Im Gastraum gab es nur noch wenige freie Plätze. In den Tagen nach der ARAS-Verteilung war der Andrang zumeist so groß, dass kaum ein Platz frei blieb. Fast jeder war bemüht seinen neuen Reichtum auf den Kopf zu hauen, ganz so, als gäbe es kein Morgen. Wer Glück hatte, konnte durch einige gewonnene Spiele seinen ARAS-Vorrat aufstocken, doch Zeron war dies noch nie gelungen. Daher hatte er es sich schon vor Jahren zur Angewohnheit gemacht, die Spieltische zu meiden.

Hinter dem Tresen stand wieder Okora, die mittlerweile durch eine zweite Frau Verstärkung erhalten hatte. Das war auch notwendig, denn die Stimmung schien vor Lebensfreude überzuschwappen.

Aus den hinteren Räumen drangen die Töne einer Flöte, was einige Leute dazu brachte, sich in einer langen Reihe und mit wiegenden Schritten durch den Schankraum zu bewegen. Sie hatten noch keine volle Runde geschafft, als sich eine Rassel in die Melodie mischte und dazu zwei Schlagtöpfe erklangen. Die Tänzer passten das Tempo ihres Reigens an den neuen Rhythmus an und zogen, sich von Zeit zu Zeit um die eigene Achse drehend, in den nächsten Raum.

Zeron blieb neben dem Eingang stehen und hielt schweigend Ausschau. Xirces war einen ganzen Kopf größer als ihr Bruder und tatsächlich entdeckte er sie an einem Tisch, der sich in einer Mauernische befand. Neben ihr saß Pelopa auf einem notdürftig zusammengezimmerten Stuhl und sprach auf Alui ein.

Zeron setzte sich in Bewegung und steuerte, ohne auf die anderen Gäste zu achten, auf den Tisch zu.

»Bovist«, begrüßte er die Jägerin und nickte ihr erfreut zu. »Wie geht es dir?«

»Bovist.« Die Frau senkte den Kopf und sah ihn mit zusammengezogenen Augenbrauen an. »Warum fragst du?«

»Ich habe gesehen, wie du den Söldner über den halben Platz geworfen hast.«

Pelopa winkte ab und verzog ihr Gesicht. »Er hat überlebt. Leider.«

»Kein Grund zur Traurigkeit, immerhin bist du den Gesichtslosen entkommen.«

»Das war in dem Durcheinander nicht schwer. Die Söldner hätten mich zwar gern gefasst, mussten sich aber erst einmal selbst in Sicherheit bringen. Zum Glück machen die Sauger zwischen uns und den Gesichtslosen keinen Unterschied.«

»Habe ich das richtig verstanden?«, mischte sich Kalo in das Gespräch ein. »Du warst es, die das Chaos auf dem Verteilungsplatz angerichtet hat?«

»Nein, das war eine dieser verdorbenen Dosen, die einfach explodiert ist«, beendete Zeron das Thema und nickte Xirces und Alui zu. »Eigentlich bin ich euretwegen hier. Wir müssen uns dringend unterhalten.«

»Was gibt es? Irgendein Problem?« Alui war schon immer ein aufgeweckter Junge gewesen und schien unbedingt zeigen zu wollen, dass er jetzt ein Gleicher unter Gleichen war.

»Hör zu Jungchen, ich bin nicht hierhergekommen, um einem Furz wie dir dabei zu zuhören, wie er sich wichtigmacht.« Kalo ließ die Faust krachend auf den Tisch fallen. »Ich will wissen, woher Jelanda das ARAS hatte, das sie dir gegeben hat und ob du noch mehr davon besitzt.«

»Ich sollte das regeln.« Zeron zwang den Glatzkopf, einen Schritt zurückzuweichen.

»Wieso sagst du ihm nicht, dass du Jelandas ARAS bekommen hast, Zeron?« Alui wirkte plötzlich überhaupt nicht mehr erwachsen.

»Was ist los mit euch?« Pelopa schob Xirces zur Seite, sodass sie den Platz neben Alui einnehmen konnte. »Dreht ihr jetzt alle durch? Warum seid ihr hinter Jelandas ARAS her?«

»Dafür gibt es gute Gründe.« Zeron legte die Tablette auf den Tisch, die ihm Kalo zurückgegeben hatte. »Hier, sieh her und vergleich sie mit den ARAS, die du gestern erhalten hast.«

»Was soll an der Pille anders sein?« Die Jägerin nahm die Tablette auf und verzog dabei die Lippen, bis diese nur noch eine schmale Linie bildeten.

»Du musst auf die Schrift achten.« Zeron deutete mit dem Zeigefinger auf das Antistrahlungsmittel. »Ja, jetzt sehe ich es, das erste und das dritte Zeichen ist nicht gleich. Mir ist noch nie aufgefallen, dass der Moloch unterschiedliche Zeichen einritzt.«

»Ist auch normalerweise nicht der Fall«, mischte sich Sodar ein, verstummte aber sofort, als ihm Kalo einen strafenden Blick zuwarf.

»Eigentlich sehen die ARAS so aus wie meine, und die

habe ich gestern auf dem Verteilungsplatz erhalten.« Zeron legte eine seiner neuen Tabletten auf den Tisch.

Pelopa warf nur einen kurzen Blick auf das Antistrahlungsmittel. »Was ist an der ARAS mit dem anderen Zeichen so besonders?«

Zeron stützte sich mit den Händen auf dem Tisch ab und senkte seine Stimme. »Sie sind vergiftet und töten uns.«

»Waaas?« Xirces vergaß, den Mund wieder zu schließen.

»Mir ist aufgefallen, dass Sama eine dieser seltsamen Tabletten eingenommen hat, kurz bevor auch sie an der Gelbpest gestorben ist. Genau wie zuvor Jelanda.«

»Deshalb ...« Pelopa stockte, besann sich dann aber und fuhr mit einem anderen Satz fort. »Jetzt verstehe ich, warum du darauf bestanden hast, die ARAS von Xirces und Alui umzutauschen.«

»Damals hatte ich nur eine leise Ahnung, aber wie sich jetzt herausgestellt hat, war mein Verdacht richtig. Zwei von Kalos Leuten sind auch an der Gelbpest gestorben, nachdem sie eine dieser seltsamen Tabletten eingenommen hatten.«

»Und Yestula«, warf Kalo ein. »Aber die ist nicht wichtig und zählt daher nicht.«

»Ihr meint also, dass es diese ARAS sind, die uns krank machen?« Die Zweifel standen Pelopa ins Gesicht geschrieben. »Seid ihr euch da wirklich sicher?«

»So sicher, wie vier Tote nur sein können, verdammt noch mal, reicht das nicht?« Kalos Faust landete wieder auf dem Tisch. »Dass ausgerechnet all jene die Gelbpest bekommen, die eine von diesen Tabletten geschluckt haben, ist doch kein Zufall.«

»Mit Jelanda und Sama sind es somit schon fünf Tote«, versuchte Zeron ein weiteres Argument ins Feld zu führen. »Sie alle haben diese Tabletten eingenommen, und obwohl wir Kontakt zu ihnen hatten, ist niemand von uns krank geworden.«

»Weil man sich gar nicht anstecken kann«, flüsterte Xirces und schüttelte sich. »Die Gelbpest steckt in diesen ARAS.«

»Da ist was dran«, murmelte die Jägerin.

»Wir müssen so schnell wie möglich herausfinden, wer die ARAS in Umlauf bringt«, fuhr Zeron fort. »Ich weiß, dass sich Jelanda vor zwei Tagen mit jemanden verabredet hatte, der mit ihr Handeln wollte. Ich nehme an, dass sie von ihm die ARAS erhalten hat.«

»Das stimmt, und ich war sogar dabei«, meldete sich Alui zu Wort und hob das Kinn, wodurch er gleich einige Zentimeter größer wirkte. »Jelanda hat mich mitgenommen, da sie jemanden brauchte, der ihr dabei half, die drei vollgestopften Beutel zu tragen. Wir haben uns mit einem Mann getroffen. Jelanda hat ihm die Beutel gegeben und dafür die ARAS erhalten. Der Kerl war echt hässlich, und er hatte ein Gesicht voller kleiner Geschwüre. Sie waren nicht groß, aber knallrot, als hätten sie sich entzündet. Ansonsten trug er Sachen wie wir, ein schmutziges Hemd, alte Stiefel und zerrissene Jeans. Außerdem hat er lange, blonde Haare und er hinkte.«

Zeron schnappte nach Luft. »Er humpelte? Hatte er die

Haare zu einem Zopf geflochten?«

»Ja, und er besaß sogar eine Pistole.« Alui machte große Augen und freute sich unverhohlen darüber, helfen zu können. »Ich glaube, dass er für sie sogar Munition hatte, denn er spielte ständig mit einer Patrone herum.«

»Weißt du, wie er heißt?« Am liebsten wäre Zeron in den Kopf des Jungen gekrochen.

»Nein, seinen Namen hat er nicht genannt.«

»Woher kam er?« Zeron wagte kaum, Atem zu holen. »Gehört er zu einer Bande?«

»Das weiß ich nicht, darüber ist nicht gesprochen worden. Aber ich habe bemerkt, dass er trotz seines Hinkebeins ziemlich schnell laufen kann.« Mit einer bedauernden Geste hob Alui die Schultern und ließ sie umgehend wieder sinken.

»Mofertu.« Kalos Gesicht hatte sich zunehmend verfinstert. »Wir müssen den Kerl unbedingt finden. Doch die Händler haben leider die schlechte Angewohnheit, andauernd unterwegs zu sein und selten längere Zeit an einem Ort zu verweilen.«

»Wir sollten High Noon fragen«, schlug Pelopa vor und deutete mit dem Daumen über ihre Schulter in Richtung des Raumes, aus dem die Musik erklang. »Der kommt überall rum und kann sogar schon Ratten bei ihrem Namen rufen. Ich habe vorhin gesehen, wie er nach hinten gegangen ist.«

Die Jägerin eilte davon und Kalo ballte die Fäuste. »Wo

auch immer dieser Blondling sich rumtreibt, ich will ihn haben.«

Zeron verzichtete darauf, dem Jäger zu antworten. Dass Alui den Mann beschrieben hatte, der für den Tod des Suchers verantwortlich war, stand für ihn außer Frage. »Wir müssen erst einmal herausfinden, wer der Kerl ist und woher er das ARAS hat«, stellte er, den Blick auf die Tischplatte geheftet, fest. »Falls er nicht inzwischen an der Gelbpest gestorben ist.«

»Hoffentlich nicht«, brummte Kalo und der drohende Unterton, der in der Stimme des Glatzkopfs mitschwang, verriet, wie sehr sich der Jäger wünschte, Blondzopf lebend in die Hände zu bekommen.

Eine leichte Berührung an der Schulter riss Zeron aus seinen Überlegungen.

»Kann ich dein Blasrohr behalten?« Okora sah ihm lächelnd ins Gesicht und hielt mit beiden Händen seine Waffe umklammert. »Du hast es gestern am Tresen stehen lassen.«

»Ich hatte mich schon gefragt, wo es geblieben ist.« Zeron nahm der Frau die Waffe ab.

»Bist du jetzt wieder bei dir oder brauchst du jemanden, der auf dich aufpasst?« Okoras Augen funkelten belustigt.

»Geht schon, der Kakiri hat geholfen.« Zeron schüttelte sich beim Gedanken an den Fusel.

In Wahrheit fühlte er sich nicht wegen des Kakiris besser, sondern weil er wieder ein Ziel vor Augen hatte. Sie standen kurz davor, die Spur zu Jelandas Mörder aufzunehmen und erst, wenn er ihren Tod gerächt hatte, würde er mit den Geschehnissen der letzten Tage abschließen können. Es galt, eine Aufgabe zu erledigen, und damit hatte sein Leben endlich wieder einen Sinn erhalten.

»Hier, nimm. Und vielen Dank.« Zeron reichte Okora einen Streifen ARAS.

Die Frau steckte das Antistrahlungsmittel wortlos ein und begab sich wieder hinter den Tresen.

»Zehn ARAS.« Sodar fielen fast die Augen aus dem Kopf. »Ist das die Waffe auch wert?«

Zeron setzte bereits zu einer Erwiderung an, als Pelopa erschien. Sie hatte High Noon im Nacken gepackt und schob ihn unbarmherzig vor sich her.

»Was soll das?«, protestierte der Lange lauthals, erhielt aber einen so kräftigen Stoß in den Rücken, dass er bis zu ihrem Tisch taumelte. »Du kannst mich nicht einfach aus einem Gespräch reißen. Bei meinen Geschäften verstehe ich keinen Spaß.«

»Hier ist er«, ignorierte die Jägerin High Noons Einwand.

»Immer mit der Ruhe, du kannst gleich wieder gehen,« versuchte Zeron den Langen zu beruhigen. »Wir haben nur eine Frage. Es geht um einen Mann, der mit Jelanda gehandelt hat, aber nicht in der Freien Zone lebt. Er hat langes blondes Haar und hinkt.«

»Sein rechtes Bein ist verwundet«, machte sich Alui bemerkbar. »Und er hat viele Geschwüre und Pickel.«

»Mann, Leute, ihr meint Albo.« High Noon hob die

Oberlippe und verzog das Gesicht. »Übrigens ist er nicht verwundet, sondern halbseitig gelähmt oder so etwas und es ist das linke Bein, das er nachzieht. Auch den Arm kann er nicht mehr voll einsetzen. Was wollt ihr von dem Widerling?«

»Er hat Jelanda bei einem Handel betrogen«, versuchte Zeron so schnell zu antworten, dass Kalo erst gar nicht die Gelegenheit erhielt, etwas Unbedachtes zu äußern. »Er soll damit nicht durchkommen. Deshalb würden wir gern wissen, wo sich der Kerl herumtreibt.«

»Soweit ich weiß, im Inneren Bereich.«

»Mofertu«, fluchte Kalo leise und starrte versonnen auf den Tisch. »Bis dahin ist es zwar nicht so weit wie zu den Außenbezirken, aber es gibt angenehmere Gebiete in der Stadt.«

Auch in Zerons Kopf begannen sich die Gedanken zu überschlagen. Im Inneren Bereich hatten sich einige der übelsten Banden angesiedelt. Das Viertel stand in einem denkbar schlechten Ruf, und wer auch immer es umgehen konnte, war gut beraten, dies unbedingt zu tun. Im Inneren Bereich galt das Gesetz der Banden, und ihr Wille geschah, wie in den Ruinen, so auch im Untergrund.

»Dort haben die Fischer ihr Revier.« Pelopa sprach, ohne dass sich ihre Lippen bewegten. »Menschenfänger, Sklavenhändler.«

Alui und Xirces zogen bei den Worten der Jägerin die Köpfe ein.

»Ich kenne mich im Inneren Bereich nicht aus.« Kalo hob

den Blick und fixierte High Noon. »Aber du bist dafür bekannt, schon überall gewesen zu sein. Du kannst uns führen.«

»Iiiich?« Der Lange trat mit vor Entsetzen geweiteten Augen, einen Schritt zurück. »Nie im Leben. Entschuldige Kalo, ich will dir bestimmt nicht zu nahetreten, aber dieser Albo ist echt kaputt und gegen den bist du geradezu ein netter Junge.«

»Was soll das denn heißen?« Kalo schäumte vor Wut und versprühte seinen Speichel über den gesamten Tisch. »Nett? Ich? Dir hat wohl deine Ratte ein Loch ins Hirn gefressen?«

Zeron machte instinktiv einen Schritt zur Seite und stellte sich schützend vor High Noon.

»Beruhige dich bitte, Kalo! Bitte!« Der Lange schien wie durch Zauber einige Zentimeter zu schrumpfen. »Natürlich weiß ich, dass du überall als Jäger gefürchtet und respektiert wirst. Trotzdem, und obwohl ich sonst immer sehr hilfsbereit bin – mit Albo lege ich mich nicht einmal für hundert ARAS an.«

Zeron beobachtete, wie Otho aus High Noons Jackentasche kletterte, von dem Langen aber sofort wieder in diese zurückbefördert wurde.

»Doch wenn du möchtest, kann ich dir einen echt guten Rat geben«, fuhr High Noon fort. »Falls ihr Schwierigkeiten haben solltet, Albo zu finden, könnt ihr euch an die Türmer wenden. Die Bande hat den alten Fernsehturm besetzt. Ein treffender Name, wie ich finde, denn von dort kann man wirklich in die Ferne sehen. Sie beobachten die ganze Stadt und verkaufen ihre Informationen. Also solltet ihr genügend ARAS mitnehmen, wenn ihr euch auf Reisen begebt.«

Kalo senkte den Kopf, hob ihn aber sogleich wieder an und sah zu Sodar. »Egal. Wir gehen auch ohne das dürre Hemd. Wäre doch gelacht, wenn wir den Kerl nicht finden.«

»Muss das sein?« Sodars zitternde Stimme verriet, wie wenig er von Kalos Idee hielt.

»So eine blöde Frage. Wer meine Leute umbringt, lernt mich kennen. Also werden wir den Kerl suchen, finden und befragen. Aber was ist mit dir?« Kalo hob das Kinn und sah zu Zeron. »Wir können noch einen guten Fernschützen gebrauchen, und wie ich sehe, hast du dein Blasrohr zurückbekommen.«

»Was für eine Frage.« Zeron wäre auch allein losgezogen, doch da Kalo bereit war, derselben Spur zu folgen, bot es sich an, gemeinsam loszuziehen.

»Ich komme auch mit«, meldete sich Alui.

»Du?« Kalo lachte dröhnend auf. »Das ist eine Sache für echte Männer. Geh in deinen Jagdgrund und übe erst einmal, Asseln und Spinnen zu fangen.«

»Ich bin zehn, also erwachsen und entscheide selbst, was ich mache.« Alui zeigte die typischen Anzeichen einer kindlichen Trotzreaktion.

»Immerhin ist er Jelandas Bruder«, legte Zeron ein gutes

Wort für den Jungen ein.

»Und was ist mit mir?« Xirces verzog die Lippen zu einem Schmollmund.

»Jemand muss euer Revier bewachen«, versuchte Zeron zu schlichten. Zwei junge Leute mit auf Reisen zu nehmen, war ihm dann doch zu riskant.

»Auf deinen Jagdgrund passt auch niemand auf, wenn du mit Kalo losziehst.« So leicht wie Zeron gehofft hatte, ließ sich das Mädchen nicht ins Abseits stellen.

»Bei mir weiß jeder, dass es besser ist, die Finger von meinem Revier zu lassen. Nicht wahr?« Zeron sah zu Kalo, dessen Gesicht sich sofort verfinsterte.

»Komm schon, Xirces«, verfiel Alui in einen bettelnden Tonfall. »Lass mich gehen. Dafür kannst du den Handel mit den Zisternern abschließen. Du bist sowieso die bessere Händlerin.«

»Also gut«, gab das Mädchen nach. »Aber du redest mir dann bei dem Handel auch nicht rein.«

»Versprochen.« Mit hocherhobenem Kopf sah sich Alui in der Runde um.

»Also gut, wann ziehen wir los?« Pelopa neigte den Kopf zur Seite.

»Was, du auch?« Kalo war anzusehen, wie sehr ihm der Gedanke widerstrebte, sich mit der Jägerin zu verbünden. »Mehr als vier Leute brauchen wir nicht.«

»Hör zu, Locke.« Pelopa warf dem Glatzkopf einen verächtlichen Blick zu. »Jelanda war meine Freundin und ich – bin – dabei!«

– Ende –

Glossar

ARAS

Das Anti-Radium-Strahlungsmittel wird aus der genetisch veränderten Radonispflanze hergestellt. Es lindert die Auswirkungen der Strahlungskrankheit. Die Qualität des ARAS wird auf der Verpackung durch Farbstreifen kenntlich gemacht. Sie werden in Streifen zu jeweils zehn Tabletten verteilt.

Asylum

Eine Region innerhalb der Ruinenstadt C4B2. Das einzige Stadtviertel, in dem der Einsatz von Waffen verboten ist.

Banden

Zusammenschlüsse die über ganze Stadtviertel herrschen und sich oftmals auf bestimmte Tätigkeiten spezialisiert haben.

Beutestöcke

Beutestöcke sind Verstecke, die von den Bewohnern der Ruinenstadt angelegt werden. In diesen horten sie ihre Besitztümer.

Bovistgummi

Eine aus dem Kolossbovist gewonnene Droge, die zwar das Hungergefühl betäubt und das Schlafbedürfnis senkt, aber zu Aufmerksamkeitsverlusten führt.

C4B2

Die Kennnummer die der Moloch für die Ruinenstadt verwendet.

Engelsextrakt

Eine flüssige Droge, die einen ohnmachtsähnlichen Rausch herbeiführt.

Fischer

Eine Bande, die sich der Jagd auf Menschen und dem Sklavenhandel spezialisiert hat.

Freie Jäger

Die Jäger leben in der Freien Zone und im Asylum. Sie gehören keiner Bande an. Wer sich als Jäger durchschlagen möchte, muss in der Freien Zone einen Jagdgrund erobern und diesen gegen Angriffe verteidigen. Freie Jäger leben vom Wegegeld und von der Beute, die sie den Schleichern abnehmen.

Freie Zone

Eine Region, die das Asylum umschließt. Sie ist zugleich der Jagdgrund der freien Jäger.

Gesetz der Freundschaft

Das Gesetz der Freundschaft verlangt, die Würde und das Leben eines Freundes zu achten.

Gesichtslose

In der Ruinenstadt die übliche Bezeichnung für die Soldaten des Molochs. Der Name wurde von dem Helm abgeleitet, der den Kopf der Söldner vollständig umschließt.

Große Krieg

Ein bereits Jahrzehnte zurückliegender Krieg, in dem weltweit schmutzige Bomben eingesetzt wurden.

Hornissen

Die in den Kolonien übliche Bezeichnung für die Hubschrauber des Molochs.

Innere Bereich

Ein in der Ruinenstadt zentral gelegener Bereich, in dem sich mehrere Banden angesiedelt haben.

Kakiri

Ein Schnaps, der aus Kakerlaken gebrannt wird und etwa 70% Alkohol enthält. Der beste Kakiri ist im Asylum erhältlich.

Karasok

Ein in den Kolonien gern genutztes Schimpfwort.

Knochensäger

Ein als Arzt praktizierender Koloniebewohner.

Kolonien

Ganz allgemein werden ländliche Regionen als Kolonien bezeichnet. In der Ruinenstadt werden diese auch Steppland genannt.

Mader

Eine Bande, die sich darauf spezialisiert hat, Maden zu züchten. Diese werden wiederum als Nahrungsmittel verkauft.

Mofertu

Ein derbes Schimpfwort, das in den Kolonien auf alles und jeden angewendet wird.

Moloch

Eine riesige Stadt und letzte verbliebene Bastion der Hochtechnologie. Der Moloch stellt das überlebenswichtige ARAS her und beherrscht die ihn umgebenden Kolonien und Ruinenstädte.

Neutrale Gürtel

Eine Region, die das Asylum und die Freie Zone wie ein Gürtel umschließt. Der Neutrale Gürtel wurde nach dem Krieg zwischen den Banden und den freien Jägern als Pufferzone eingerichtet. Der Neutrale Gürtel darf nur auf vorgeschriebenen Pfaden durchquert werden.

P1-Walze

Ein Fahrzeug, das eine breite und zwei Tonnen schwere Walze vor sich herschiebt. Die P1-Walze wird zur Bekämpfung von Massenprotesten eingesetzt.

P2-Walze

Eine Weiterentwicklung der P1-Walze, schneller, schwerer und absolut tödlich.

Panzerwagen

Ein vierachsiges, luftdicht verschließbares, gepanzertes Fahrzeug. Es besitzt einen Drehturm mit einer panzerbrechenden Kanone, Maschinengewehr und Lenkraketensystem. Panzerwagen sind schwimmfähig.

Sauger

Ein Fahrzeug mit einem großen Trichter am Bug. Durch diesen werden Menschen bei Massenprotesten angesaugt und gefangen genommen.

Schleicher

Bezeichnung für Leute, die versuchen, die Jagdgründe der freien Jäger heimlich zu durchqueren.

Schock

Ein Schock sind in der Zeitrechnung der Koloniebewohner einundsechzig Tage.

Spinnennetz

Ein feinmaschiges, metallenes Netz, welches aus Hubschraubern auf Menschen abgeworfen wird, die gefangen genommen werden sollen. Das Spinnennetz verteilt starke elektrische Stromstöße.

Steinzeitler

Abfällige Bezeichnung für Koloniebewohner.

Sucher

Sucher sind nicht an einen Ort gebunden und durchstreifen im Auftrag des Molochs die Kolonien. Ihre Aufgabe besteht darin, wertvolle Überbleibsel aus der Zeit vor dem Großen Krieg zu finden und diese dem Moloch zu übergeben. Sie dürfen Feuerwaffen tragen und werden angeblich mit ARAS-gelb entlohnt.

Totenträger

Kaufen frische Leichname und bringen diese zu den Madern.

Totmacher

Die in den Kolonien übliche Bezeichnung von Kopfgeldjägern.

Trinkkeller

Spelunken, in denen vor allem Kakiri getrunken und dem Glücksspiel nachgegangen wird. In den Trinkkellern sind sämtliche Drogen erhältlich. Da sich die Leute bevorzugt in den Kneipen ein Stelldichein geben, werden dort viele Geschäfte abgeschlossen.

Türmer

Eine Bande, die sich in einem alten Fernsehturm eingenistet hat, von dort das Treiben in der Ruinenstadt beobachtet und auf Nachfrage Informationen verkauft.

Wegegeld

Wegegeld oder Zoll wird zumeist für die Erlaubnis freier Passage gefordert.

Zisterner

Eine Bande, die über ein tiefes Bohrloch verfügt.

Anmerkungen

Liebe Leserinnen und Leser,

vielen Dank, dass Sie sich für »Damokleszeit – Gelbpest« entschieden haben.

Ihnen hat die Geschichte gefallen und Sie hatten das Gefühl, zusammen mit Zeron durch die Ruinenstadt zu schleichen? Dann würde ich mich über eine Rezension freuen.

Auch für Kritik, Hinweise und Ratschläge habe ich stets ein offenes Ohr. Sie können gern meine E-Mailadresse nutzen:

post@pelle-gernot.de

Schreiben Sie mir, was Sie sich für den weiteren Verlauf der Geschichte wünschen oder ob es einen Charakter gibt, dem mehr Raum eingeräumt werden sollte. Ich bin für jeden Hinweis dankbar.

Vergessen Sie bitte nicht, meiner Homepage einen Besuch abzustatten.

www.pelle-gernot.de

Dort finden sie neben weiteren Informationen auch den Blog »Zwischenzeiten«.

Sie wollen gern über die Fortschritte des nächsten Bandes, neue Blogartikel und vieles mehr informiert werden? Dann können Sie sich für meine Newsletter anmelden, die einmal im Quartal erscheinen.

Danksagung

Ganz herzlich möchte ich mich an dieser Stelle bei allen bedanken, die mir bei der Arbeit an dem Buch zur Seite standen.

Mein besonderer Dank gilt Nathalie, die mich nicht nur bei der Besprechung zum Cover unterstützt hat, sondern mir in einer Notsituation mit riesigem Einsatz geholfen hat.

Ein dickes Dankeschön geht auch an meine Testleserinnen. Liebe Sandra Maria, Dagmar, Ilona, Ingrid und Andrea, ihr habt mir viele wertvolle Tipps und Hinweise gegeben, die mir sehr geholfen haben.

Für die fachliche Beratung, insbesondere was den physikalischen Hintergrund betrifft, möchte ich mich bei Stephan bedanken. Jedenfalls weiß ich jetzt noch viel besser als zuvor, was für eine Katastrophe dem Einsatz schmutziger Bomben folgen würde.

Keinesfalls möchte ich Renee von Dream Design in der Danksagung vergessen. Das Cover war ein hartes Stück Arbeit und trotzdem hat die Zusammenarbeit unglaublich viel Spaß gemacht.

Nicht zuletzt denke ich auch an meine Familie, die mir stets zur Seite stand und mich bei der Entstehung des Buches begleitet hat.

Am Ende möchte ich dann auch noch die Frühschreibgruppe im Bookerfly Club erwähnen. So verrückt sich jeden Morgen um 6.00 Uhr im Netz zu treffen, muss man erst einmal sein. Ihr seid mir schon lange Zeit Hilfe und Ansporn zugleich. Nur die Besten …, aber dass wisst ihr bereits.

Vorschau Neuerscheinungen 2022

Damokleszeit

Feindesland

Das zweite Buch des Ruinenstadtzyklus.

Düster – Dunkel – Dystopisch

Der Schrecken hat einen Namen: Gelbpest. Die Plage droht die Bewohner der Ruinenstadt auszulöschen und es scheint kein Entrinnen zu geben. Doch Zeron und seine Verbündeten nehmen die Spur der Seuche auf und begeben sich in den Inneren Bereich der Stadt. Dort aber befindet sich das Revier der Menschenfänger.

Um den Gefahren zu trotzen, ist Zeron gezwungen, mit seinem ärgsten Widersacher ein Bündnis einzugehen. Doch blindes Vertrauen, kann das Leben um viele Jahre verkürzen und schon bald treibt der Schwarze Regen die Reisenden in das weit verzweigte Tunnelsystem der Ruinenstadt ...

Eine Dystopie, die jederzeit Wirklichkeit werden kann.

Auf den Spuren des größten Rätselns der Antike.

Das Geheimnis der Prophezeiung

Ein Roman von Pelle Gernot

Birk soll für den BND das ›Institut für experimentelle Archäologie‹ ausforschen. Nach einem schweren Schicksalsschlag ist der neue Job eine Chance, auf die er nicht mehr zu hoffen gewagt hatte. Doch statt zu forschen und zu lehren, müssen er und seine Mitstreiter ein außergewöhnliches Trainingsprogramm absolvieren.

Eines Nachts aber schickt das Institut seine Mitarbeiter auf eine sensationell anmutende Forschungsreise – verbunden mit einer schier unlösbaren Aufgabe.

Den begeisterten Wissenschaftlern eröffnen sich mit der Expedition ganz neue Möglichkeiten, aber zugleich begeben sie sich in unwägbare Gefahren.

Abenteuer Wissenschaft – verpackt in einer spannungsreichen Geschichte.

Erschienen am 08.11.2020

Der Mann in der Grube

Eine Kurzgeschichte von Pelle Gernot

Der alte Tagebau ist nur scheinbar ein einsamer und verlassener Ort. Unbemerkt von der Außenwelt hat sich in der aufgegebenen Braunkohlegrube ein Mann niedergelassen, freiwillig und im Einklang mit sich und der Natur.

Doch eines Tages erhält er aus der Welt Besuch, der er eigentlich für immer entfliehen wollte.

Erscheint im Sommer 2022

Der Flügelschlag eines Schmetterlings

Zerbrechlich und stark wie das Leben

Über zehn Autorinnen und Autoren, unter ihnen auch Pelle Gernot, haben zu den Themen Natur, Emotionen, Sehnsucht und Liebe einige ihrer schönsten Gedichte zusammengetragen. Elfchen, Haiku, Akrostichon und viele mehr.

Eine Gedichtanthologie für schöne und besinnliche Stunden, herausgegeben vom Bookerfly Club.

Mit den erzielten Einnahmen wird eine Schule in Ghana unterstützt – 100%.

Erschienen am 25.03.2022.

Erhältlich als Taschenbuch und E-Book.

Printed in Poland
by Amazon Fulfillment
Poland Sp. z o.o., Wrocław

35299112R00171